小学館文庫

刑事特捜隊「お客さま」相談係

伊達政鷹

鳴神響一

目次

主な登場人物

◆神奈川県警 刑事特別捜査隊 第四班

伊達政鷹《だてまさたか》……巡査部長。元・刑事部捜査一課強行第七係。北海道大沼公園出身。フラメンコをこよなく愛する。

安東《あんどう》ゆかり……警部補。第四班班長。四十歳前後。秋田県能代市出身。インダストリアルデザイナーを目指していた。

松浦義信《まつうらよしのぶ》……巡査部長。三十代後半。頭脳明晰で、博覧強記。パソコンに精通。小太りで、「ググるくん」と呼ばれる。

小笠原亜澄《おがさわらあすみ》……巡査長。元・厚木署盗犯係。二十代後半。自動車の運転が上手い。平塚で三代続く呉服屋に生まれる。

森友成《もりともなり》……巡査長。二十代半ば。身長が一九〇センチ近くもある、筋骨のたくましいスポーツマン。射撃を得意とする。

刑事特捜隊「お客さま」相談係

伊達政鷹

第一章　あっちの特四

【1】

冬空は澄み切ってサファイア色に輝いていた。

近くのビルの屋上近くからもうもうと吐き出される室外機の湯気が、冷え切った街並みによく似合っている。

「汚い分庁舎だな」

老朽化した無機質なコンクリートの建物を見上げて伊達政鷹《だてまさたか》はつぶやいた。

忍び返しに有刺鉄線が張られたスチールフェンスのまわりを、政鷹はもう何度かぐるぐる歩き回っていた。すっかり赤さびてうらぶれた雰囲気さえ漂っている。

目の前の建物群は神奈川県警中村町《なかむらちょう》分庁舎であった。

地域部に属する自動車警ら隊と刑事部に属する機動捜査隊のそれぞれ本部が、この建物内に置かれている。同じ刑事部に所属しながら、いままで政鷹はこの南区の分庁舎に来る機会がなかった。

昭和五年に建てられた警察学校の跡地だそうだ。いやネットで事前に調べた限りでは、その頃の建物も現役として使われている。

海岸通りに二十階建ての白亜の雄姿を輝かせる、金曜日まで通っていた県警本部とは大違いだった。

政鷹が探しているのは、県警の執行隊を代表する自動車警ら隊でも機動捜査隊でもなかった。

人事異動通知書に書かれている新しい勤務先は「刑事特別捜査隊」だった。

便宜上、刑事部の刑事総務課のもとに置かれているが、刑事部長の特命を受けて刑事事件の捜査に当たるセクションである。金曜日まで机のあった捜査一課強行第七係には及ばずとも、刑事の配属先としてはエリート部署であった。

政鷹は不思議だった。時期外れの今回の配属換命令は、名誉ある異動とは思われなかった。

所轄の刑事課への異動は当然だと思っていたし、交番勤務を命ぜられるおそれもあった。

三年の間、粉骨砕身で職務に専念していた捜査一課から外れるのは淋《さび》しかった。だが、刑事としての仕事は続けられるのだ。

気の利いた警察官が刑事を希望することはない。警務部や警備部こそ出世コースであった。だが、政鷹は事件の真相を追い求める刑事の仕事が自分に向いていると信じていた。

ともあれ、この庁舎のまわりをいくら探しても、刑事特別捜査隊と記された表示板が見当たらなかった。特命捜査担当部署だけに、世間に対して明示されていないのだろうか。

あと二十分で始業時刻である。分庁舎のぐるぐる回りですっかり時間を費やしてしまった。初日からの遅刻はあまりにも体裁が悪い。

政鷹は仕方なく、くすんだアイボリーの機動捜査隊の本部建物へと近づいていった。窓に装飾が施されたかなり古い建築物である。とりあえずは同じ刑事部に属する機動捜査隊を選ぶしかなかった。

門を入ると、玄関付近で立哨《りっしょう》している若い制服警察官の巡査が身体《からだ》を政鷹に向けた。

「おはようございます」

政鷹はつとめて明るい声であいさつした。

「はい、なんでしょうか」

制服警官は不審そうに政鷹の顔をじっと見つめた。

「本日付で刑事特別捜査隊に異動を命じられました伊達と申しますが……」

警官は得心がいったようにうなずくと、背後の機動捜査隊本部の建物を指さした。

「失礼しました。特別捜査隊はこの建物の二階です」

「ありがとうございます」

建物に入ろうとすると、あわて声で呼び止められた。

「ちょっと待って……あの……何班への異動ですか」

警官は遠慮がちに尋ねた。

「第四班です」

困惑の色がありありと浮かんだ。

「四班はここじゃありません。いったん側道へ出て石川町方向に進みます。自動車警ら隊の独身寮の隣にある建物です」

「わかりました。ご親切にどうも」

微妙な笑顔で警官はかるくあごを引いた。

教えられたとおりに自動車警ら隊本部を通り過ぎ、首都高狩場《かりば》線の下を流れる中村川沿いの側道を東へと進む。

「え？　ここなのか……」

白い壁の細長い独身寮が切れたところまで進んだ政鷹は、目の前にそびえる三階建てのビルを見て驚きの声を上げた。

ほかの建物にも増して老朽化の進んでいる黄土色のビルは、建物の前面に装飾のレリーフが浮き出ていて、さらにクラシックな雰囲気が漂っている。

左側にはシャッターが閉じられたトタン壁の比較的新しい車庫棟が見える。

政鷹はスマホを取り出してマップを確認した。神奈川県高等学校教職員組合とある。

一メートルほどの低いコンクリート塀に囲まれている門柱の表示板は剝ぎ取られていて、四角い凹《へこ》みが目立っている。大きく張り出した玄関の上にもかつては表示板が掲げられていた痕跡が認められた。

建物表示は見られないが、少なくとも現在は組合事務所ではないようだ。

だが、さっきの警官が教えてくれたのはたしかにこの建物だった。

ここには立哨している警官の姿もなかった。

建物を吹き抜ける風が生み出す虎落笛《もがりぶえ》は、だいたいD3（レ）の音を中心とした不協和音に聞こえる。

愛用のダイバーズウォッチを見ると、始業時刻まですでに十分を切っている。

政鷹は小走りにエントランスに歩み寄っていった。

両開きの扉は大きめの格子が組まれているが、ガラスではなく板がはめられていて内部のようすを窺《うかが》うことはできなかった。

扉の横には白い小さなアクリル板に中村町分庁舎別棟と刻まれていた。やはりこの建物で間違いないようである。

三段のポーチを上って扉に手を掛けると、難なく開いた。

古びて薄茶色に煤《すす》けた漆喰《しっくい》壁に、コンクリート打ちっぱなしの無機質な床を持つだだっ広いホールがひろがっていた。

中央には二階へ続く古めかしい木の階段が目立つ。

照明はじゅうぶんに明るいが、なんとなくほこりっぽく湿っぽいところが古い建物らしさを感じさせた。

ホールの隅には、くたびれたビニールレザー張りの黒いソファセットが置かれているが、ほかには家具らしい家具は見当たらなかった。

何カ所かに旧式の開放式大型石油ストーブが設置されていてファンがうなっている。

(E2だ……少し低いか)

政鷹には八二・四〇七ヘルツのE2音近くに聞こえた。

壁面には「雨漏り注意」だの「天井落剝危険」だのといった油性ペンの殴り書きの掲示が目立つ。

古ぼけた漆喰壁の奥は、アイボリーのスチールパーティションで仕切られていた。

パーティションだけが真新しく、木に竹を接《つ》いだという言葉を思わせる。

アイボリーの壁には、病院の診療科そのもののかたちで一番から五番までの室名が表示されたアルミ扉が並んでいる。

複数の人影が立っているのが見えた。

「宮下《みやした》さんは二番にどうぞ」

三十代終わりくらいの男性職員が中年男性を案内する声が響く。

「小山《こやま》さんですね。おはようございます。そちらの三番に入って下さい」

若い女性に導かれて、七十代後半くらいの高齢の女性が三番のドアの向こうに消えた。

なんだか騒々しい。

まるで総合病院診療科の待合室だ。

（なんなんだ。ここは……）

政鷹は言葉を出すきっかけを失った。

「あの。すみません」

だが、高齢の女性に続いて三番に入ろうとした女性職員の背中にあわてて声を掛けた。

「はい？」

振り向いたライトグレーのスーツを着た女性は二十代後半か。

鼻も口もちまっとした小顔で両の瞳が不釣り合いに大きいが、明るく愛らしい顔立ちだ。

アッシュの入ったベージュのショートボブが若々しく、とてもよく似合っている。

胸に下げられたIDカードには、ひときわ大きい丸ゴシック体で「おがさわら」と読み仮名が表示されている。その下には「神奈川県警察　巡査長　小笠原亜澄《おがさわらあすみ》」とあった。

ここが警察組織であるのは間違いないようだ。

「刑事特別捜査隊の第四班はここですよね？」

「ご予約頂いていますか？」

亜澄は眉を寄せてけげんな顔で政鷹を見た。

「予約……ですか？」

発せられた言葉の意味が理解できかねて、政鷹は訊《き》き返した。

「いまは八時半の予約の方だけお受けしていますので」

「あの、伊達政鷹と申しますが」

亜澄の顔にぱっと光が差した。

「あ、巡査部長の伊達さん？」

「そうです。そうです」

政鷹は安堵《あんど》して何度かうなずいた。

「捜査一課から異動になって、今日からうちに見える方ですよね」

「はい、四班勤務を拝命しました」

間違っていなかったようだ。

「ごめんなさい……いまみんな手が離せなくて……」

亜澄は戸惑いの色を浮かべた。

そのとき、背後で出入口のドアが派手な音を立てて開いた。

「お電話頂いた神保《じんぼ》だが」

振り返ると、刈り込んだ髪の毛が真っ白な六十歳くらいの男性が立っていた。

四角い顔にぎょろっとした両眼と太い黒い眉が目立つ頑固そうな男だった。

薄茶色のジャンパーを着た男は、大股で政鷹たちの立つ場所に歩み寄ってきた。

亜澄は手元のファイルを覗《のぞ》き込んだ。

「神保長治《ながはる》さんですか……」

「そうだ。二日の八時半にここに来るようにと県警本部の者から聞いている」

「今日の八時半で間違いないんですね」

「だからここに来ているんだ」

男は不機嫌そうに顔をしかめて両腕を組んだ。

亜澄はファイルをもう一度覗き込んだ。

「失礼ですが神保さんは、明日の八時半のご予約になっています」

だが、神保は大きく首を横に振った。

「いや、たしかに二日だと聞いている」

もう一度ファイルを見た亜澄の顔に焦りの色が浮かんだ。

「やだ。これ2なのか。3に読める。誰よ？　こんな汚い字書いたの」

亜澄は嘆き声を上げた。

「わたしは二日の八時半に来いと言われたから、二宮《にのみや》からやってきたんだ」

男は居丈高に言ってまぶたをピクピクさせた。

「二宮町からですか……」

政鷹は思わず同情の声を出していた。

二宮は東海道線で平塚《ひらつか》よりも西の駅だ。電車に乗っている時間だけでも一時間は掛かる。予約の間違いで無駄足をさせるのは気の毒だ。

「ああ、そうだ。わざわざ店を休んで来たんだ」

男の顔はますます険しくなった。

「えーと……そうだ。伊達さん」

亜澄は政鷹の背中をかるく叩《たた》いて言葉を継いだ。

「こちらの神保さんを四番にご案内してお話を伺って」

「俺がですか？」

思わず声が裏返った。

職務内容を聞いていないどころか、例規で定められている所属長への異動申告も済ませていない。つまり政鷹は正式にはまだ着任していないのだ。

「お願い。いま人手が足りないのよ」

亜澄は両手を顔の前で合わせた。

「わかりました」

ちっともわかっていなかったが、そう答えるほかはない。

「助かる。ブースは四番ね。はい、これ神保さんの予約票」

ファイルから一枚のハガキ大の紙を押しつけるように手渡すと、亜澄はそそくさと三番の扉の向こうへ消えた。

その場には政鷹と神保が取り残された。

「あんたが係か？」

神保はうさんくさげな目で政鷹を見た。

「そういうことになるみたいですね」

「なんだと？」

神保は尖《とが》った声を出した。

「いえ、では、四番にどうぞ」

4の数字が正方形のプレートに書かれているアルミ扉を開けて、政鷹は室内に掌《てのひら》を差し伸べた。

無言で入った神保の後から、政鷹は四番のブースに足を踏み入れた。

パーティションの反対側の壁はもとの古びた内装のままで、二枚の格子窓から朝の陽光が室内を照らしている。

六畳くらいの部屋には、コーヒーテーブルをはさんだ安っぽい茶色の合皮ソファと、元気のないゴムの木が目立つだけでがらんとしていた。この部屋には小さな石油ファンヒーターが焚かれていた。

「そちらにお掛け下さい」

神保はソファにどかんと腰を下ろした。

政鷹が対面して座るなり不機嫌な声が飛んできた。

「どうせあんたもまともに聞きやしないんだろう」

睨《にら》みつけるように自分を見る神保にたじろいで、政鷹はあわててプリントアウトされている予約票に目を落とした。

——予約日：令和元年12月2日8時30分。申立事案：自殺死亡事案。平成31年4月21日死亡。小田原警察署で自殺として処理。死亡者氏名：神保眞美《まみ》（30）。申立人氏名：神保長治《ながはる》（死亡者の父）

政鷹は面食らった。これはいったいなんの申立なのだろう。

「そんなことはありませんよ、神保さん。お話はきちんと伺います」

無理に笑顔を作ると頰が引きつって痛い。

三年在籍していた捜査一課では、愛想笑いを要求されるような場面は記憶になかった。被疑者の前で強面《こわもて》を作るのは日常茶飯事だったが……。

「ふん、たらい回ししおって」

神保は目を怒《いか》らせて言葉を継いだ。

「近くの大磯《おおいそ》警察署に行ったら、小田原《おだわら》に行けと言う。小田原署に行ったら、県警本部に行けと言う。県警本部に何回か行ったら、今度はここへ来いと言う。あんたら、責任をなすりつけ合っているだけだろう」

「決してそんなことはありません」

この刑事特別捜査隊第四班の職務内容の見当がついてきた。

予約票に記された申立とは苦情申立に違いない。苦情受付は各セクションで行うことになっているが、そこで扱いに困った事案が廻《まわ》されてくるポストなのだろう。

警察の処分に対する正式な審査請求は、行政不服審査法に基づいて、処分があったことを知った日から三ヶ月以内に各都道県公安委員会に対して行うことができる。送検されて起訴された者は裁判が行われるので、これは行政上の処分に対する審査請求である。

しかし、目の前の神保は何らかの処分を受けたわけではない。従って、審査請求をできるわけでもない。

この第四班は、どうやらほかの部署で持て余した者を廻してくるセクションのようである。

「今後の対応のために、お話を記録します」

「いつも記録されとるわ」

「録音もしたいのですが」

後々のトラブルを考えると、録音は必須だろう。

「勝手にしろ」

政鷹は手帳を開き、上着のポケットから取り出したＩＣレコーダーのスイッチを入れて口火を切った。

「お話はお嬢さまのことですね」

「うちの娘が自殺なんてするはずないんだっ」

神保はコーヒーテーブルを叩いて叫んだ。

目が血走って鼻の穴が開いている。

いままでの職場であれば、こんな態度を取る相手はまずいなかった。

取調《とりしらべ》を受ける一般市民は、たいていは縮こまって不安いっぱいの姿を見せるものである。

「警察は無能でバカな奴ばっかりだ」

神保は政鷹の顔に向かって人差し指を突き出した。

不快でないはずはなかった。

だが、神保は被疑者ではない。刑事風を吹かせて怒鳴りつけるわけにはいかなかった。

ホールでの亜澄のようすを見ても、この職場の係員は市民に対して大変に丁重な態度を取っているようだ。

それに……。

娘を失い、その理由もわからない悲しみや苦しみはいかばかりだろう。

神保は気の毒な、ひとり残された父親なのだ。

この不幸な男の気持ちに寄り添うことが、自分に求められているつとめなのだろう。

「おまえだってどうせ自殺と決めつけるバカなんだろう」

神保は相変わらずの態度だった。

「まぁ、とにかくお話を承りましょう……」

政鷹はつとめて穏やかな声を出した。

正確な状況を把握するためにも、できる限り神保に心を開かせなければならない。

刑事の意識は、どんな場合であっても真実を導き出すことに向けられるべきである。

「あんた、なんて名前だ？」

神保は思いついたように尋ねてきた。

「伊達と申します」

「ほう。独眼竜《どくがんりゅう》政宗《まさむね》の子孫か」

神保は感心した声を出した。

「いえ……遠い祖先は一緒ですが、政宗の子孫ではありません」

政鷹は、政宗の仙台伊達本家から江戸初期に枝分かれした仙台藩一門である亘理伊達《わたりだ》家《てけ》の血を引いている。亘理伊達家は一門としては最大で、江戸時代には二万石以上を領していた。最後の殿さまは北海道伊達市を拓いた伊達邦成《くにしげ》である。

「それでも、まぁ、あの伊達家の子孫なら、少しはしっかりしているだろう」

血筋だけで人物を決めるとは驚くべき時代錯誤だが、神保の目の敵対的な色はいくぶん薄らいだ。

「いったいどういう状況でお嬢さまは亡くなられたのですか」

「小田原警察署でも海岸通りの本部でも何十回も話したぞ」

神保は憤然と鼻から息を吐いた。

「すみません。今日ここに異動してきたばかりなんで、引き継ぎがうまくいっておりませんで」

「あんたの事情なんぞ知るか」

「一からお話し頂けると、大変にありがたいのですが」

圭角《かど》の多い神保だが、彼にこうした態度をとらせているのも、いままでの警察の対応がよくなかったためなのだろう。

「まぁいいわ。今年の四月二十日土曜日のことだ。うちの娘……眞美というんだが、眞美は箱根《はこね》の芦《あし》ノ湖《こ》に遊びに行った。湖尻《こじり》のペンションに泊まりに行ったんだ。ところが、翌朝、湖尻水門あたりの湖に浮いている眞美の亡骸《なきがら》が発見されたと言うんだ」

神保の頬が震えた。

「すると、お嬢さまは、夜のうちに部屋からいなくなったわけですね。そして、翌朝、死体で発見された……」

「そうだ。だが、娘が自殺するはずないんだ」

さっきと同じ意味合いだったが、今度の神保の言葉はいくぶん力なく聞こえた。

「遺書などはなかったのでしょうか」

「泊まっていた部屋から遺書らしきものが出た。これだ」

神保は表紙に花模様がいっぱい散らされたハガキより一回り小さい手帳を差し出した。Cath Kidston とブランド名が記されている。

「拝見します」

「小田原署でも本部でも最後のページに書いてあるのが遺書だと言うんだ」

神保はあごを突き出した。

開いてみると、横罫線《よこけいせん》があるだけのシンプルなフォーマットだった。

買い物メモや何かの金額を計算した数字などが最初の五ページほどに綴《つづ》られていた。

丸っこく幅広の癖のある筆跡はふつうの黒字のボールペンのものと見えた。

スケジュール帳ではなく備忘録とか雑記帳とかいう類《たぐ》いの用途に使っていたようである。

最後のページを開くと、短い走り書きが視界に飛び込んできた。

——いまのわたしにさよならしよう

「なるほど……」

政鷹は喉の奥でうなった。

遺書とも読めるし、そうではなく何かの反省の言葉のようにも見える。いずれにしても、眞美のひとつの決意を示す言葉と読み取れた。

「断定することはできませんが、遺書である可能性はありますね」

「冗談じゃないっ」

神保は額に筋を立てて怒鳴った。

「落ち着いてください」

政鷹は両手を前に出してやわらかく制した。

「こんなものが遺書といえるか」

神保は短く吐き捨てるように言ってそっぽを向いた。

「この手帳をお預かりしてもかまいませんか」

政鷹は手帳をコーヒーテーブルに置いて尋ねた。

「好きにしろ」

神保はふてくされて答えた。

「ほかには何か残されていませんでしたか」

「ペンションの部屋に睡眠改善剤の空き箱が残されていた。小田原署では眞美がその薬を飲んで芦ノ湖に入って自殺したと言われたが、そんなことはあり得ないんだ」

神保はそっぽを向いたままで答えた。遺書と睡眠改善剤のふたつの物的証拠があっては小田原署が自殺と判断するのも無理もない。

「お気持ちはよくわかります」

「あんたに俺の気持ちがわかってたまるか」

神保は向き直って毒づいた。

最愛の娘を失った悲しみは、たしかに政鷹にはわからなかった。

だが、神保の立場に立って、その気持ちを理解しなければならない。

「ほかにペンションの部屋に残されていたものはなかったでしょうか」

「着替えや化粧品などふつうの旅支度とタブレットが残されていた」

タブレットからは個人情報が把握できるかもしれない。政鷹は期待を込めて訊いた。

「タブレットですか。何に使っていたんでしょうか」

「おもに地図を見るのに使っていたようで、たいしたものは残っていなかった」

神保は自信なげに答えた。

「メールなども残っていなかったのですね」

「ああ。そういうものはなかった」

「スマホはありませんでしたか」

「なかった。小田原署では持って出て、芦ノ湖に沈んでしまったのだろうと言っていた」

スマホが残されていないのはちょっと気になった。故人の生前の動静や知人友人との通信記録がつかめない。

神保はコーヒーテーブルに置かれた手帳を指さして叫んだ。

「警察はこんなあやふやな一行だけで自殺と決めつけるんだぞ。睡眠改善剤だって旅先で眠れなかったから飲んだだけかもしれん。それなのにろくに調べもしないで……娘の死をなんだと思っているんだっ」

神保の顔は赤く火照《ほて》って、全身が小刻みに震えている。

眞美の話をする度に発作のように怒りがこみ上げてくるようだ。

政鷹は神保の両の目を見据えてしばらく黙った。

自分がきちんと話を聞いていることだけは伝えたかった。

「状況を考えれば自殺と判断した小田原署に無理があるとは思えません」

「小田原署はきちんと調べてないんだ」

神保は政鷹を睨みつけた。

「神保さんが、お嬢さまの死が自殺でないとお考えになる理由をお話し頂けませんか」

ゆっくりと政鷹は尋ねた。

「眞美のことは誰よりよくわかっている。あいつは強いんだ。そう簡単に生きることをあきらめたりするわけはない。自殺なんて考えられん」

切々と神保は訴えた。

こんな意見に所轄署や本部が耳を傾けるはずはない。どんなに強く見える人間だって追い詰められることはある。

だが、政鷹は大きくうなずいて賛意を示した。

神保からもう少し詳しい話を聞かなければならない。

「ほかに何か自殺と考えられないような事情に気づきませんでしたか」

「あるとも」

神保は刺すような視線で政鷹を見据えた。

「眞美は箱根に出かけるときに、港南台《こうなんだい》の駅から俺に電話してきたんだ。明日、帰り道にうちに寄るってな。それだけでじゅうぶんだ。俺に会いに来ようとしていた眞美が死ぬわけはない」

力強い神保の声が響いた。

「お嬢さまはたびたびお宅にお帰りになっていたんですか」

神保は急に元気がなくなって首を横に振った。

「その……折り合いが悪くてな。滅多に顔を出さんかった」

政鷹はちょっと驚いた。

ずっと傲岸《ごうがん》だった神保の表情に恥じらいが見えたからだった。

「どれくらい久しぶりのことでしたか」

「去年の秋に立ち寄った」

「半年ぶりくらいですか」

神保はかるくあごを引いた。

「十一月二日がうちのやつの命日でな。眞美は仏壇に線香を上げに来たんだ。毎年、その日だけは二宮にやって来ていた」

「お母さまの命日だけはお会いになっていたのですね」

「一瞬だけだ。眞美はいつも墓参りを済ませてから、どこかで時間をつぶして、店じまいの後に帰ってきた。俺は娘の顔を見ると、隣の喫茶店に逃げてたのよ」

「なぜですか？　ゆっくりお話すればよかったじゃないですか」

「眞美が俺の顔を見るのを嫌がっていたからだ。俺の顔を見ると動悸《どうき》がして具合が悪くなるって言ってたから、なるべく顔を見せないようにしてたんだ」

神保はつらそうに目を伏せて続けた。

「娘は帰るときには隣に声を掛けていったんで、俺はその後で店に戻ってたのよ。だが、あの日はなにか話があるようだった」

「眞美さんは、お父さんに悩み事の相談をしたかったのではないでしょうか」

「いや、そんな深刻な雰囲気は少しもなかった。『明日は隣へ逃げないでよ』と話していた声はいつもどおりだったよ」

「なんの用事だったのでしょうか」

「さぁ……俺にはわからんのだ」

神保は低い声で答えた。

政鷹は引っかかった。たしかに、ふだん帰ってこない実家に帰って、顔も見たくない父親とわざわざ会おうとしていた人間が、その前日に自殺するのは不自然だ。しかし、衝動的な自殺だったのかもしれない。あるいは自殺するほどの悩み事を抱えていて、父親に相談しようとしていたのかもしれない。

目の前の神保は、そんな相談をする相手としては、まったく不適当な性格にも思われる。とは言え、父娘《おやこ》である。他人には簡単に理解できないようなきずなを築いていることは否定できない。

「奥さまはお亡くなりになっているのですね」

「ああ、眞美が小学二年生のときに病気で死んだ」

神保の声は沈んだ。

「神保さんは再婚なさらなかったのですか」

「眞美一人しか子どもはいなかったし、ずっと一人で育ててきたんだ」

神保の節くれ立った掌へ政鷹は目をやった。

ふいに気の毒な気持ちが政鷹の胸のうちにこみ上げてきた。

妻に先立たれて男手ひとつで育ててきた愛娘《まなむすめ》を不審死で亡くすとは……。いまの神保はどんなにつらい思いを抱えているだろうか。

「それなのに眞美さんは一年に一度しか顔を出さなかったわけですね」

政鷹の言葉に神保はわずかにうつむいて口を開いた。

「俺がいろいろと文句を言ってな。高校生くらいになってからは、しょっちゅう喧嘩《けんか》していた。それで就職と同時に家を飛び出してしまった。もう十年にもなる」

父娘の対立などは珍しくもないが、十年も続いていたとなると深刻ではある。逆にいうと、神保は眞美の日常をよく知らないともいえるのだ。

「立ち入ったことを伺うようですが、神保さんはどんなお仕事をなさっているんですか」

「そば職人だよ。二宮駅の北口で《吾妻庵《あづまあん》》というそば屋をやっている。吾妻山のふもとだからな」

「ずっとそちらのそば屋さんを？」

「ああ、もう二十三年もやっている。お客は地元の常連ばかりだな」

神保に少しだけ親近感が湧いた。政鷹の実家は北海道の大沼公園《おおぬまこうえん》駅近くでステーキハウスを営んでいる。飲食店経営のつらさはよく知っている。

政鷹の実家は両親そろっているが、妻に先立たれた神保はきっと大変な苦労を重ねたはずである。

「地元に愛されるお店は素晴らしいですよ」

実家はとくに夏場は観光客が中心だ。

「店を開いて一年ちょっとで、うちのやつに先立たれた。膵臓《すいぞう》がんだったんだ。いきなりのことだった。あいつには無理をかけ過ぎたのかもしれん」

神保の声は湿った。

「お嬢さまはどんな仕事をなさっていたんですか」

「磯子《いそご》にある船具専門商社に勤めていた」

「会社名を教えてくれませんか」

「《星港商会《せいこうしょうかい》》というんだ。星に港で星港だ。電話番号がメモしてあるはずだ」

ポケットに手をやろうとした神保を政鷹は掌で押しとどめた。

「磯子区の《星港商会》で検索掛けられますから大丈夫です」

目を見開いて神保は政鷹をじっと見つめた。

「ほかに何かお話はありますか」

「いや、とりあえず言いたいことは言った」

神保は鼻から大きく息を吐いた。

「わかりました」

自分の手帳を閉じて政鷹はICレコーダーのスイッチを切った。

しばしヒーターのファンのうなりが響いた。

「なぁ、伊達さん……」

政鷹は目を瞬《しばたた》いた。神保の瞳がわずかに潤んでいる。

「なんでしょうか」

「こんなきちんと話を聞いてくれたのはあんたが初めてだ」

「お話はきちんと伺わないと……」

一人娘が死んだ話をないがしろに聞くわけにはいかない。

「小田原署でも県警本部でも遺書と睡眠改善剤だけで自殺と決めつけて、けんもほろろだった。俺の話をろくすっぽ聞いてくれなかったんだ。みんなせせら笑っているような感じだった。あんたは違う。まじめに聞いてくれた」

「あたりまえです」

娘が死んだ不幸に対して警察の判断に不審を抱いている神保の話を真正面から聞く

のは当然だった。

「あんたの目を見ればわかる。伊達さんの目は真剣だ」

神保は言葉を重ねた。

「愛するお嬢さまのお話ですから」

「ありがとう」

神保はソファから腰を浮かせて頭を下げた。

政鷹はひと通りの役割を果たせたと安堵した。

「いずれにしても少し調査してみたいと思います。結果をお電話したいので、連絡先を教えて下さい」

政鷹自身も引っかかる事実がいくつかあった。

刑事としての勘が、放っておけないなにかをわずかに感じていた。

「ああ、ここに店の電話番号が書いてある」

名刺大のショップカードを神保は手渡した。

抹茶色のカードには《吾妻庵》の名前と住所や電話番号が記されていた。

「あんた、やっぱり独眼竜の子孫だけのことはあるな」

「いや、伊達政宗の血は引いていないので……」

戸惑いながら答えたが、神保は無視した。

神保は立ち上がって強くあごを引いて頼んだ。

「頼んだぞ。独眼竜」

政鷹も席を立つと、神保を戸口まで送り出した。

「近くに来たらうちに寄ってくれ。美味《うま》いそばをたらふくご馳走《ちそう》する」

神保は初めて笑みを浮かべた。

意外と人なつこい顔に変わるのがおかしかった。

「楽しみにしています」

四番ブースの扉を背にした政鷹は、肩を怒らせて出入口から出てゆく神保を見送った。

その姿とは裏腹に、何ともいえぬ淋しい影が背中に漂っていた。


【2】


「お疲れちゃん！」

いきなり声を掛けられて振り返ると、ベージュのスーツを着た小太りの男が笑みをたたえて立っていた。さっき二番の相談室に入っていった職員だった。

胸から下がるＩＤカードには「まつうら」の丸ゴシック体と「神奈川県警察　巡査

部長　松浦義信《まつうらよしのぶ》」との表記があった。

丸い顔に丸っこい鼻、やや垂れ目でぷっくりとした唇は好人物のように見える。年齢は三十代の終わりくらいか。同じ階級だが、先輩に当たる刑事のようだ。くしゃっとしたショートレイヤーの髪型も容貌には似合っている。ホールにはほかの人間の姿はなかった。

「あ、はじめまして。本日付で第四班に異動になりました伊達です」

伊達は上体を折る室内の正式な敬礼をした。

にやにや笑いを浮かべて松浦は政鷹の肩を親しげに叩いた。

「松浦だ。ま、よろしく」

「よろしくお願いします」

「捜査一課の生え抜きだって？　なにをやらかしたんだ？」

松浦はちょっと意地悪い目つきでおもしろそうに笑った。

「いえ……とくには……」

今回の異動の事情は話したくなかった。

「だけどさ、一課の強行七係から、こんな場末に異動になったんだから、なんかポカやったんだろ」

「場末？　刑事特別捜査隊は刑事部長の特命で動く精鋭揃《ぞろ》いなのではないですか」

すでに信じていない言葉を政鷹は口にした。

「それは一班から三班の話だよ」

松浦は親指を後ろに立てて、制服警官が立哨していた建物の方向を指した。

「うちは刑事部のあちこちから、嫌われ者や困ったちゃんが集められた部署でね。伊達くんだって上司の覚えめでたい刑事とは言えないはずだよ」

政鷹はいまさらながらに、自分が四班に異動になったことに納得できた。

「成績が悪かったんですよ」

「わかった。ま、そういうことにしておこう」

松浦は手を顔の前でひらひらさせると、含みのある笑いを浮かべた。

「第四班はどんな職務を担当しているのですか」

「いま客から話を聞いてだいたいわかったろ」

「客……ですか」

政鷹は面食らって訊いた。

「ああ、うちは『県警お客さま相談係』と呼ばれているんでな」

「お客さま相談係？」

自分の声が裏返るのを防げなかった。

「そ。『警察庁丙人発第八九号』って知ってる？」

松浦はにやにや笑いを浮かべたまま訊いた。

捜査一課の激務続きの毎日のなかで、用箋挟で大量に廻されてくる警察庁の通知・通達のコピーなど見る暇はない。

「いいえ、知りません……通達ですね」

松浦はかるくあごを引いた。

「平成三十一年三月二十九日付の『警察職員の職務執行に対する苦情の適正な処理について』っていう警察庁長官官房長通達さ。この通達の一番の趣旨は、簡単に言うと『世間がうるさいから各都道府県警は苦情処理体制の整備につとめよ』ってことなんだな。それで、我が神奈川県警刑事部でも、この六月一日から苦情処理専門のポストをあわてて新設したってわけなのさ」

「それがこの刑事特別捜査隊第四班ですか」

拙速に新設されたために、こんなボロボロの庁舎を使う羽目になったのだろう。いずれにしても、自分のこれからの仕事に政鷹は大きな不安を覚えた。

「そうだよ。県立高校の先生たちの労組が使っていたここが空いて県に返ってきて、数年間放りっぱなしになっていたんだ。それで、これ幸いとばかりに、俺たちはこのお化け屋敷にぶち込まれたってわけさ」

「な、なるほど……」

スマホのマップの表示が更新されていないだけだったのか。

「制度的には所轄署長や刑事部各課長が、特四で扱うのが適当と判断した刑事関連事案の苦情申立を廻附してくる。だが、要するに所轄刑事課と本部の刑事部が扱う事件のクレーマー対策本部だよ」

「クレーマー対策本部……」

神保の対応で職務内容を察していたものの、この第四班の仕事は予想していた以上に冴《さ》えないようだ。

「各所轄や刑事部各部署で持て余したクレーマーを最後に押しつけるセクションってわけだ。だから、ここは特捜ならぬ客相なのさ」

「そうだったんですか……」

話を聞くにつれ特四に配置された政鷹としては落胆せざるを得なかった。

「特殊捜査班の第四班と区別して、うちのことを『あっちの特四』と陰口をきく連中もいるらしい」

「この班の仕事がわかってきました」

「ははははは。その顔」

松浦は政鷹の顔を指さして派手に笑って言葉を継いだ。

「伊達くんは正直者だな。露骨にがっかりってな顔してさ」

「そ、そんなことはありません」

政鷹はあわてて顔の前で手を振った。

「ふふふ。図星のようだな。ここは刑事特別捜査隊への異動で希望に燃えていた熱血刑事くんには酷な話だろ。ここは刑事にとっては掃き溜《はだ》めみたいな場所だよ。あくせく働いたって仕方ない。まぁ、のんびりやることだな」

新所属の先輩はすっかりやる気がなさそうである。

「覚悟をしなきゃなりませんね」

政鷹は肩を落とした。

「そんなに渋い顔をするな。意外と気楽な職場だよ。刑事部長はもちろん、刑事総務課長も特四のことは見捨ててるから、上はまったく干渉してこない。わがままなクレーマーの話を、ただ、聞いていればいいんだからな」

松浦の言葉は皮肉な調子に聞こえた。

返事に困って、さっきから尋ねたかった話を訊いてみた。

「特四ではクレーマー……いや、苦情申立人の話を聞くのだけが仕事なんですね」

「もちろん聞くだけじゃないさ。それなら刑事はいらない。申立人から話を聞いて、これは捜査が必要だと判断した事案は、うちの班だけで独自に捜査する」

胸のうちに少しだけ明るい希望が生まれてくるのを感じた。

この特四でも刑事としての仕事、つまり捜査ができるのだ。

「でも、継続捜査ではないし、無罪となった事件を捜査するわけでもないんですね」

問いを重ねると、松浦はしたり顔でうなずいた。

「その通りだよ。継続捜査は、おもに捜査本部が解散してから解決できなかった事件で、継続捜査班が扱う。一方、起訴されて無罪となった事件は、一事不再理の原則があるから基本的には捜査できない。うちが扱うのは、事件性がないとして最初から県警が取り上げなかった事件だけだ」

「よくわかりました。ところで、捜査するかどうかの判断は……」

「すべて班長がする」

「課長以上の決裁は必要ないのですか」

「刑事特別捜査隊は一班から四班まですべて刑事総務課に置かれているが、どの班も実質上は刑事部長の直属だ。ところが、さっきも話したようにうちの班は見捨てられてるから、かなり好き勝手に動ける。課長と部長の決裁は予算を食うもの以外は、後からで形式的にもらえばいいんだ」

「班長の責任は大きいですね……」

「そう。わたしの責任は重大ってわけ」

政鷹の言葉を遮るように、艶のあるアルトが響いた。

驚いて声が聞こえたほうを見ると、四十歳前後の女性が立っている。この建物に入るなり、神保を押しつけてきた小笠原巡査長ではない。

黒いレザーテーラードジャケットを羽織り、下には大きな花をあしらった色彩豊かなシャツを着ている。

スペインの《デシグアル》という個性的なデザイナーズブランドだと、政鷹にはわかった。

オレンジのふわっとしたポケットチーフのアクセントが効いている。ボトムは黒いレザーパンツだった。

面長で目鼻立ちのくっきりした容貌。きめ細かい白い肌が派手めのメイクを引き立てている。耳朶《みみたぶ》で輝く鳥の羽根をあしらったシルバーのピアスがよく似合っている。

ミディアムくらいの黒髪をふわっとしたひっつめにしているが、とても警察官に見えない。

だが、やはりIDカードを下げている。「神奈川県警察　警部補　安東《あんどう》ゆかり」とある。

女優のような華やかさを持ったこの安東が、自分の所属する特四の班長なのだ。

「都落ちして今日からこの掃き溜めに突き落とされたエリート刑事の伊達くんです」

松浦が妙な紹介をした。

「はじめまして伊達くん。捜査一課の強行七係から異動してきたのってあなたね」

大きめの赤い唇が動くのを、ぼんやり見ていた政鷹は、はっと我に返った。

巡査部長の所属長は、班長または係長であるから、安東班長が申告相手である。

政鷹は直立して異動申告を始めた。

「申告します……」

「あ、それで終了」

安東班長は両の掌を前に突き出して、政鷹の言葉を押しとどめた。

政鷹は拍子抜けした。

異動した際には「人事異動等に際して行う申告要領」に基づき、敬礼や服装などが細かく規定されている。このなかに常装と規定されていたので、政鷹は制服ではなくふだんのダークグレーのスーツを着てきた。

この要領によれば、「申告します。刑事部捜査一課強行第七係巡査部長伊達政鷹は、本日付をもって、刑事総務課刑事特別捜査隊第四班勤務を命ぜられました」と安東班長に対して申告しなければならない定めになっている。

「もうすぐ亜澄ちゃんも終わるだろうから座りましょ」

安東班長はホールの隅のソファに腰を下ろした。

松浦に続いて、政鷹もソファに座った。

「髪長めなのね」

ゆったりとした笑みを安東班長は浮かべた。

政鷹は刑事になってからは、かるく染めてミディアムで通していたが、警察官としてはもっとも長めだろう。

「切ったほうがいいですかね」

ショートは似合わないと思っているので残念だが、上司の命とあれば考えざるを得ない。

「いいえ、とっても素敵よ」

皮肉な雰囲気はなかった。

「ありがとうございます」

気に入っているヘアスタイルなのでほっとした。

「ところで、伊達くんにうちの仕事内容を教えなきゃね」

「この特四がどんな場所なのかはもう教えてやりました」

松浦は肩をそびやかした。

「あなたのことだから、どうせろくな説明しなかったんでしょ」

「まぁ、実態を包み隠さず話したわけです」

松浦は頭を掻《か》いた。

「あの……メンバーはぜんぶで何人なのですか？」

政鷹が訊くと、安東班長は苦笑いを浮かべた。

「ほら、肝心なこと話してないじゃないの」

「メンバーは伊達くんを入れて五人だよ……」

松浦は意に介していない風に答えた。

五人となるとさっきの亜澄のほかにもう一人いるのだろう。

「もう一人は男性ですよね」

「そうだよ。森《もり》っていう巡査長だ」

「それにしても女性比率が高いのですね」

刑事の職場として五人のうち二人が女性で、しかもトップも女性というのはあまり類がないだろう。

「うちはねぇ、総務省が推進する『女性地方公務員活躍・働き方改革の方針』に則《のっと》って、神奈川県警が言いわけのように作っている部署なんだな」

松浦がわけ知り顔で答えた。

「そう……要するにちゃんと女性を活用していますっていうアリバイ作りが、わたしと亜澄ちゃんの配置というわけ」

安東班長はうふふと笑った。

そのとき、三番ブースのドアが開いて、さっき入っていった高齢の女性と亜澄が出てきた。

「では、小山さん、お手紙を差し上げますので」

「お嬢ちゃん、ちゃんと調べて下さいよ」

詰め寄るような口調だった。

「お手紙をお待ちになって下さい」

老女はしゃきしゃきと足早に出入口から外へ出て行った。

亜澄は胸で抱えていたファイルをソファのテーブルに投げ出した。

「んもう、やんなっちゃう」

亜澄は嘆き声を上げ、頬をふくらませてソファに座った。

「あのおばあさんどんな申立だったの？」

安東班長が口もとにわずかに笑みを浮かべて訊いた。

「あの人、小山さんっていう方なんですけど、放火犯がいるから捕まえてくれって訴えているんですよ。家の近所でたまたま二軒の火事があったんで、すっかり怖《お》じ気《け》づいちゃっているんです。消防署からもらった資料見せても無駄で、いくら説明しても、怖い。助けて。うちが燃やされるって何度も繰り返してるんです」

亜澄は堰《せき》を切ったように説明した。

「放火の可能性はないの？」

亜澄は首をはっきりと横に振った。

「所轄の戸塚《とつか》署に電話入れたら、両方とも出火の原因がはっきりしてるんです」

「どんな原因だったのかしら」

「料理の火がフライパンに移った事故と、小学生の子どもたちの火遊びが原因でした」

「でも、あのばぁさんは放火犯の仕業だと信じ込んでるわけだな」

松浦はさして興味がなさそうな口調で訊いた。

「ええ、三十歳くらいの怪しい男が火事の出る前の時間に現場《げんじょう》付近をウロウロしているのを、二回とも見たって主張しています」

「ウロウロしていただけじゃなぁ」

松浦はあきれ声を出した。

「で、自分の家も危ないっていう訴えなのね？」

亜澄は渋い顔でうなずいた。

「どうして、お宅が狙われると思うんですかって訊くと、江戸時代以前から続く名家だから自分の家が狙われてるって。なんでも東海道の脇本陣だったらしいんですよ」

政鷹は歴史に関する知識はあまりない。むかしテレビの歴史番組で見たが、本陣に差し支えが生じたときなどに大名が泊まる宿だったはずだ。

「おいおい、東海道の脇本陣って、たしか静岡《しずおか》県の浜松《はままつ》市に一軒しか残ってないはずだぞ」

松浦の言葉に政鷹は驚くほかなかった。そんな細かい歴史を知っているとは。

「そうらしいですね」

亜澄はすまし顔で答えた。

「だって、脇本陣だから狙われているって言ってんだろ」

「いや、だから、家柄が脇本陣なんですよ。小山さんがいま住んでる家は昭和三十年代に建てられたそうですけど」

「放火犯が家柄まで調べて火を付けるっていうのか」

松浦は噴き出した。

「亜澄ちゃんから見て事件性はないと判断できるのね」

「はい。小山さんの恐怖心が勝手に犯人像を作り上げてるとしか思えません」

「わかった。回答書だけ送付しなさい」

安東班長は即決して答えた。

「もちろんです。すぐに送っときます」

亜澄は当然という顔で答えた。

この件は扱い終了となったわけだ。

「あの……特四で事件性がないと判断したら申立人に回答書を送るんですか」

政鷹は念を押した。

「そうよ。もう捜査をすることはないと判断したから、どこへ苦情を持ち込んでも無駄ですよっていう県警としての最終回答になるの」

安東班長はさらりと答えた。

「事件性がありそうだと判断したときは捜査を開始するのですね」

期待を込めて政鷹は訊いた。

「ええ、わたしたちだけで捜査を開始します。その結果、本格的な捜査が必要だと判断したら、刑事部長に報告して指示を仰ぎます。たいていは捜査一課が乗り出すことになるわけ」

自分のいた七係には廻ってこなかったなと政鷹は思った。

「だけどさ、六月の開設から捜査一課が登場したケースはたったの三件しかないんだよ。俺たちが調べ直した結果、ほかのケースに事件性はなかった。要するにクレーマー対応が特四の仕事さ」

松浦の言葉が皮肉な調子に響いた。

「松ちゃんはこらえ性がないよ。たった半年だよ。半年で三件当たったんだから、これから何があるかわかんないじゃん。スゴい事件が舞い込むかもよ」

政鷹は我が耳を疑った。

亜澄が松浦を「松ちゃん」と呼ぶのはふつうの警察組織ではあり得ない話だ。松浦は巡査部長で亜澄は巡査長だ。タメロもあり得ない。松浦はデカチョウなのだ。

「亜澄ちゃんは気が長い。指は短いけど」

だが、松浦は平気で亜澄をからかっている。

なるほど亜澄の手は小ぶりだった。

「あ、また、それ言う。女性の容姿を誹謗《ひぼう》するのはセクハラだからね」

からかうような亜澄の声だった。

「指のかたちも容姿か……」

松浦はぽつんとつぶやいた。

ようやく亜澄にあいさつできる雰囲気になってきた。

「伊達です。小笠原さんですね、よろしくお願いします」

政鷹は亜澄に向かって頭を下げた。

「あ、亜澄って呼び捨てしてもらっていいです。よろしくです」

亜澄はちょっと気取った声で答えた。

「伊達くん。亜澄ちゃんはね、この通り明るくていい子よ。だけど、けっこうキツいとこあるから覚悟しておいて」

「班長、伊達さんに最初から変な先入観を植えつけないでください」

「だってウソじゃないでしょ」

亜澄はぺろっと舌を出すと、まじめな顔に変わって政鷹の目を見た。

「伊達さん、さっきはごめんなさい。いきなりあのおじさんを押しつけちゃって。本当は今日の予約だったんだけど、予約名簿の字が汚くて間違えちゃってて」

「すいませんねぇ」

松浦がふてくされた。

「あれ、やっぱり松ちゃんの字か」

「刑事部から電話受けたとき、忙しかったんだよ」

「で……どうだった。特四初体験」

亜澄は興味深げに瞳をくるくるさせて訊いた。

「そうですね……まぁ、なんとかなりました」

政鷹はあいまいに答えるしかなかった。

「ちょっと予約票見せてくれる？」

予約票を安東班長に手渡すと、さっと目を通して返してきた。

「申立人の神保さんは自殺ではなく殺人だと主張しているのね？」

安東班長は政鷹の目をまっすぐに見て訊いた。

「殺人という言葉は使っていませんでしたが、そう思っていますね」

「伊達くんが聴いた話を教えて」

政鷹はポケットから手帳を取り出して開いた。

「はい……まずは事件の経過ですが……」

政鷹は神保から聴いた話をすべて伝えた。

亜澄と松浦も興味深げな顔で話に聴き入っている。

「で、伊達くんはどう思う？」

安東班長は政鷹の目を覗き込むようにして訊いた。

「気がかりな点がふたつあります」

「言ってみて」

「ひとつは手帳に残っていた遺書とされる一文です」

政鷹は眞美の手帳の最後のページをひろげて見せた。

――いまのわたしにさよならしよう
「これだけでは自殺の意思表示と断定できません」

「いままでの自分を捨てて別な生き方を選ぼう、ってな意味にも解釈できる言葉だな」

松浦はあごに手をやった。

「もうひとつは死亡の翌日に、眞美が実家に帰ると父親の神保に伝えていた点です」

「自殺するほどの悩みを抱えていたんだから、父親に相談しようと思っていても不思議じゃないでしょう」

亜澄の主張することは政鷹も考えた。

「ぱっと考えるとそうなんですけど、よく考え直すと納得できないんです」

「何が納得できないのよ」

亜澄は食い下がった。

「眞美は父親とは折り合いが悪く、母親の命日だけ、一年に一度だけ実家に帰っていたんです。しかも父娘はなるべく顔を合わせないようにしていた。そんな娘が自殺するほどの悩みを父親に相談するでしょうか。一方でその日は父親に何か話したいことがあったのは事実なんですが」

「やっぱり悩み事を相談したかったんじゃないかしら」

安東班長の疑問はもっともだった。

「そういう雰囲気の電話には感じなかったと神保は言っています」

父親がわからないくらいだから、政鷹にとって眞美の用件はまるで謎だった。

「じゃあ、衝動的な自殺だったんじゃないの」

ちょっと強い亜澄の語調だった。

これまた政鷹が考えていたことだ。

たしかに衝動的な自殺と言われれば反論のしようがない。

「衝動的……都合のいい言葉よね」

安東班長が気難しげに眉を寄せた。

「でも、人間って、ときに衝動的に自殺したくなることとありますよね」

「たしかに亜澄ちゃんの言うことは間違ってない。でも、我々、捜査員が不明瞭な死亡の理由づけとして安易に衝動的という言葉を使うのはよくないと思う」

安東班長は思慮深い表情を見せた。

「班長は自殺以外の可能性を考えているのですか」

政鷹の問いに安東班長は静かに訊き返した。

「伊達くんはどうなの？」

「少なくとも、もっと詳しく調べるべきだと思います。なにか引っかかるんです」

政鷹はきっぱりと言いきった。

「捜査一課のエースだったあなたの勘を信じましょう。所轄署に行って詳しい話を聞いて来なさい」

「ありがとうございます」

自分で調べてみて自殺と確信できればほっとする。自信を持って神保に回答書を送ることができる。

「亜澄ちゃんも一緒に行ってちょうだい」

「あたしも行くんですか」

亜澄は露骨に顔をしかめた。

「だって、あなた十時半からの相談者、キャンセルになったでしょ。十三時はわたしが代わってあげるから」

「事務仕事がいっぱいあるんですけど」

亜澄は不服そうに答えた。

「なに言ってるの。亜澄ちゃんと伊達くんとのコンビははじめじゃないの」

「え？　え？　どういうことですか？」

「外部へ出るときには、今日からあなたと伊達くんがBチーム。松ちゃんと森くんがAチームで動いてもらうことにします」

「俺は誰と組んでもいいよ」

松浦は気のない素振りだった。

「亜澄ちゃんは伊達くんについて捜査一課流を学びなさいな」

「えーっ」

亜澄は派手に身を仰《の》け反らせると、政鷹の顔をじっと見つめた。

「でも、まぁいいか」

わずかに頬を染めて亜澄はうなずいた。

またも政鷹は驚いた。

上司の下命は絶対である。部下に拒絶する権利はない。

この特四は何かが決定的におかしい。

「小笠原さん、俺にもこの班の仕事を学ばせて下さい」

政鷹は頭を下げた。

「じゃ、行きますか」

「はい、小笠原さん、よろしくお願いします」

「あのね……そうあらたまった口をきかれると話しにくいんですけど。あたしのことは亜澄って呼び捨てにしてもらっていいし、タメ口で頼みます」

「はい、わかりま……わかった」

「よろしくです。あ、ちょっと荷物取って来るから、外へ出て車庫の前で待ってて」

「了解」

亜澄は小走りに二階に続く階段へと消えた。

「いつもながら落ち着きのない子ね」

安東班長はあきれ顔で笑って言葉を継いだ。

「小田原署の地域課長にはこちらから連絡を入れておくから」

「行って参ります」

政鷹は上体を折る正式な敬礼をして外へ出た。

建物右手のサビが浮き出たシャッターの前で待っていると、亜澄がネイビーのメルトンピーコートを着てショルダーバッグを下げて現れた。

二人で協力すると、シャッターはギギギとイヤな音を立てて開いた。

射し込んだ陽光が赤と黒のメタリックに輝く二台の小さな乗用車を照らし出した。

「これ、覆面なの？」

覆面パトカーは、シルバーメタリックの地味な中型セダンが多い。

目の前の二台は軽自動車より一回り大きいくらいで、ボンネットが短く寸詰まりだが、独特の愛らしいフォルムを持っている。

「そう。かわいいでしょ」

「これってスマートのフォーフォーだよね」

スウォッチとベンツが共同開発したスマートだが、小回りがきくばかりでなく安全性も高い設計となっている。フォーフォーと呼ぶようになった二代目の4ドアスマートは、ルノー・トゥインゴと基本コンポーネントを共用していたはずだ。

「クルマ出すからシャッター閉めといて」

亜澄はさっさと赤いほうのスマートに乗り込んだ。

シャッターを閉めて助手席に乗り込むと、スマートはすぐに表通りへと出た。

グローブボックスには警察無線の送受信機、データ処理用のタブレットもあって一応は覆面らしい仕様になっている。

一リッターに満たないエンジンだけに、ある程度はうなる。しかもRR（リアエンジン・リアドライブ方式）なので、エンジン音が背後から聞こえるのが奇妙な感覚だった。

だが、意外にも道路に吸いつくようで乗り心地はよかった。

亜澄は運転が上手だった。ステアリングさばきもきれいで、安定したハンドリングでスマートを転がしていた。

狩場線の阪東橋《ばんどうばし》出入口はすぐ近くなので、中村町分庁舎は県内各所に出かけるためには便利な位置にあるといえた。そのために機動捜査隊や自動車警ら隊の本部が置かれているのだろう。

狩場線はわりあいと空《す》いていてクルマの流れはスムースだった。

「スマートの覆面は珍しいね」

「ふつうのセダンと比べてもそんなに高くないんで、班長が交渉したら通ったんですよ」

「亜澄さんもタメロでいいよ」

「了解。ね、伊達さんって、なんで特四なんかに廻されてきたの？」

「いや、成績が悪かったんだよ」

「そうなの？　ま、いいや。あたしも言いたくないから」

松浦いわく「掃き溜め」に追いやられた理由を話したくないのは政鷹だけではないようだ。

政鷹は話題を変えた。

「特四ってすごく家庭的な雰囲気なんだね」

「家庭的か……ま、みんな嫌われ者や困ったちゃんだから、身を寄せ合って生きてるってわけ」

亜澄は冗談っぽく笑った。

「安東班長はやさしすぎるような気がするんだけど」

ひと癖ある部下たちを統制できているのだろうか。

「いいのよ、あれで。だってみんな信服してるもん」

「尊敬できる上司？」

前方を見つめながら亜澄は大きくうなずいた。

「もちろん。メチャクチャ優秀。だから、班長の指示に反発する人はいないよ」

「そうなのか……」

特四の人間関係はそれなりにうまくいっているようだ。

それにしても優秀で人柄もすぐれている安東班長が、どうして特四などに追いやられているのだろう。いずれは本人に尋ねてみたいと政鷹は思った。

「ところで、相談って一日何件くらい受けているのかな」

「八時半、十時半、十三時、十五時と一日四回受け付けてる。伊達さんが来るまでは三人で四回だから十二件ね。で、班長は遊軍っていうのかな。あたしたちがお手上げのケースでサポートしてくれたり、捜査が入った時に代わりに面談してくれたりしてるわけ。ちなみに、捜査が入ってるときには受付する人数を減らすんだ」

「今日はいきなり捜査が入ったけど、相談者対応は穴が開かないのか？」

「午前中は森ちゃんが本部に月例報告に行っていて留守だから、もともと件数減らしてあるんだ」

「森くんってどんな人？」

「いい子よ。うちでいちばん若いんだけど、スポーツマンで射撃の腕もピカイチなの。

帰ったら紹介するね」

「よろしく。ところで、苦情対応の仕事って疲れるよね？」

亜澄は鼻の先にしわを寄せて笑った。

「そおねぇ。疲れるけど、段々慣れてきた。うちへ来る相談者って、それまで所轄や刑事部でけんもほろろに扱われてきた人が多いから、丁寧に話を聞いてあげると、それだけでもかなり満足するみたい。なかにはどうしようもない文字通りのクレーマーもいるけどね。そんなときは班長が対応してくれるから」

安東班長は亜澄たちの安全弁の役割を果たしているようだ。

「上司がいいと職場は楽しいよなぁ」

「その点は幸せだよ。あとね。最高にいいことがあるんだ」

「なに？」

「定時に帰れる日が多いんだよ。土日出勤もあんまりないの」

「信じられないな」

政鷹は驚きの声を上げた。

刑事は日勤で、一般の地方公務員と同じく、八時半から十七時十五分の勤務時間と定められ、土日は勤務日ではなく休みである。

しかし、この定めが守られた場面を政鷹は見たことがない。捜査本部が立ち上がって参加する場合には、所轄署の武道場などで何日も寝泊まりする羽目になる。

交番など、三交代制の勤務の場合には当直日は二十四時間勤務、翌日の当直明けは非番で休み、三日目は日勤という勤務形態となる。

「捜査本部《ちょうば》が立ったときには、応援出動はあるだろ？」

「滅多にない」

「同じ特別捜査隊の一班から三班が要請してこないのか」

「よっぽど嫌われてるみたいだよ。あたしたち」

亜澄は楽しそうに笑った。

いずれにしても政鷹は毎日定時に帰れるような経験をした覚えがない。

五時十五分に帰れる。

それならば……。

政鷹のこころの中で欲が頭をもたげてくる。

（だめだ。また、同じあやまちを繰り返すつもりか……）

自分を叱って政鷹は首を振った。

「ところで、神保さんの件、本当に事件性があると思ってるの？」

亜澄は話題を変えた。

「わからない……でも、なんだか引っかかるんだ」

「さっき言ってた二点ね。でもどうなのかなぁ。あれだけじゃ事件性の根拠としては希薄だよね」

「だからこそ、こうして小田原に向かっているんじゃないか」

「そりゃそうだ」

そんな会話を続けている間に、クルマは狩場線から保土ケ谷《ほどや》バイパス、東名高速、小田原厚木《あつぎ》道路と、高速と自動車専用道路だけを通って小田原へ着いた。

小田原東ＩＣで下りて国道二五五号線で酒匂川《さかわがわ》を渡ると、前方には箱根外輪山が青々と伸びている。

つるつるの蒼氷《そうひょう》となった雪をかぶった富士山が、降り注ぐ陽光を浴びて輝いている。

小田原から望む富士の大きさに政鷹はあらためて驚かされた。

濃い青の空とのコントラストがまぶしかった。

【3】

小田原署は、以前一度だけ訪れたことがあったが、六階建て白壁の比較的きれいな庁舎である。県内有数の大規模署で、機動捜査隊と自動車警ら隊の小田原分駐所もこの建物の四階に置かれている。駐車場にはたくさんの警察車両が並んでいた。

一階の地域課のカウンターに行って用件を告げると、奥の応接室に通された。

しばらく待つと、四十代半ばくらいの制服警官が、分厚いファイルを手にして現れた。地域課の巡査部長で土屋《つちや》といい、この事案を扱った直接の担当者だった。

「本部のほうで再調査とは、なにか事情でもあるのですか」

ソファに対座した土屋巡査部長はちょっと不愉快そうに眉をひそめた。

「関係者からの要望がありまして、念のために調べているだけです。どうぞご心配なく」

亜澄は如才ない笑みを浮かべた。

「いや、この事案は問題ないと思うんですけどねぇ。事件性は考えられませんでしたよ」

わざとのように土屋巡査部長は大きな声で答えた。

「あくまで関係者に納得して頂くための調査です」

政鷹もやわらかい声を出した。

「なるほど……わかりました。これが本件に関する資料です」

土屋巡査部長はファイルのなかからホチキスで綴《と》じられた数枚のA4の紙を抜き出してソファのテーブルに置いた。隣には施設などの書き込みの入った二万五千分の一の地図も添えられた。

「拝見します」

政鷹は軽く頭を下げて用紙を開いた。

事件調書には何枚かの供述録取書と地図のコピー、現場写真などが続き、死体検案書で終わっていた。

勤務先から提供を受けたものか、グレンチェックの制服を着た神保眞美のバストアップの写真も添付されていた。

ほほえんでいるショートヘアの女性は三十歳の年齢よりは少し落ち着いた雰囲気だろうか。

決して美人とはいえないが、ふんわりとした顔立ちは愛らしくおだやかな人柄を感じさせた。あの雷おやじの娘とはとても思えない。

目元にもふっくらした唇にもあたたかさと明るさが漂っている。

「なんでもお尋ね下さい」

土屋巡査部長の口ぶりは開き直っているようにも聞こえた。

政鷹は亜澄にかるく目配せをして質問に入った。

「眞美さんの遺体はこの湖尻水門で発見されたのですね」

政鷹は事件調書に目を通しながら訊いた。

「ええ、ここです」

ひろげた地図の芦ノ湖北端あたりを土屋巡査部長は指さした。

箱根ロープウェイの終点である桃源台《とうげんだい》駅の西側に早川《はやかわ》という二級河川が流れている。芦ノ湖スカイラインの南側には早川をせき止める小さなダムの印があって、湖尻水門と記されていた。

「この湖尻水門は芦ノ湖の水位を調節する機能しか持っておらず、ふだんはほとんど水を流していません。早川は箱根湯本《ゆもと》で須雲川《すくもがわ》と合流して相模湾《さがみわん》に注いでいますが、このあたりではちょろちょろです。神保眞美さんの遺体は、水門の芦ノ湖側のコンクリート堰付近にうつ伏せに浮かんだ状態で発見されました」

「発見したのは誰なのですか」

「本署湖尻駐在所の太田道範《おおたみちのり》巡査部長です」

「あ、駐在員が発見者ですか」

「ええ、ここが湖尻駐在所です」

土屋巡査部長が指さした位置は、桃源台駅を過ぎて県道七五号線と芦ノ湖スカイライン導入路が分岐する交差点の南詰あたりだった。ホテルの向かいに駐在所の記号があった。

「太田は定年近いベテランで、湖尻駐在所には二十年も勤務しています」

「最近は長期間、同じ駐在所に勤務しているケースは減りましたよね」

「ええ、県内でもずいぶん少なくなったようですが、太田は地域の人々に愛されていて、異動に反対する声も多いものですから」

「得がたい駐在さんですね」

「ええ、地域課としても、太田はありがたい存在です」

第一発見者としては申し分ない人物のようである。

「で、太田さんが遺体を発見したのは午前五時七分と記録されていますね」

「彼は早起きで、毎朝、外へ出てはランニングをする習慣でした。発見日の四月二十一日も四時台に起きて水門横にある広場まで走っていったんですよ。そうですね、駐在所から西へ八百メートルほどの距離でしょうか。そこで、コンクリート堰近くに浮かんでいる遺体に気づきましてね。驚いて本署に連絡してきました。不審死なので、機動捜査隊が急行し、本署からも地域課員を派遣しました。遺体を引き揚げたところ眞美さんだったわけです。発見時刻は日の出直後です」

土屋巡査部長はあらかじめ答えを用意していたのか、淀《よど》みない調子で説明した。

「眞美さんが前夜宿泊していたペンションはどこですか」

「こちらです。《デル・ソーレ》というペンションです」

広場の南西側、五百メートルくらいの位置に建物が二軒並んでいた。湖畔沿いで背後には深い森を背負った場所である。

土屋巡査部長が指さしたのは手前に建つ建物だった。

「二軒並んでいますね」

「ええ、《デル・ソーレ》は手前で、滝川一郎《たきがわいちろう》という方がオーナーです。その奥は《湖畔の森》というの名のペンションで、柳生宗行《やぎゅうむねゆき》さんがご主人です。《デル・ソーレ》は三年くらい、《湖畔の森》は十年くらい前から営業しています」

「おもにどんなお客さんが宿泊するのですか」

「多くは釣り客ですね。もうすぐ禁漁期になりますが、三月二日から今月の十四日までは解禁期間です。芦ノ湖には、ヤマメ、イワナ、ヒメマス、ニジマス、ブラウントラウトなどのサケ科の魚が多く、コイやフナ、ワカサギなども釣れます。両方の宿にはそれぞれ小さな桟橋があって宿泊客用の貸しボートが舫《もや》ってあります。眞美さんはこのボートを湖に出して、湖上から身を投げたのです」

「ボートを使ったのですか」

この話は初めて聞く。

「ええ、《デル・ソーレ》の二号艇のローボートが深良《ふから》水門あたりの湖畔で発見されました」

「深良水門と言いますと、ええと……」

そういえばどこかで聞いたことのある名前だった。

「江戸時代前期に芦ノ湖の水を、灌漑《かんがい》を目的として現在の静岡県裾野《すその》市に引くために造成された深良用水の芦ノ湖口です」

「そんなむかしに」

「ええ、現在も使っています。この地下水路は深良用水、あるいは箱根用水と呼ばれますが、来年、通水三百五十年となります。箱根山を約一・三キロのトンネルで貫いているのですが、当時の土木技術の高さを感じさせます。数年前に『世界かんがい施設遺産』に登録されています」

小田原署の地域課職員だけに、土屋巡査部長は観光情報にも詳しいようだ。だが、いまは深良用水の話はあまり関係ない。

「ほかにはどんな客がいるのですか」

「残りはだいたいはハイカーですね」

「ハイキングコースがあるのですか」

土屋巡査部長はうなずいて言葉を続けた。

「芦ノ湖西岸歩道です。芦ノ湖はご覧の通り、北岸の湖尻と南岸の関所のある一帯の箱根にはさまざまな観光施設が固まっています。東岸は駒ヶ岳《こまたけ》ロープウェーの発着所である箱根園の周辺にプリンスホテル系の大型施設が建ち並んでいます。ですが、西岸は急斜面が多く湖畔を通る自動車道路がないことなど、さまざまな理由からほとんど開発されていません。ここに全長十一・五キロに及ぶハイキングコースが整備されています」

なるほど、湖西岸には山の上に芦ノ湖スカイラインが通っているが、湖畔に沿ったのは点線で表される歩道だけで、まったく建物がない。

政鷹は神奈川県に住んで十年以上になるが、初めて知ってかるい驚きを覚えた。

「それでハイカーが二軒のペンションに宿泊するのですね」

「二軒はこのコースの北端に建っていますが、こちらに泊まって朝から西岸を歩いて関所のあたりに出る人や、反対に南側から歩いてきて夕方に宿に入る人などが多いようです」

「人気のあるコースなのですか」

「湖と深良水門以外に見所もありませんので、大人気ではありませんね」

政鷹はページをめくった。

「眞美さんは発見時、外出着ですね。中綿ジャケットを着て、ネルシャツに綿パーカ、デニム姿だったのですね……トレッキングシューズを履いていたとの記録もありますね」

「宿の人の証言によれば到着時の服です。こちらの《デル・ソーレ》では、浴衣を提供していないので、宿泊客はパジャマやスウェット、ジャージなどを部屋着として持参します。眞美さんもスウェットの上下を持って来ていましたが、四月の下旬でスウェットは外へ出るには寒いでしょう」

「ああ、スウェットは遺留品のなかにありますね」

「ええ、宿泊していた《デル・ソーレ》の《くるみ》の部屋にデイパックが残っていましたが、そのなかにありました」

「デイパックのなかには着替え用のスウェット、シャツ、下着、ソックス、洗面道具、メイク用品、髪留め、タオル、バスタオル、折りたたみ傘……ガイドブックはないのか」

「ガイドブックなんか持ってなくても、ネットにいくらでも情報は載ってるよ」

亜澄が口をはさんだ。

「財布はあったんですね」

「遺体が着ていた中綿ジャケットのポケットに入っていました。現金が三万円強とカード類も見つかっています。誰かに盗まれたような形跡はまったくありませんでした」

土屋巡査部長はきっぱり言い切った。

遺体が着ていたのは濃いめのピンクにいくぶん薄めのピンクのドットを散らした女性らしい中綿ジャケットだった。

「ピンクってさ、アラサーくらいの女子が着ると、かえって老けて見えるのよねぇ」

亜澄は気に入らないようだった。

「Lサイズのフリーザーバッグが八枚か……これは何に使うつもりだったのかな……」

「きっと、汚れ物を入れる予定だったのよ」

亜澄の言葉に政鷹もうなずいた。

「そうか。下着やソックス、濡《ぬ》れたタオルなんかを持ち帰るためのものか」

「デイパックのなかが汚れるのってイヤだもんね。あたしはスタッフバッグを使うけど」

「俺はコンビニのレジ袋だな」

「レジ袋は女の子には似合わないよ」

「たしかにそうかもね……それと室内には手帳と10インチのタブレットPC、充電器ですか。さらに睡眠改善剤……」

「それですよ」

土屋巡査部長はいくぶん反り身になって言葉を継いだ。

「手帳とタブレットと睡眠改善剤の三点セットが自殺と判断した決め手です」

訊くのが遅いといった顔で、土屋巡査部長は気負い込んだ。

「ちょっと待って下さい。手帳は眞美さんの遺族から預かっています。この『いまのわたしにさよならしよう』という文句が遺書だとお考えなのですよね」

政鷹は花柄の手帳を取り出して開いて見せた。

「そうです。それとタブレットPCにも遺書が残されていました」

「なんですって！」

政鷹と亜澄は同時に叫んだ。

「タブレットのノートアプリに打ち込んだ遺書です。次のページに本署でプリントアウトしたものが貼ってあります」

政鷹があわててページをめくると、ゴシック体の一行が両目に飛び込んできた。


——人間関係に疲れました。湖が呼んでいる……。


「こ、これは……」

「そうだったの……」

政鷹と亜澄の声が重なった。

「このタブレットPCは眞美さんが泊まった部屋のベッドサイドテーブルで起動した状態で発見されました。誰かに自殺の意思を伝えたかったに違いありません」

「なるほど……」

政鷹は低くうなった。

神保はタブレットについては触れたが、この文章に関してはひと言も話さなかった。

政鷹たちに再調査させるために意図的にこのデジタル遺書を隠したようにも思われる。

（あの雷おやじめ……）

政鷹はちょっとムッとした。

「手帳とこの遺書で眞美さんの自殺の意思は明確ですよ。さらに湖に入水しようとしていた意思表示もきちんとなされている」

勝ち誇った土屋巡査部長の顔つきだった。

「たしかにそう言えますね」

認めざるを得なかった。

「さらに市販のジフェンヒドラミン塩酸塩系の睡眠改善剤の箱が残されていました。あの晩、何錠飲んだかは不明ですが、薬を飲んでボーッとした頭で湖に向かったものと考えて間違いないのです。さらに二十二時くらいに隣のペンション《湖畔の森》の奥さんと娘さんが桟橋に座っている中綿ジャケット姿の眞美さんを目撃しています。これが神保眞美さんが目撃された最後の姿です。夏場ならばともかく、四月下旬と言えば芦ノ湖畔はまだ肌寒い季節です。彼女が夜間にそんな場所にいること自体が不自然でしょう？」

「おっしゃるとおりです」

やはり眞美の死は自殺なのか。そう判断できればそれでもよい。

「もうひとつ。眞美さんを最後に見たのは、いまお話しになった《湖畔の森》の奥さんと娘さんというお話ですが、宿泊していた《デル・ソーレ》では、最後の目撃者は誰ですか」

「宿の主人と奥さん、さらに二人の宿泊客です」

「四人ですか……」

「眞美さんは十八時から食堂で夕食をとっています。十九時頃に食堂を出たところまでは、いまの四人が見ています」

《湖畔の森》の二人の目撃証言と考えあわせると、部屋に三時間ほどいてから着替えて外へ出たことになる。

「念のため、目撃者四人の氏名と連絡先を転記します」

二人の釣り客は横浜市職員とある。

「食事の時、眞美さんはどんな服を着ていましたか」

「デイパックに残されていたピンクのスウェット上下だそうです。これは四人とも覚えていました」

「ちなみに眞美さんは泊まりに来た目的などは話していませんでしたか」

女性一人の泊まり客は、以前よりはずっと増えたが、それでもまだまだ少ないはずだ。

「宿の人にはとくに告げていなかったようです。若い女性一人だし、釣りではないでしょう」

土屋巡査部長はかすかに笑った。

「もうひとつ重要なことを伺いたいのですが、眞美さんの遺体は司法解剖をしていないのですね」

みるみる土屋巡査部長の顔が険しくなった。

「なぜ解剖などする必要があるのですか。遺書もあって睡眠改善剤もあったんですよ」

土屋巡査部長は気色《けしき》ばんだ。

高度な専門的知識を持つ法医学者が執刀する司法解剖は、他殺でなく自殺の場合にも適用される。

遺族の同意は必要だが、反対されても地方裁判所が鑑定処分許可状を発行すれば行うことができる。いずれにしても必要性の有無は、検察官か警察官が判断する。

二〇一八年の統計では神奈川県の実施率は全国一となっている。それでも四一パーセントで、六割近い不審死の遺体は解剖に廻されることはない。

ちなみに東京都は一七パーセントであり、少ないほうでは、大分県が三パーセント、岐阜県が二パーセント、広島県は驚くことに一パーセントしか実施されておらず、三十四府県で一〇パーセントに満たなかった。

政鷹はファイルの最後に綴じられていた死体検案書に目を通した。

まず、「死亡したとき」の欄には、「（推定）平成三十一年四月二十一日午前一時（頃）」と書かれていた。泊まった晩の深夜に亡くなったことになる。

Ⅰ欄の「直接死因」には「溺死」とある。

死因の種類には「外因死」のなかの「自殺」に丸がついていた。

政鷹の目を引いたのはⅡ欄の「直接には死因に関係しないがⅠ欄の傷病経過に影響を及ぼした傷病名等」欄に書かれている「左側頭部打撲裂傷」との記述だった。溺死の原因となったのが、この打撲裂傷なのであろうか。

「遺体を検案したのは村上清三郎《むらかみせいざぶろう》という医師ですね」

「ええ、村上先生は湖尻診療所の所長さんで、もう七十歳を超えていますが、大変親切な先生で地元の人々にとても敬愛されています。十年以上前に小田原市内の総合病院の内科部長を退職なさってから、湖尻診療所を一人で切り盛りしています」

信頼できるベテランの医師が自殺を疑わなかったのだとすれば、やはり事件性はないといっていいのだろうか。

「ところで、スマホは見当たらなかったのですね」

「ええ、スマホは死ぬときに持って出たのでしょう。湖に入ったときに沈んだのだと思われます。回収する必要もないですが、そもそもあの深い芦ノ湖から探すなどできるはずがないですよ」

芦ノ湖の膨大な湖水をさらって小さなスマホを発見するのは物理的に不可能だ。また、水没したスマホからデータをサルベージできるかどうかもわからない。

死体を探すならともかく、そんな手間暇と予算を、この事案で県警が支出することはあり得ない。

「遺留品はすでにすべて遺族に返っているんですよね」

「ええ……事件性がないので遺体をお返しするときに一緒に戻しました」

話を聞き続けて、政鷹は眞美は自殺したとする土屋巡査部長の判断は正しいのではないかと思い始めていた。

一方、神保は眞美がタブレットに残したデジタル遺書の存在を隠していた。ひとつでも重要な事実を告げなかったことは、神保との信頼関係を損なうものでもあった。

「小笠原、なにかあるか？」

「いえ、じゅうぶん理解できました」

亜澄は苦笑いを浮かべた。

「土屋さん、お忙しいところをありがとうございました」

「自殺の判断に間違いはないと思いますが……」

「そうですね。帰って上司に確認してみますが、その方向性で検討することになりそうです」

政鷹はあいまいな答えを返した。

安東班長の判断を聞かないうちに断定的な返事をするわけにはいかなかった。

「どんな理由かは知りませんが、自殺以外の可能性を考えるなんて、本部もどうかしていますよ」

「資料の写真を撮ってもいいですか」

「ええ、かまいませんよ」

政鷹はデジカメを取り出すと、すべてのページを写真に収めた。

「失礼ですが、この事案に関しては二度とお越し頂きたくはないですね」

土屋巡査部長は皮肉いっぱいの口調で二人を送り出した。

クルマに戻ると、シートに座るなり、亜澄が声を掛けてきた。

「ねぇ、伊達さん。これ終了案件だよ」

「うーん」

論理的には自殺と考えて間違いなさそうだった。

「だってさ、伊達さんが引っかかってたのって、ふたつだよね？　ひとつは手帳の『いまのわたしにさよならしよう』って言葉が遺書と思えないってことだったじゃない。でもさ、タブレットPCに『湖が呼んでいる』だなんて、あんなにはっきりした遺書が残ってたんだから問題ないじゃん。しかもわざわざ起《た》ち上げといて、後に残った人に自殺の意思を伝えていたわけだよね」

「たしかにそうだね」

まくしたてる亜澄には反論のしようがなかった。

「もうひとつは、自殺をした日に、翌日お父さんに会いに行く約束をしていたのが不自然だっていう話でしょ。どんなことで悩んでいたのかはっきりしないけど、宿に着いたら段々と気持ちが暗くなっちゃったんじゃないのかな。人はさ、鬱《うつ》状態に陥ると、たった三十分で自殺を実行しちゃうこともあるんだって……これはやっぱり衝動的な自殺だよ」

「やっぱり自殺か」

なぜか衝動的な自殺とは考えられなかった。政鷹のこころにはなにかしっくりこないものが残り続けていた。

「自殺以外にあり得ないでしょ。ま、班長に報告して、この案件は自殺と判断しましたっていう回答書を神保さんに送ればおしまいだよ」

亜澄の口調は断定的だった。

「昼飯どうする？」

政鷹は議論を打ち切りたくて話題を変えた。

いま抱いた感覚を捨てたくない引っかかりがあった。

「あたし、十五時から相談入っているから、あんまり時間とれないな」

腕時計を見ると十三時をまわっていた。

「じゃ、ハンバーガーでもドライブスルーで買ってこう」

「了解」

亜澄はスマートをスタートさせた。


【4】

政鷹と亜澄が帰庁したのは十四時五十分くらいだったが、安東班長も松浦もブースに入って相談業務中だった。十三時の相談が押しているブースもあれば、十五時分が始まっているブースもあるようだ。今朝もそうだが、特四では可能であれば、予約時間を繰り上げて面接を行うのが通常のスタイルらしい。

政鷹はホールのソファで待っていた高齢女性を担当することになった。

女性は、近所に猫を毒殺し続けている悪魔がいるから逮捕してほしいと話した。自分のうちの愛猫にも魔の手が迫っているという内容だった。女性は涙ながらに訴えた。そんなに心配なら、愛猫を屋外に出さなければ済むのではないかと思いつつも、政鷹は彼女の住む地域の所轄署である伊勢原《いせはら》署に確認した。

近くの林などで死んでいたのは、すべて野良猫と思われるとの話だった。

女性が何度も訴えて来たために科学捜査研究所に依頼して検査してもらったが、死んでいた野良猫の死体からは毒物らしきものは検出されなかったと担当者は話した。

政鷹は女性に丁寧に説明したが、女性はなかなか納得してくれなかった。

それでも根気よく説明すると、最後には「ご迷惑をお掛けしました」と頭を下げて帰っていった。

「伊達くん、お疲れさま。初日から大変だったね」

背後から声が掛かった。

安東班長は華やかに笑って言葉を継いだ。

「もうすぐ亜澄ちゃんも森くんも終わるでしょうから、ラウンジにいきましょうか」

隣には松浦も立っていた。

「ラウンジ……ですか？」

政鷹は安東班長が口から出した言葉の意味がわからなかった。

松浦がにっと歯を剝《む》いて笑った。

「二階のことだよ。一階はホールと四部屋の相談室、二階は我々の執務室、三階は倉庫だ。執務室は班長の命令でラウンジと呼んでいる。刑事部屋《でかべや》と言ったら罰金だからね」

「はぁ……」

早くも安東班長は二階へ続く階段を上り始めていた。

政鷹も松浦に続いて階段へと足を進めた。

装飾性の高い木製の手すりが目立つ豪華な階段ではある。だが、あちこちでニスが剝げてえぐられたような傷痕が目立っている。

二階に上がると、板張りの壁を持つひんやりとした廊下を隔てて木製の観音開きの扉が目立っている。

とくに室名札などは掲示されていない。

「ストーブの熱が逃げるからドアはちゃんと閉めてくれ」

そう言いながら松浦はドアを開けて室内に入った。

開放式ストーブのファン音がうなって、部屋は暖められている。

足を踏み入れて、政鷹は我が目を疑った。

後ろ手でドアを閉めた政鷹は、しばしぼうぜんと「ラウンジ」を眺めた。

一階と同じで煤けた漆喰壁の部屋だが、整然とした統一感のあるインテリアが目の前にひろがっている。

部屋の中央はホワイトオーク材らしい大きなダイニングテーブルが占め、そのまわりをハート形のユニークなかたちの椅子が囲んでいる。椅子は木製らしくオレンジ、ブルーグレー、ホワイトの三色が二脚ずつだった。

一脚のオレンジの椅子には、すでに安東班長が腰掛けて何かの書類を読んでいる。

部屋の左側の壁面には放射状の羽根のような時計が掛けられ、その下にはモスグリーンの布地を張った四角いソファが据えられていた。

奥の窓際は木目の美しいキャビネットが並べられて、天板にいくつかのオブジェが飾られていた。

天井からは薄くスライスした木材を複雑なかたちで組み合わせた照明器具がいくつも下がっていて、部屋全体に複雑な陰影を作っていた。

インテリアに明るくない政鷹にはよくわからないが、レトロフューチャーなカフェに似た空間である。

「なんだかすごくおしゃれですねぇ」

間抜けだと感じつつも、政鷹はそんな感慨を口にした。

「ミッドセンチュリーが班長のお気に入りなんだ」

松浦はどかんとソファに腰を下ろした。

「ミッドセンチュリーですか？」

聞いたことのない単語だった。

「一九四〇年から一九六〇年代にデザインされた家具やインテリアや建築物のスタイルさ」

「本部《かいしゃ》が買ってくれたのですか」

「まさか……県が支給してきた家具はあれだけだよ」

松浦は部屋の隅で島を作っているグレーのスチール机と回転椅子を指さした。

こちらには電気スタンドや電話などが置かれて、ふつうの刑事部屋の雰囲気である。きちんと片付いている机と、天板からモノがこぼれ落ちそうな机が半々くらいだった。

どこでも見かけるタイプのオフィス家具だが、県警本部の椅子机よりずっと古くさく安っぽい。

引き出しの縁や塗装のひっかき傷などに赤いサビが浮き出ている。

「けっこう傷んでますね」

「どこかの所轄で入れ替えたときに出たお下がりらしい。昭和の頃に購入した椅子机だよ。どうせ俺たちはそんな扱いさ」

松浦は顔を大きくしかめた。

「じゃ、きれいな家具はいったい誰が？」

「ぜんぶ班長が買いそろえたんだよ」

「本部があんまりひどい椅子机よこしてきたんで、ちょっと腹が立ったから」

書類から顔を上げた安東班長は、唇をすぼめて不快な表情を作って見せた。

「立派な家具ばっかりだし、ずいぶん高かったんじゃないんですか」

政鷹の部屋を占めている家具はすべて近くのホームセンターで買ってきたものだった。ここにある家具は格段に品格が違う。

「ホンモノだったら大変だけど、ぜんぶリプロダクトだからたいしたことないのよ」

「リプロダクトってなんですか？」

またもわからない単語が出てきた。

「意匠権の切れてる家具などをオリジナルデザインに忠実に復刻したものだよ。その椅子だってデンマークの建築家アルネ・ヤコブセンがデザインした有名なものだし、ホンモノは八万円くらいする」

「八万円って一脚がですか？」

政鷹は耳を疑った。

「そう。だけど、リプロダクトなんで一万円もしないんじゃないかな」

「値段は秘密」

安東班長が笑って松浦に釘を刺した。

「なんか、俺、場違いかもしれない気がしてきました」

政鷹の実家はステーキハウスの裏側に建っている。ログハウスと言えば聞こえはいいが、要するに古い丸太小屋である。こんな瀟洒《しょうしゃ》で都会的な空間にはあまり縁がなかった。

よく行っていたタブラオ（フラメンコ酒場）は、石造りの内壁の素敵なインテリアを持っていたが、こういうデザイナーズ系の雰囲気には慣れていない。

「それに、いい香りがしてますね。刑事部屋じゃないみたいだ」

政鷹が鼻をひくつかせると、安東班長が失笑した。

「いい？　ここはラウンジよ」

「刑事部屋って言ったら罰金だって教えたろ」

刑事部屋はどこでも男臭い。汗やタバコの臭いが漂っているものだ。

数年前から、庁舎内での喫煙はできなくなったが、刑事たちの服に染みこんだタバコの臭いは追い払うことができない。

「アロマオイルをデュフューザーから拡散してるからね。ここんとこラベンダーとゼラニウムをミックスした香りだな。リラックス作用とホルモンバランスを整える作用が代表的だよ」

松浦はこともなげに言うが、この小太りの男から次々に繰り出されるオシャレな言葉に、政鷹はかるいめまいを感じた。

「班長も松浦さんもオシャレなんで、俺、この職場についてゆけるか不安です」

「大丈夫よ。こんな会話が成り立つのは松ちゃんだけだから……」

安東班長は明るく笑った。

「でも、班長はなんでこんなにインテリアセンスがいいんですか?」

「インダストリアルデザイナーを目指してたけど、いろいろあって挫折したのよ」

警察官とはかけ離れた仕事を志していたと話す班長の顔を政鷹はまじまじと見た。

この部屋がデザイン事務所かなにかに間違えそうなのと同じく、安東班長もデザイナーのようにも見えてくる。

「で……松浦さんは?」

少なくとも松浦の外見はデザイナーにはほど遠い。

「この人はなんでも詳しいの。ググるくんって呼んで」

「やめてくださいよ。その変な呼び方」

松浦は露骨に顔をしかめた。

「うふふ。だってそうじゃないの」

「いや、俺さ、いろんなことに興味関心があるんだよ。ググっているばかりじゃないさ。なにかを知りたくなるといろんな本を買い込んでくるんだ」

言い訳するように松浦は口を尖らせた。

「あーあ、今日はろくな客がいないな」

乱暴にドアを開けて亜澄が入って来た。

「いつものことだろう？　ろくな客なんていたためしがあるのかよ」

松浦の声はからかっているようだった。

「いまのはどんな事案だったの？」

「三十代の山口《やまぐち》さんっていう男の人なんですが、自分は連続殺人鬼なので逮捕してくれって訴えてるんです。女性を五人も暴行し首を絞めて殺して、あちこちの山林に埋めたっていうんですよ」

「それは大変な話じゃないの」

言葉とは裏腹に安東班長は少しも動じているようすはなかった。

「本部に確認したら、何度か捜査に着手したそうですが、すべて作り話だったそうです。お話になりませんよ」

亜澄は大きく顔をしかめた。

「完全に妄想ですよ。自己罰欲求っていうんですか……心療内科への通院歴もあります。うちじゃなくて病院に行ってほしいです」

「じゃあ、捜査を開始する必要はないのね」

「一〇〇パーないです」

「どこから来た事案?」

「刑事総務課です。本部に何度も何度も訴えてくるので困り果てていたようです」

「いくら手に余っても、そういうケースはうちへ廻さないように、刑事総務課の課長補佐に電話入れとく」

安東班長はさらりと言ったが、これも珍しい。通常は階級が同じ係長あてに電話を入れるところだ。本部の課長補佐は警部である。

「お願いします。完全に時間の無駄ですから」

「お疲れさま」

「はぁい、疲れました」

亜澄はかるく頭を下げると椅子にどんと座った。

病的な妄想を抱いた相談者までやって来るのでは、特四が掃き溜めと呼ばれるのも無理もない。政鷹はこの先の仕事に不安を感じざるを得なかった。

「松ちゃん、みんなに飲み物お願いできる？」

「へぇへぇ。冷えたやつがいいですね」

「そうね。部屋暖まってるし、冷たいのやりましょ」

松浦はラウンジの隅に置かれた冷蔵庫へ歩み寄った。

またも政鷹は驚いた。捜査一課なら、いちばん若く女性でもある亜澄が立ち上がるのが当然だ。極端な階級社会である上にジェンダー差別は警察の常態である。少なくともナンバー2の松浦巡査部長が飲み物を取る姿はあり得ない。

この職場では意識改革が必要なようだ。

「ほい、冷たいの」

金色の缶がテーブルに並んだ。

次々に手が伸びて、プシュッ、プシュッとプルタブを引く音が響いた。

「ビールですか？」

政鷹は小さく叫んでしまった。

「ちゃんと見なさいな。アルコール〇・〇〇％よ」

安東班長が缶の裏側に書かれた文字を指さして笑った。

「あ、なんだ……」

ノンアルコールビールだったのか。政鷹も安心して手を伸ばした。

喉が渇いていたのでそれなりに美味《うま》い。

「最近は庁舎内での飲酒はうるさいからね。ひと昔前までは、事件解決ともなると捜査本部で必ず祝杯を挙げたもんだが」

松浦はちょっと淋しそうだった。

「そうですね。いまはたいていは近所の居酒屋で二時間かっきり。しかも徹底して箝《かん》口令《こうれい》が敷かれていますから、事件のジの字も口にできませんからね」

政鷹が刑事になってからは、ずっとこの居酒屋スタイルである。

しかし、この特四ではふつうのソフトドリンクではなく、ビールにしか見えない缶を並べているところがなんだか可笑《おか》しい。

「で、小田原署のほうはどうだった？」

安東班長は身を乗り出した。

「絶対に自殺に決まってますよ」

政鷹が唇を動かすと同時に亜澄の声が響いた。

「亜澄ちゃんはちょっと黙ってて」

「はーい」

ぺろっと舌を出して亜澄はそっぽを向いた。

「たしかに小田原署で聞いた話では自殺の可能性が高いと思いました。第一発見者は湖尻駐在所の巡査部長だし、死体検案を行ったのも地域に信頼されている医師です。ただ、なんとなく引っかかるんですよ」

「詳しく話してくれない？」

「まずは遺書です……」

政鷹は手帳を取り出し、小田原署で聞いて来た内容を詳しく話して聞かせた。

「なるほどね……あなたの引っかかりは、出かける前とあまり変わっていないのね」

「あたしは自殺で間違いないと思うけどな」

亜澄は不満そうだった。

「あのさ……タブレットPC見てみたら？」

松浦がぽつりとつぶやいた。

「遺書をですか？」

「いや、もしかしたら、なんらかの有益な情報が得られるかもしれないからね……でも、パスワードわかってるのかな？」

「ペンション《デル・ソーレ》の部屋では起ち上がっていたそうですが」

「でも、ずっとACにつないでおかなければ、もう電源落ちちゃってるよね。起動するときにはパスワードが必要だからね」

「あの親父《おやじ》さんが、パスワードを知ってるとは思えないな」

「ＯＳがＡｎｄｒｏｉｄやｉＯＳなら無理だけど、Ｗｉｎだったら、閲覧できる可能性はあるよ」

「本当ですか」

「うん、最新のは無理だけど、ちょっと前までのＷｉｎ10はパスワードをスルーする設定があって、けっこう使っている人も多いんだよ」

「神保さんに電話して聞いてみます。ログインできるようなら、二宮まで借りに行ってきます」

「そんなの宅配便で送らせりゃいいじゃないか」

松浦はあっさりとした口調でアドバイスした。

「証拠物品を宅配便で？」

政鷹の声は裏返った。

「証拠じゃないよ。事件だったら証拠物品をそんな扱いしたら大ごとだよ。だけど、これ、事件じゃないだろ？」

「あ、そうか……」

「営業所に七時までに持ち込んでくれりゃ、明日の午前中にはこっちに着くよ」

「わかりました」

政鷹はファイルから抹茶色のカードを取り出し、《吾妻庵》の番号をタップした。

十回コールしても誰も出ない。

「今日は休みを取ったと言ってましたからね……」

さらにしつこく鳴らすと電話から無愛想そのものの声が返ってきた。

「今日は休みだよ」

「神保さん、県警の伊達です。今朝ほどはありがとうございました」

「ああ、独眼竜の……なにかわかったのか」

神保の声がいくぶん明るくなった。

「あの後、小田原署に行ってきました」

「おう、そいつはすまないな」

神保の声が弾んだ。

「神保さん、俺に隠しごとをしてましたね」

「なんだよ。いきなり」

いくぶんあわてたような神保の声が聞こえた。

「タブレットに遺書が残っていた話をしてくれなかったじゃないですか」

「あんなもんは遺書じゃない。誰かがいくらでも後から書けるじゃないか」

神保は居丈高に答えた。

たしかにその可能性はある。

「いまもタブレットにログインできますか」

「ああ、スイッチ押せばちゃんと画面は出るよ」

「よかった」

政鷹の言葉に、松浦が「やった」とつぶやいた。

「いろいろと確認したいんで、タブレットを貸して頂けないかと思いまして」

「かまわないよ。持って行こうか」

「いや、うちのほうに宅配便で送って頂けませんか。ACアダプタと一緒に」

「わかった。すぐに送る」

政鷹はこの特四本部の住所などを伝えた。

「なぁ、伊達さん、あんただけが頼りなんだからな」

「できる限り努力はします……ところで眞美さんのお部屋は残っていないんですよね」

「アパートをずっと借りとけるほど金持ちじゃないからな」

「わかりました。部屋にあった遺品などはどうなさいましたか」

「ほとんど捨てたよ。怪しいものはなかった」

「了解です。では、タブレットを今日中にお願いします」

電話を切ると、松浦がにっと笑って肩を叩いた。

「まぁ、あんまり期待しないで待ってることだね」

「はぁ……」

「この事案については、伊達くん自身が納得する必要がありそうね」

安東班長は思案顔をした。

「あたしは無駄だと思うなぁ」

亜澄は相変わらずだった。

「ところで、伊達くんはいい相談員になれるね」

安東班長がゆったりと笑った。

「なんでわかるんです？」

政鷹は半信半疑だった。神保の相談を受けているときにも怒鳴りたくなった。

「帰って行くお客さんの顔見てればわかります。ちゃんと話を聞いてもらった満足感はけっきりと表情に出るから」

「ありがとうございます」

班長のいちおうの評価は嬉しかった。

「ただ、プライドが邪魔しなきゃ、って条件付きかな」

イタズラっぽい笑みを安東班長は浮かべた。

「なんせ捜査一課のエースだからなぁ」

松浦はわざとのように力を込めた。

「やめて下さいよ。俺は成績不良だったんですから」

ある意味間違ってはいない。

「ま、そういうことにしておこう」

松浦は今朝と同じ言葉を口にしてにやっと笑った。

「ところで、班長、新しいジャケット、いい感じで仕上がりましたね」

亜澄が安東班長を見て目を輝かせた。

「え？　いつもの月曜日ジャケットじゃないの？」

松浦は驚きの声を上げた。

「松ちゃんの目じゃわからないか……先週まで着てた黒よりちょっと青が強いんだよ」

「あら、やっぱり色味違う？」

安東班長が戸惑いぎみに訊いた。

「ほんのちょっとなんですけどね。でも、緑の入ったパンツの黒とよく似合ってますよ」

「あら、ほんと？」

椅子から立ち上がって安東班長は、亜澄に全身を見せた。

「ジャケットの黒に青が多くてパンツの黒に赤が多いと、やっぱりちぐはぐになっちゃうんですけど、緑が多めだとシックな感じになりますよね」

亜澄は楽しそうに答えた。

政鷹はまじまじと班長の上下の装いを見た。

レザーパンツも黒だし、政鷹の目には同じ黒としか見えなかった。

「亜澄ちゃんがそう言うなら安心ね」

安東班長はにっこりと笑った。

「班長、新調したんですか」

安東班長が椅子に座ると、松浦は興味深げに尋ねた。

「実はね、あのジャケット、この秋に酔っ払って、釘かなんかに引っかけてベンツの横にほんのちょっと切れ目ができちゃってたのよ」

「ぜんぜん気づきませんでした」

松浦は首を振った。

「同じデザインだから。いつもの革職人さんに同じ型でオーダー出したんだけど、金曜日にやっとでき上がってきたの。一ヶ月半もかかっちゃった」

「ぜいたくな手染めですもんね」

亜澄は歌うような調子だった。

「手染めだと、同じ染料を使っても色味が少しだけ違うことはあるらしいね。わたしにはわからなかったけど」

「黒どうしって難しいんだよなぁ。ちょっと色味が合わないと、すごくアンバランスになるから」

　気難しげに亜澄は額にしわを寄せた。

「班長、毎日、違うジャケットを着てくるんですか」

政鷹は冬物のスーツは二着しか持っていなかった。

「そうだよ。班長は曜日によって着るジャケットが違うんだ。明日は火曜だからきっとオーカーのレザージャケットだから」

松浦がおもしろそうに眉を寄せた。

「あれはオーカーじゃなくってイエローオーカーだってば」

亜澄はあきれ顔を見せた。

「毎週同じってことはないのよ。天気によっても変えるんだから。ここのところ、たまたま火曜日に快晴が続いてただけなの」

安東班長はこともなげに言って、飲み干した缶をテーブルに置いた。

亜澄の色彩感覚にも驚いたが、安東班長のオシャレぶりにはもっとびっくりした。

そのとき、ドアが開いて黒いスーツを着た長身の男があわただしく飛び込んできた。

「終わりました。おお、俺にもビールっ！」

男はテーブルに歩み寄るやいなやノンアルコールビールの缶を手に取った。

若い。二十代半ばだろう。身長は一九〇センチ近くはある。筋骨たくましいスポーツマン体型の男だった。刈り上げショートの黒髪もスポーツマンらしい雰囲気だ。

ぐいぐいと喉を鳴らす、この男が森巡査長に違いない。

目はさほど大きくはないが、鼻筋の通った整った顔立ちである。体格と比べるとずいぶんとやさ男に見える。第一印象を問われれば、誰もがさわやかな青年と答えるだろう。

「あ、こんちは」

口のまわりを泡だらけにしている姿がおかしくて、政鷹は笑いをかみ殺した。

「今日からお世話になる伊達です」

「どうも、森っす」

ノンアルコールビールの缶をテーブルに置いて、森はきちんと上体を折って敬礼した。

「よろしくお願いします」

「こちらこそです。苦情件数が増えてきてヤバいから人数増やさなきゃって、班長が捜査一課長に頼んで引っ張ってきた人ってあなたっすか。なんだか事情があって左遷されるけど、有能な人だしイケメンらしいんで客受けがいいだろうってもらいを掛けたって……」

「森くん。もっと違った言い方があるでしょ」

安東班長は苦笑してたしなめた。

自分の異動は安東班長によるスカウトだったのか。

「あ、すいません。自分、言葉が下手なんで」

森は頭を掻《か》いた。

「森友成《ともなり》くんはこの通り、ちょっと考えが浅いところがあるけど、根は素直なの」

「いえ、別に気にしてません」

それほどデリケートなわけではない。

「伊達チョウは、なんでうちみたいな掃き溜めに来たんすか」

巡査や巡査長にとって、巡査部長の刑事は主任である。こんな呼び方をする人間も少なくない。

「その呼び方やめてくれ」

「あ、すんません。じゃ、伊達先輩、捜査一課のエースがなんでっすか?」

ひと言で説明できる事情ではない。

「成績不良だったんだよ。森くんと一緒で」

「わ、言われちまったよ」

森はおどけて笑った。

「ま、およそ悪意のない子だから……ね、森くん、いまの相談はどうだったの？」

「まぁぜんぜんあり得ないっていうか……」

森が報告した相談内容も、亜澄が受け付けた連続殺人鬼にも増して愚にもつかないものだった。特四が扱う相談は単なるクレームか、妄想の訴えがほとんどのようだ。

今朝の神保は例外的なケースなのだろう。

「伊達くんの歓迎会は金曜日の晩にでもゆっくりやりましょう」

安東班長は三人を見まわした。

「お、そうこなくちゃ」

「わぁ、楽しみぃ」

「いいっすねぇ。金曜は自分、昼飯抜いてきます」

三人はいっせいに歓声を上げた。

ほどなく政鷹は、中村町分庁舎別棟を後にして帰路についた。

定刻に帰れるのは本当に不思議な感覚だった。

阪東橋の駅に向かう途中も、自然に『アレグリアス』の鼻歌が出てくる。フラメンコの代表曲のひとつで「歓《よろこ》び」という意味の明るい歌だ。

スキップ気分で市営地下鉄ブルーラインに乗った。

身体じゅうがのびのびとしてきた。

電車のジョイント音がフラメンコのゴルペに聞こえてくる。ゴルペは右手の薬指の頭と爪の両方でギターの表面板を叩いてリズムを作る奏法である。

政鷹の住まいは、京浜急行杉田駅《けいひんきゅうこうすぎた》から徒歩十分ほどのアパートだった。

独身警察官は勤務先に隣接する独身寮に入居するのが決まりのようになっている……とテレビの刑事物などでは描かれている。

予算が潤沢な警視庁の事情はよく知らないが、少なくとも多くの道府県警では予算状況が厳しく、独身者数に見合うだけの寮が用意されていない。とくに女子寮は絶望的で、女性警察官は入寮することが難しくなっている。

神奈川県警の場合には、男性でも県内出身者はほとんど寮には入れないのが実態である。

独身寮は住居費が驚くほど安く済むので希望する警察官は多い。

だが、政鷹の希望はかなえられず、最初の交番勤務の時には大和《やまと》署の警務課で探してくれた安アパートからスタートした。現在は、1DKで狭いながらも小高い丘の途中に建つ小ぎれいなアパートを借りている。

先週までは海岸通りの県警本部に通勤していたので、JRの新杉田《しんすぎた》駅から根岸《ねぎし》線で関内《かんない》駅まで通っていた。

今日からは杉田駅から京浜急行の電車に乗って上大岡《かみおおおか》で横浜市営地下鉄ブルーラインに乗り換えればいい。電車に乗っている時間は同じくらいだが、自宅も勤務先も駅から近くなったので、その点ではラッキーだった。徒歩の時間は十五分以上も短縮されたので、ドア・ツー・ドアでも三十分ちょっとしかかからない。

杉田駅前のコンビニで天井弁当とビールを買って、ぶらぶらと坂道を上ってゆく。プロテスタント教会の角を曲がると、政鷹の家はすぐそこだった。

部屋の扉を開けると、独り暮らし独特のもの淋しさが漂う。

四畳半くらいのDKには白物家電と二人掛けの小さなダイニングテーブルを置いている。DKを通り越した七畳の洋間には、ベッドとローソファ、小さなキャビネット、テレビ、ミニコンポのほかには家具らしい家具はない。ベッドサイドの壁際に置いた虎の子のギターが入ったハードケースが目立つくらいだ。

政鷹は窓辺に置いたベッド越しにカーテンを開けた。

部屋の窓の外に街の灯《あか》りのひろがりを見て、政鷹はほっと息をついた。

かつて造船所があった新杉田町の埋め立て地や、横浜ベイサイドマリーナ方向の灯りが遠くに見える。

政鷹は大沼公園という北海道駒《こま》ヶ岳《たけ》の裾野にひろがる雄大な景色のなかで育った。

狭苦しい街中は得意ではなく、こうしたパノラミックな風景を眺めているところが落ち着く。

今度はホンモノのビール缶を開けて喉もとへ一気に流し込む。

爽快感を破るように、スマホが鳴動した。

妹の美香《みか》からの着信だった。

ふたつ歳下の美香は、一年前に離婚して石川《いしかわ》県の金沢《かなざわ》市から大沼公園に帰ってきて両親と同居している。子どもがいないので、両親が営む《森の小さなステーキや》の主力となって働いている。

「お兄ちゃん。仕事中？」

高めのトーンが響いた。

「いや、もう家に帰ってる」

「へぇ、珍しいね」

「なんかあったのか？」

「それがね、お父さんがね……」

美香の声が曇った。

「オヤジがどうかしたのか」

政鷹の舌はもつれた。

「あわてないで、怪我したとかじゃないから」

「で、なにがあった」

「昨夜《ゆうべ》ね、お母さんとケンカして家を飛び出しちゃったのよ」

政鷹はほっと息をついた。とりあえず大きな心配の必要はなさそうだ。

「帰ってこないのか」

「うん……あれから一切連絡もないし、携帯に何度掛けてもつながらないの」

「ツィンクルとかでつながってるだろう」

父は、SNSやコミュニケーションツールはひと通り使える。

「だめ……いくらダイレクトメッセージ送っても既読にならない」

美香は沈んだ声で告げた。

「金は持ってるんだろう？」

「大丈夫だと思う。お財布は持って出たはず」

とりあえずは安心だ。

「わかった……まだ一日だし、へそ曲がりのオヤジのことだからあんまり心配するな」

父の政義《まさよし》は六十二歳になるが、陽気でお気楽な人物である。

だが、裏を返すと頑固者で激情家でもある。

カントリー&ウェスタンソングが大好きで、どことなく合衆国の田舎に似た大沼公園の地を選んで、二十八年前に店を始めた。

いつもフリンジつきのレザージャケットにウェスタンブーツ、テンガロンハットといった出で立《い》ちであった。政鷹とほぼ同じ一七八センチくらいで大柄なのでどこにいても目立つ。

「お兄ちゃんのところに電話あったら、すぐに教えて」

「俺にかけてくるかな?」

別に仲違《なかたが》いをしているわけではないが、父から電話が掛かってきたのは、美香が大沼公園に出戻ってきたことを嘆いた一年前が最後だったような気がする。

「実はあたしもお母さんの味方して、お父さんのこと責めちゃったんだ」

美香はしょげた声を出した。

「いったい、喧嘩の原因はなんなんだよ?」

「たいしたことじゃないのよ。お父さん、昨日の朝もボート出してワカサギ釣りに行ったの」

「湖が凍るまであとひと月半くらいか……オヤジはいまごろよく釣りに行くな」

雪が本格的に降る前のいまごろの大沼が思い浮かんだ。

大沼はワカサギ釣りが盛んで、年が明けると湖面が全面結氷するので、大勢の人々が穴釣りを楽しむ。いまごろは船を出さなければならないので、釣り客はぐんと少ない。

それだけに、自由にボートを操れる父にとっては静かに釣りを楽しめる時期なのである。

「けっこうたくさん釣れたらしいんだけど、釣ってきたワカサギを《ミルクハウス大沼》のナノハっていう若い女の子にぜんぶあげちゃったのよ」

隣の《ミルクハウス大沼》は、駒ヶ岳山麓の牧場が経営しているレストランである。

「それがどうしたって言うんだ」

「そしたらお母さんが怒っちゃって……。お父さんにお皿やコップを投げつけたんだよ」

「なんで怒るんだよ」

「あんな脳足りん娘に鼻の下を伸ばすなんて最低だって言って、凄《すご》い剣幕で……」

「ば……」

政鷹は言葉を失った。

「馬鹿馬鹿しい……いい年の大人がヤキモチかよ」

五十八歳になる母は頑張り屋だし基本的には好人物なのだが、勝ち気でかっとくると感情が抑制できなくなる。

実は美香も気の強い点では両親に負けない。なぜか自分だけが穏やかな性格に生まれついたようだ。

「でもね、ナノハってすごく感じ悪い女なのよ。男にばっかり媚《こ》びちゃってさ。あたしになんておはようも言わないし……」

「どっちにしても家出するケンカの原因とは思えないぞ」

「お母さん、あんなに働いてるでしょ。それなのにお父さんは、釣りだ、ハンティングだ、山菜採りだって言ってしょっちゅう遊んでるじゃない。別にワカサギ釣りしたっていいよ。するなじゃないよ。だけど、ワカサギはさ、お店の特別メニューにもできるんだよ。それを隣の若い女にぜんぶあげちゃうなんてホントどうかしてるよ。だいいち、少しでもお母さんに食べさせてあげようって思わないのはどういうわけなのよっ」

美香はきいきい声でまくし立てた。

これに母が加われば二倍どころか四倍にもなろう。逃げ出したくなる父にも同情してきた。

「わかったわかった。俺を責めるなよ」

「あ……ごめん……」

美香は気まずそうな声を出した。

「店のほうは大丈夫か？」

「うん、酒井《さかい》くんが頑張ってくれてるから」

酒井は半年程前から勤めている見習いシェフである。

「そうか。いまは暇な時期だしな」

大沼公園周辺の飲食店や宿泊施設は夏から秋がかき入れ時である。夏場は涼を求めて大勢の人が訪れるし、秋の紅葉シーズンも観光客で賑《にぎ》わう。

だが、雪がちらつき始めると、とたんに人出は減る。湖畔の森がイルミネーションで飾られるクリスマスファンタジーが始まるまでは閑散期といってよかった。

「とにかくなにか連絡があったら、すぐに教えて」

美香はすがりつくような声で頼んだ。

「うん……俺も心あたりに連絡してみる」

「お願いね」

電話は切れた。

父が家出したことは過去にも二、三度あった。いつも友だちの家に泊まって翌日はけろりとした顔で帰ってくるのだ。だから、政鷹は本気で心配していなかった。

ほっとしたら、今日の特四のことが気になってきた。

いろいろな意味でいままでとは違う職場、違う仕事だ。

犯人を追う猟犬のような存在が刑事だ。それに比べて事件扱いしてくれない警察の判断に不満を持っている人々の気持ちを受け止める仕事……。

よく言えばカウンセラー、悪く言えば不満感情のはけ口だ。

松浦が言っている掃き溜めとはそういう意味にも解釈できる。

そんな仕事が果たして自分にできるのだろうか。

メンバーについても気がかりだ。

安東班長はほかの三人にすごく信頼されているようだし、政鷹の目から見ても優秀な人物である印象を受けた。

問題は残りの三人である。

松浦はすぐれた頭脳を持っているようだが、仕事に対してやる気があるとは思えない。

亜澄は明るいが、生意気だしどこかわがままな気がする。自動車の運転以外の能力はまだわからない。

森は元気はいい反面、単純なタイプのようにも見える。能力についてはまったく未知数だ。

この三人と組んで、自分にとってまったく不慣れな相談業務やクレーム処理をうまくやってゆけるのだろうか。

なんとなくビールが苦かった。

弁当を電子レンジで温めて食べ終わってから、政鷹はキャビネットの引き出しを開けて爪ヤスリを取り出した。

爪はいつも整えている。忙しくギターが弾けない日が続いても仕方ないが、爪は毎日メンテできる。ちょっと怠けると、元に戻すのに大変な労力を要するので、どんなに時間がなくても爪ヤスリだけは掛けるようにしている。

大手化粧品メーカーの製品で全長は十五センチほど。樹脂製の柄とステンレス製のブレードが半々くらいの長さであった。

チェコ製のガラス製品も持っているが、この無骨な爪ヤスリがいちばん気に入っていた。いずれにしても、仕上げには紙製のヤスリを使う。

捜査一課にいる間は、なかなかギターを弾く時間がとれなかったが、今日からは違う。定時近くに帰れる特四なら、毎日、練習できるかもしれない。

アパートではほかの部屋に迷惑が掛かるから練習はできないが、カラオケボックスは坂を下って十分ちょいの場所にある。

しばらくして時計を見て政鷹は我が目を疑った。

まだ、七時半だった。先週まではだいたい本部に残っている時間だ。

口笛を吹きたいような気分だった。

「久しぶりにギター弾くか」

政鷹は独りごちて、ベッドサイドからギターケースを持ち上げて肩に担いだ。

外へ出ると、澄んだ冬空には街の灯りにも負けずにたくさんの星が瞬いていた。

北風が電線に当たる音がG♯3とA3で鳴っている。

坂道を街へと下りる政鷹の足取りは軽かった。

第二章　湖尻のさざなみ

【1】

翌朝、定時より三十分前に出勤すると、安東班長をはじめほかのメンバーはすでにラウンジでコーヒーを飲んでいた。

「おはようございます。何時に来ればいいんですか」

いくぶん気まずい思いで政鷹は訊いた。

「おはよう。昨日はいきなりの相談業務、お疲れさま。定時の八時半でいいのよ」

安東班長は満面に笑みをたたえて答えた。

なるほどベージュに似た色のレディス・ライダースジャケットを着ている。この革の色をイエローオーカーというのか。今日もインナーには華やかなドレスシャツを着ていたが、政鷹にはわからないブランドだった。

「でも、皆さん、もう来てますよね」

「趣味で早く来ている人たちにつきあう必要はないの」

安東班長はさらっと答えた。

「まぁ、俺は家にいても暇なんでね」

松浦はにやっと笑った。

「あたしはいつもこのくらいに来るの。遅刻しないか心配するのイヤだから」

亜澄の答えはあっさりしていた。

「俺、朝、四時に起きて東戸塚《ひがしとつか》から走ってくるんですよ」

森は元気いっぱいだった。

東戸塚から阪東橋では直線距離でも六キロくらいはあるだろう。

「汗かくだろ？」

「ええ、その後、ヒンズースクワットなんかもやりますから。でも、誰もいないのをいいことに、流しの水で行水してます。あ、水道代は公費だからヤバいんすかね」

森は自分の頭頂部をコツンと叩いた。

「というわけ……。帰りも仕事がなければ、さっさと帰りなさい。仕事が遅くて居残りしている人につきあうのは愚か者よ」

「わかりました」

ここでは班長の言葉は文字通りに受け取ってよさそうだ。日本の職場に要求される「以心伝心」とか「言わなくてもわかっているだろう」といった類いのような、忖度《そんたく》だの斟酌《しんしゃく》だのが苦手な政鷹としては、この上なくありがたかった。

十時前に神保からの宅配便が届いた。

「二番目の相談者を引き受けるから、伊達くんはタブレットPCを確認なさいな」

安東班長の指示に従って、政鷹は二階のラウンジに上がっていった。

サビの浮き出たオフィスデスクの椅子に座る気にはなれなかったので、ホワイトオークのテーブルで作業することにした。

佃煮《つくだに》と書かれた小ぶりの段ボール箱を開けるとプチプチのエアクッションに包まれたPCが現れた。ACアダプタとワイヤレスイヤホンも入っている。

一枚の紙片がぱらりと舞い落ちた。

——とにかく伊達さんだけが頼りです。よろしくお願いします。神保長治

一筆箋《いっぴつせん》にカクカクした癖のある字が躍っていた。

すでに神保やたくさんの人が触っているだろうから、指紋検出はあきらめるべきで

ある。それでも政鷹は白手袋をはめて作業に取りかかった。

このPCは、キーボードと一体化できるタイプで、切り離せばタブレットとして使用できるものだった。それほど古いモデルではなさそうである。

本体にACアダプタをつないで、起動スイッチを入れる。

しばらく待つと、幸いにもデスクトップ画面が表示された。

政鷹はとりあえずほっとした。

松浦の言葉のように、パスワードをスルーできる設定となっているのだ。逆にいえば、あまりシークレットな情報は発見できないかもしれない。

キーボード側にあるマイクロUSBポートに、有線マウスを接続して探索を始める。

まずはデスクトップに残された「1」という、いかにも適当につけられたらしいタイトルのテキストメモを開いてみる。


——人間関係に疲れました。湖が呼んでいる……。


くだんのデジタル遺書である。これが果たして眞美自身が書き残したものなのかどうかは知る手段がない。

続けて政鷹はデスクトップ上のアイコンを一つ一つ開いていった。

すべてアプリのショートカットで、それぞれのプログラムが起ち上がるだけだった。

各アプリの「最近使ったアイテム」を見てもたいした情報は得られなかった。

眞美はこのPCをいったい何の目的で使っていたのだろう。

ひとつわかったのは、YouTubeの動画視聴を頻繁に行っていた事実である。履歴にはさまざまなミュージシャンのMVや洋画などの視聴履歴が残っていた。

移動の車中などで退屈しのぎに動画を見ていたのだろう。

動画視聴が目的だとすれば、スマホよりも大きな画面で楽しみたい気持ちもわかる。

さらにブラウザを起ち上げて閲覧履歴をチェックしてゆく。

通販サイトの履歴が並ぶ。

――差をつけるこの一枚。羽織って気持ちいいコットンパーカ
――エアコンに負けない。おすすめサマーカーディガン、三色展開
――目立たないけど惹《ひ》きつける。定番、バスクシャツ、再入荷

どうやら眞美は夏に着るアウターを物色していたようである。

――バーゲン最終値下げ。かるくてあったかスプリングコート

来春に着るつもりか、こんな閲覧履歴もあった。

政鷹は苦笑した。

刑事は事案によっていろいろなデータを収集する。

だが、少なくともいままでレディスファッションのバーゲン情報には縁がなかった。

チェックを進めるうちに「シドケ」なる言葉に出会った。

通販サイトの履歴の前にずらりと「シドケ」を含むサイトのタイトルが並んでいる。

シドケという単語を政鷹は知らなかった。「しどけない」なら服装や髪が乱れてだらしないさまを指すなどの意味で知っている。しかし、シドケとはなんだろうか。

——山菜好みの通の味！　シドケの美味《おい》しい料理法
サイトをクリックすると、すぐにわかった。

山菜の名前なのである。

政鷹は自分のスマホでシドケについて調べてみた。

正式にはキク科の「モミジガサ」という植物だが、東北を中心にシドケと呼ばれ、関西ではキノシタと呼ばれているそうだ。山地の湿った林内に生えて、五月が最盛期らしい。

秋田県や山形県ではよく知られた山菜だそうだが、最近は全国的に人気が上昇しているようだ。通販サイトもいくつか見つかった。

眞美はシドケに関してぜんぶで八サイトを閲覧していた。

おひたしや天ぷら、炊き込みご飯など調理法のサイト。

分布状況や見つけ方、採取方法のサイト。

そのなかの一サイトに、政鷹の目は奪われた。

神奈川県内でシドケを採ったとの情報を提供している個人のサイトだった。

——箱根仙石原から湖尻に掛けての地域山林内で四月下旬から採れます
「芦ノ湖にはシドケ採りに行ったのか！」

（オレ！　¡Olé!）

政鷹の脳裏で『アレグリアス』のファルセータが鳴った。

ファルセータはギターのメロディー変奏の一種で、ある決められたスキームでギタリストが自由に弾く。ギタリストにとっては見せ場のひとつである。

違和感がかたちあるものとなってきた。

確認すると、シドケについては自殺前日の十九日の閲覧ばかりで、通販サイトはすべて自殺した四月二十日当日に閲覧していた。

山菜採りのために眞美は箱根に行っていたのに違いない。

また、おそらくは往路の電車のなかでは、夏に着る洋服の通販サイトを見ていたのだ。なかには来春に着るスプリングコートの履歴まであった。

閲覧履歴を見る限り、とてもではないが自殺する前の行動とは考えられない。

いくら衝動的な自殺と言っても納得できない。

「これは詳しく調べてみないとならないな……」

政鷹がつぶやいたそのときだった。

階下のホールでただならぬ女の悲鳴が響いた。

わめきちらす男の怒鳴り声も聞こえる。

政鷹はラウンジを飛び出して階段へと走った。

信じられない光景が視界に飛び込んできた。

ブルゾン姿の若い男が、亜澄の身体を拘束しているではないか。

男は左腕で亜澄の首を締め上げて、右手のナイフを頸動脈《けいどうみゃく》に突きつけている。

中背の華奢《きゃしゃ》な男で腕力はなさそうだが、この体勢では誰も手が出せない。

ナイフの反射が鋭く目を射た。

男がナイフに力を入れてちょっと引き切れば亜澄はおしまいだ。

あたりは亜澄の血潮で染まる……。

なんとしても亜澄を救わなければならない。

政鷹は男の隙を懸命に探し始めた。

「お願い……やめて……」

亜澄のかすれ声が響いた。

身体が小刻みに震えているのが痛々しい。

「黙れっ」

血の気を失った亜澄の顔よりもさらに青い顔で男は叫んだ。

森が真正面で右手にタオルを巻いて対峙《たいじ》している。

「おいっ。ナイフを放せっ」

森が叫んだ。

「うるさいっ」

男は歯を剝き出して怒鳴った。

「やめなさい。そんなことをしてなんになるの」

森の後ろに立つ安東班長は諭すような口調で呼びかけた。

「やめるんだ、山口。抵抗しても無駄だ。すぐに応援が来るぞ」

隣では松浦が脅しつけるように低い声を出した。

後ろには、二人の高齢女性、高齢男性と若い女性がぼうぜんと突っ立っている。

「うるさいって言ってるんだ」

山口の首が膨れ上がって筋肉が浮き出た。

「みんな僕を馬鹿にするなっ」

山口の叫び声が耳に痛く響いた。

「誰もあなたを馬鹿になんてしてないのよ」

安東班長は山口の目を見据えて静かに答えた。

「この女は僕の話をまじめに聞いてくれなかった」

「あたしは……ちゃんと聞いた……」

亜澄は苦しく息を吐きながら訴えた。

「聞くもんか。僕を病気扱いして追い返したじゃないか」

「あ、あなたは病気なのよ」

「病気なんかじゃないっ」

山口の目は三角に吊り上がって瞳が痙攣《けいれん》している。

政鷹はスーツの腰ポケットを探った。

（あった……）

かなり危険な賭けだ。

だが、手をこまねいていれば、亜澄の生命《いのち》はない。

政鷹は爪ヤスリをそっと取り出した。

「おまえを殺して僕も死ぬ」

凶暴な影が山口の頬に浮かんだ。

もはやほかに手段はない。

「た、助けて。お願い……」

亜澄は声にならない声で訴えた。

山口の右手が震えた。

「くそっ……」

森は歯噛みした。動けるはずがない。

政鷹は爪ヤスリの柄を手の内でしっかりと握った。

額に汗がにじみ出た。

狙うは山口の眉間しかない。

大上段に振りかぶる。

「おい、山口、こっちだっ」

強い声で呼びかけた。

「なんだっ」

驚いて山口は政鷹を見た。

(いまだっ)

政鷹は手首の力みを抜いた。

右手を振りおろして爪ヤスリを手から放した。

空《くう》を切ってヤスリが飛んだ。

ヤスリはまっすぐに山口の眉間へと向かう。

「うわわわわっ」

反射的に山口は亜澄を締め付けていた腕をほどいた。

ナイフが床に転がる音が響いた。

山口は両手で顔をかばった。

爪ヤスリは山口の掌に当たって床に落ちた。

「確保っ」

安東班長の声が響いた。

「了解っ」

森が猟犬そのものの姿で飛びかかってゆく。

機械のような正確さで、森は山口の腹に当て身を喰らわせた。

「ぐおおっ」

山口は苦痛の叫びを上げた。

次の瞬間、森は山口の華奢な身体を羽交い締めにした。

「もらったっ」

一歩遅れて飛び出した松浦が、山口の両手首に手錠を掛けた。

手錠の硬い金属音が聞こえた。

亜澄はその場にへなへなと頽《くずお》れてしゃがみ込んでいる。

だが、亜澄に怪我はなかった。

政鷹の全身から力が抜けた。

大胸筋が痛い。身体に変な力が入っていたようだ。

出入口の扉が激しい音を立てて開いた。

スーツ姿の男たちがどやどやと入ってきた。

「機捜です」

男の一人が安東班長に告げた。

隣の機動捜査隊本部の刑事たちが駆けつけたのだ。松浦が連絡したのだろう。

刑事たちは山口のまわりを押し包むように取り囲んだ。

「山口重男《しげお》、十一時七分、暴行の現行犯で逮捕する」

年かさの刑事が高らかに宣言した。

氏名などの情報はすでに伝わっていたらしい。

「僕には結局、何もできないんだぁ」

山口の泣き声が人垣の中から響いた。

「この野郎、警察をナメやがって」

ヤクザのような口調で刑事は脅した。

「あ、機捜が持ってくんですね」

松浦が皮肉っぽい口調で声を掛けた。

亜澄をはじめ、苦労したのは特四の面々なのだ。

「怪我がなくてよかったな」

刑事は意にも介していなかった。

「後は頼みましたよ」

安東班長は鷹揚《おうよう》な調子で刑事たちに声を掛けた。

「お疲れさまでした。後で念のため鑑識をよこします。それから必要があれば四班の皆さんに事情聴取に来ますんで」

年かさの刑事はかるく頭を下げた。

「了解しました」

安東班長はにこやかにあごを引いた。

「さぁ、来るんだ」

刑事たちは山口をどやしつけて出口へ向かった。

「くそおっ、くそおっ」

出口へ向かう人垣のなかから聞こえる山口の声が小さくなってゆく。

ドアが派手な音を立てて閉まった。

室内にストーブのファンのE2音だけが響いている。

「皆さま、お疲れさまでした。今日はもうお帰り下さい」

安東班長の言葉に、相談者たちは茫然《ぼうぜん》自失のままの表情で荷物をまとめ、次々に外へ出ていった。

「亜澄ちゃん、大丈夫？」

安東班長は、ソファにぐったりと身を預けている亜澄に歩み寄って声を掛けた。

政鷹もほかの二人も亜澄を囲んだ。

刑事として新米とは言いがたい政鷹は格闘の経験こそいくつかあるが、首元にナイフを突きつけられた経験はなかった。

亜澄の感じた恐怖は想像するにあまりあった。

「もう平気です……」

亜澄は意外としっかりした声で答えた。

どこか放心したような表情だが、頬には血の色が戻っている。

「ヤバいとこだったな」

「俺、マジ心臓止まりそうでしたよ」

松浦も森もそれぞれに亜澄を気遣って明るい調子で言葉を掛けた。

「伊達くん、よくやった」

安東班長は満面の笑みで政鷹を讃《たた》えた。

「危険な賭けでした」

正直な気持ちだったが、あの場合、行動するほかなかった。

「いいえ、あなたがいなければ亜澄ちゃんはどうなっていたかわからない」

「ありがとう……伊達さん。本当に生命の恩人……」

亜澄はソファから立ち上がって深々と頭を下げた。

「いや……無事でよかったよ」

亜澄を守れて、政鷹は胸の奥に春風でも吹いているようなあたたかさを感じていた。

「あいつに投げつけたこれはなんっすか？」

森が床に落ちていた爪ヤスリを指さした。

「それは爪ヤスリだよ」

「なんです、それ？」

「爪を整える道具だよ。俺、ギター弾くんだよ」

「へぇ、意外だなぁ」

森は目を見開いて政鷹の顔をまじまじと見つめた。

ほかの三人もいちように驚いている。

自分は音楽をやっているようには見えないのかと政鷹は苦笑した。

「それにしてもいつも持ち歩いてるんすか」

「まぁね、放っておくと爪が荒れるからね」

「まるでプロっすね」

「いや……長いことやってはいるけど」

事情を説明する気力がなかった。

「今度、聴かせてほしい」

安東班長が目を輝かせた。

「ええ、そのうち」

「きっとよ」

「約束します」

自己紹介を兼ねて一曲弾いてもいいなと政鷹は思った。

「どうしてあんなに的確に相手の顔面に飛ばせたんだい」

松浦が不思議そうに訊いた。

「以前、棒手裏剣術を習っていたことがありまして」

わずか三年くらいだが、なにかひとつは武術を修めたくてある師範のもとに通っていた。こんなかたちで役に立ってよかった。

「すごいな。俺は身体技のほうはからっきしだ」

松浦は素直に感嘆した。

「もうお昼休み近いし、みんなラウンジに行きましょ」

安東班長の言葉に従って、亜澄も含めて全員が二階に上がった。

みんなが席に着くと、森が冷蔵庫からさっとノンアルコールビールを出して来てテーブルに並べた。

「あたし、甘いのがいい」

亜澄が子どものような甘え声を出した。

「いつも太るからイヤだって言ってるじゃないか」

森は口を尖らせた。

「オレンジジュースがいい」

駄々っ子のような声が続いた。

「わかったよ」

森はあきれ顔でオレンジジュースをとってきた。

「脳はストレスを受けると、ふつうよりも一二パーセントも多くのブドウ糖を必要とするからね。ストレス太りってのはこのせいなんだ」

隣に座った松浦はうんちくを語りながら、ノンアルの缶に手を伸ばした。

「わたし、ちょっと電話掛けるから、みんな先にやっててね」

安東班長は隅のスチールデスクに向かうと、机上の固定電話を取ってどこかへ掛けた。

しばらく班長は、さっきの顚末《てんまつ》について説明していた。

「冗談じゃありませんよっ」

急に声が高くなった。

政鷹はつい耳を澄ませてしまった。

「ですから、課長を出して下さい。大変に重要な話なんです」

相手はうんとは言わないようである。

「いいですか？　わたしの部下が殺されるところだったんですよ。それというのもおたくが危険な人物を、不用意にうちによこしたからじゃないですか。少しは責任感じて下さい」

眉間にしわを寄せた安東班長は、いままで聞いたことのないような厳しい声を出している。

「あなたじゃ話にならない。課長にアポ取って下さい。直々《じきじき》にお目に掛かって説明します。え？　今日は会議があって忙しいですって？　ひと一人の生命が危機にさらされたんですよ」

松浦が横ひじで政鷹をつついた。

「あれだよ……班長がこんな特四みたいな掃き溜めに追いやられてきた理由ってのは」

「なるほど……」

政鷹にはじゅうぶんな説明だった。

班長のこの電話は、およそ警察組織にあるまじき態度だ。警部補の警部に対する態度ではない。また、警視に対して直々に文句を言いに行くのも穏やかではない。

「わかりました。じゃ、明日朝一番で伺います。よろしく」

ガチャンと強い音を立て、班長は受話器を叩きつけるように置いた。

「今日のようなことが二度と起きないように善後策を考えます。みんなしばらくはじゅうぶんに気をつけて相談業務についてね」

打って変わった穏やかな調子で言うと、班長はテーブルに着いた。

「ま、こんな特別演出は滅多にあるもんじゃないとは思いますけどね」

松浦の声は取りなすようだった。

「二度とあってはならないことよ」

班長は両目を少し吊り上げた。

「あたしももう二度とごめんです……昨日の対応がまずかったのかな」

亜澄の顔はベソをかいているようだった。

「亜澄ちゃんの対応に問題があったわけじゃないさ。妄想も出ていたようだし、ああしたタイプは感情がいつどんな理由で爆発するか予見できない。彼に必要なのは医療しかない」

松浦の声には亜澄へのいたわりが感じられた。

「それならいいけど……」

「亜澄ちゃん、今日はもう帰りなさい」

「いいえ、あたしなら大丈夫です」

亜澄は大きく首を横に振った。

「でも、しっかり休養をとったほうがいいんじゃないの」

安東班長は眉根にしわを寄せた。

「いいえ、みんなと一緒にいるほうが気がまぎれます」

「そう……じゃあ、無理強いはしないけど」

安東班長は懸念を顔に残したままで言葉を継いだ。

「今日の件についてはさっきも言ったように善後策を考えます。でも、ちょっと話題を変えましょう。伊達くん、神保さんの事案だけど、タブレットPCのチェックはすんだ？」

「だいたい終わりました。眞美さんのサイトの閲覧履歴から気になる事実が出てきました」

「教えて」

安東班長は身を乗り出した。

「彼女は前日にシドケという山菜について調べていました」

「あら、なつかしい」

班長は嬉しそうな声を出した。

「ご存じなんですか？」

さすがのググるくんも東北での山菜の呼び名までは知らないらしい。

「もちろん、郷里の秋田じゃ一番人気の山菜よ。シドケの美味しさがわかったら、大人って感じね」

安東班長は得意そうに鼻をうごめかした。

なるほど、安東班長は秋田美人だったのか。

きれいな標準語を話すが、色白できめの細かい肌は雪国育ちだからなのだ。

「タラの芽よりも美味いんですか」

松浦は舌なめずりせんばかりの調子で訊いた。

「たしかにタラの芽も美味しいけど、シドケのあの香りとほろ苦さは独特なの。それにシャキッとした歯触りは最高よ。わたしはおひたしがいちばん好き」

「そいつで一杯やりたいな。秋田の銘酒で」

「秋田は美味しいお酒が多いからね」

「甘口が多い土地は米どころの証《あかし》だって池田彌三郎《いけだやさぶろう》の本に書いてありましたが、まったくですね。シドケはタラの芽と同じ季節なんですか」

「そう。当然ながら、いまの季節は無理。山菜は雪が解けて新緑が芽吹く頃にいっせいに出るのだけれど、まぁ五月上旬ね。冷凍したのはクシャッとしちゃって美味しくないから。今度の春に実家から送ってもらうね。実家風に言えばスドゲね」

安東班長は秋田風になまってみせた。

「いや、待ち遠しいですな」

班長と松浦との会話を政鷹はぼうぜんと聞いていた。

「ごめんごめん、話の腰を折っちゃったわね」

はっと気づいて安東班長はちょっと頬を染めた。

「いえ……で、シドケは最近は全国的に人気が出てきたんだそうですが、箱根の仙石原から湖尻あたりでも採れるそうなんです」

「あら、そうなの。たしかに湿った山林などによく自生しているの。それで四月二十日頃にはもう出ているのね」

「ええ、やはり秋田あたりよりはだいぶ早いそうです。で、眞美さんはシドケを採るために箱根に行ったんじゃないかと思われるんです」

「たしかにおかしい……自殺を考えているような人が山菜採りに行くはずないね」

安東班長はゆったりと腕を組んだ。

「もうひとつあるんです。自殺当日に洋服の通販サイトをいくつも閲覧しているんです」

「それも変ね」

「ええ、夏に着る服を検索したり、季節落ちのスプリングコートのバーゲンを閲覧したりしています」

「今度の春に着る予定の服を……」

亜澄は低くうなった。

「でも、人間の感情って大きく動きますよね。宿に着くまでそれほど落ち込んでなかったのが、湖見て急に落ち込んで死にたくなっちゃったんじゃないっすかね。そんなことってあり得ますよ」

まじめな森の顔だった。

「本気でそう思ってるのか」

松浦がたしなめた。

「いえ……自分は女の人の心理とかってよくわかんないんすよ」

「女だろうと男だろうと、誰もがおまえみたいなおっちょこちょいじゃないんだぞ」

「さーせん」

森は頭を掻いた。

「衝動的な自殺だとしても不自然です。当然ながら自殺には大きな勇気が必要です。山菜採りや洋服の買い物とはどうしても馴染《なじ》みません」

政鷹は安東班長の目を見つめた。

「たしかにそうね。伊達くんは継続して捜査すべきだと考えているのね」

「はい、どう考えても不自然な事案です」

「やりなさい」

安東班長はきっぱりと命じた。

「いいんですか」

「今日の一件もあるし、予約の一部を調整します。わたしも相談業務に入るから、納得のいくまで捜査しなさい」

政鷹の目をまっすぐに見て安東班長は下命した。

「ありがとうございます。まだ現場に行ってないんで、湖尻に行って二軒のペンションの人たちにも話を聞いてみたいと思います」

「わかった……森くん」

「はい、運転手やります」

打てば響くように森は答えたが、亜澄が身を乗り出した。

「あたし、行きます。昨日から関わっている事案なんでやっぱり気になります」

意外にも亜澄が同行を申し出た。

「大丈夫なの？」

「ここにいるより、箱根に行って森のなかを歩いたほうが気分転換になりますから」

すでにふだんの顔色に戻っている亜澄は明るく答えた。

「そう……じゃ、Bチームの二人は出動して」

安東班長はにこやかに笑って命じた。

「了解です」

政鷹と亜澄の声が明るく重なって響いた。

昼食はラウンジで出前のピザを頼んだ。

みんなでわいわい言いながらピザを食べていると、県警本部の一部局にいる気がしなかった。

まぁ、これはこれで楽しい。

それにつらい目に遭った亜澄には楽しく食事をしてほしかった。

政鷹の思いが通じたように、亜澄は歓声を上げてピザをパクついた。

結局、亜澄はみんなの一・五倍くらいの量を腹に収めた。


【2】


食事が終わると、すぐに政鷹と亜澄はレッドメタリックのスマートで箱根に向かった。

「サイズが合わないかも知れないけど……」

松浦が三階の倉庫から黒いダウンジャケットを持って来てくれた。

「こんな季節の芦ノ湖じゃ、ダスターコートだと震え上がっちゃうだろ。亜澄ちゃんはいつも暖かいアウター着てるから」

羽織ってみると、長さが少し足りないがなんとかなりそうだった。

「ありがとうございます……どこへ出動するかわかりませんからね」

「場合によっては、俺たちは丹沢山で雪中行軍する羽目になるからな」

「本当ですか」

「ま、いまのところ、スノーブーツでの捜査は経験してないな」

松浦は冗談を言っていたのだ。

今日も亜澄がステアリングを握ってくれた。

道路は小田原市内までは昨日と一緒で、小田原厚木道路を終点の箱根口で下りて国道一号線の箱根新道で山の上に上がることにしていた。

山口の事件に触れるのはまだ早いと思っていると、亜澄のほうからその話題を振ってきた。

「さっきの手裏剣技すごかった。こうしてクルマ運転してられるのも本当に伊達さんのおかげだよ」

「もういいよ」

政鷹は照れくさくなってそっぽを向いた。

「だけどさ、いつも爪ヤスリ持ってるなんてびっくり」

「オシャレのために持ってるわけじゃないよ」

「ギターのためって言ってたよね」

「うん、俺が弾いてるのってフラメンコギターなんだ」

なんだか話してもいい気になってきた。

「へぇ、あたし一回しか見たことないけど、フラメンコって激しい感じだよね。情熱的っていうか」

「そうだね。情熱的ではあるな」

「クラシックギターと違うの？」

「同じナイロン弦を使うけど、響きをよくするためにボディが薄く作ってあるんだ」

「へぇ、知らなかった」

「もう十二年くらいはフラメンコギターやってるよ」

「そんなに長いこと？」

亜澄は驚きの声を上げた。

「小さい頃からオヤジにギター教わってたんだ。スパルタ教育さ。スリーコードなんて物心ついた頃にはもう覚えてたもんな。スチール弦だったから音板を押さえ続けると指が痛くなってよく泣いた」

「ステージパパの恐怖の英才教育！」

亜澄は声を立てて笑った。

「ところが、オヤジはカントリー&ウェスタン一本でね。高校卒業する頃にはすっかり食傷しちゃってさ。カントリーのカの字も聞きたくないって感じで、大学時代にフラメンコに鞍替《くらが》えしたんだ」

行方不明の父がちらっと胸をよぎった。しかし、いまごろ友だちの家で昼酒を飲んでいるに違いない。

「フラメンコに移ったきっかけはなんだったの？」

「大学三年のときに、友だちとたまたま西日暮里《にしにっぽり》の《アンダルシア》ってタブラオに入ったんだ」

「タブラオってなに？」

「フラメンコを上演するレストランだよ。フラメンコ酒場なんて訳すけど……で、そこで観た島枝三代《しまえだみよ》さんって踊り手のステージがすごくよくてね。いっぺんで好きになっちゃったんだ」

「いい出会いがあったんだね」

「いままで観た、どんな踊りとも違ってた。音楽と踊りが本当に融合して、信じられないくらい表情が豊かなんだ。ものすごくシンプルなのに洗練されてる。そんな世界を牽引《けんいん》しているのがギタリスト。これだって思ったよ」

「なんか伊達さんの目がキラキラ輝いていていいなぁ」

政鷹は照れて言葉を続けた。

「そのステージで弾いてたギタリストの尾栗奏久《おぐりかなひさ》って人に、ステージが跳ねてから弟子にして下さいって頼んだんだ」

「教室とか通ってるの？」

「うん、いまでも尾栗先生に個人レッスンを受けている。でも、俺さ、プロの踊り手のステージでバックやってたんだよ」

「わぁ、すごい！」

亜澄は感嘆の声を上げた。

「日本フラメンコ協会の新人公演ってのがあって、踊り手でも歌い手でもギタリストでもみんなが挑戦するプロの登竜門なんだけど、そこで奨励賞とってる。いちおうプロの腕があるって認められたんだ。すべてのプロがこの賞を取れるわけじゃない。だから、俺、半プロなんだ」

「すごいじゃない。趣味じゃなかったのね」

「でも、公務員は兼業禁止だろ。だから、ギャラはもらってない」

「ボランティアってこと？」

「そう。だけど、あんまりおおっぴらにやると、プロに迷惑掛かるから、友だちの踊り手とかに頼まれたときだけ、こっそり弾いてる。基本的にはギター二人のときのサブなんだ。名前バレるとヤバいから芸名で出てる」

「わぁ、なんて名前？」

「ラファエル・タカっていうんだ。内緒だよ」

「かっこいい」

「でもさ、交番勤務の頃は非番の日にステージに出られたけど、所轄の刑事課へ異動になってからは土日に何度か出ただけだ。捜査一課にいるときは一回しか出ていない。もうプロになるのはあきらめてるよ」

その一回については苦い想い出しかない。

「たしかに刑事は不規則だもんね。捜査本部《ちょうば》が立つと家にも帰れないし」

「でも、ギターの腕を鈍《なま》らせたくないから、いつも練習してるんだ」

「へぇ、家で練習しても大丈夫なんだ？」

「まさか、そんな豪邸に住んでるはずないだろ。カラオケボックスだよ」

「なんか一人で弾いてる光景を想像すると笑えるんですけど」

「笑うな。こっちは必死なんだ」

「でもさ、警察なんかにいるよりギタリストとして生きていったほうが素敵なんじゃないの？」

「俺、刑事の仕事が好きなんだよ」

「うわ、変人！」

亜澄は小さく叫んだ。

「キミだって刑事だろ？」

「うーん、いちおう前は、厚木署の盗犯係にいたけどね」

「嫌いなのか。刑事って仕事」

「たぶん嫌いじゃないな……。交通課とかじゃなく特四に異動になって嬉しかったからね。あたしも変人ってことかも」

「刑事の仕事のどんなところ気に入っている？」

「犯人を見つけ出し、追いかけて捕まえる。すごくシンプルだと思う」

「なるほど」

異論はあろうが、政鷹自身もそんな気持ちを持っている。少なくとも刑事警察は市民社会にとって欠くことのできない存在だ。

「ところでさ、うちに来たんだから、またステージに戻れるかもよ」

「ほとんど定時に帰れるって言ってたよね」

「うん、捜査が入らない限り定時だよ。いままでは捜査も月に二、三回だったし」

「よし、まずはカラオケボックスの時間を延長しよう」

「あたしもこれから仕事以外のことにも挑戦しようかなって考えてる」

「どんなこと？」

「それは考え中」

亜澄は楽しそうに笑った。

箱根新道の芦ノ湖大観《あしのこだいかん》ICからヘアピンの続く椿《つばき》ライン経由で箱根町に下りてゆく。

ワインディングロードでも亜澄のステアリングさばきは見事だった。

目の前には藍色の湖面が小さなさざなみを立ててひろがっている。

久しぶりに見た湖に、政鷹はふるさとの大沼を思い出してなつかしくなった。

子どもの頃から広い広い湖だと思っていた大沼は、面積では全国で五十二位である。芦ノ湖は三十四位でこれを上回る。ともに火山に起因する堰止め湖であるが、芦ノ湖のほうがだいぶ深く、湖水も深い藍色に染まって神秘的な雰囲気を感ずる。

箱根関所の横を通り過ぎて、箱根神社の赤い鳥居を眺めながらクルマは北岸へと進む。

湖岸を縫うように作られた県道七五号線は、湖岸を離れて葉の落ちた広葉樹林帯の中を走る。駒ヶ岳の裾野の平原にひろがる大沼とは異なり、芦ノ湖は急な傾斜を持つ小さな盆地に堰き止められた早川の水がたまった湖だ。

湖尻の遊覧船発着所を過ぎて箱根ロープウェイの下をくぐってしばらくすると、T字路があって芦ノ湖スカイライン方向を示す看板が出ていた。

交差点の南詰に駐在所の建物が見えた。

かなり古い平屋だが、切妻屋根が黒瓦で葺《ふ》いてあってあたりの景観に溶け込んでいる。

背後にはまばらに檜《ひのき》らしき木々が生えて奥は大きな駐車場らしい。

「あれだね。まず駐在所に寄っていこう」

連絡はしていなかったが、太田駐在は付近でパトロールをしているはずだ。

「クルマ寄せちゃうね」

亜澄は駐在所前の砂利スペースにスマートを乗り入れた。

建物の裏から年輩の制服警察官と、アップルグリーンのダウンジャケット姿の若者が現れた。

政鷹と亜澄がクルマから降りると、制服警官がにこにこしながら声を掛けてきた。

「メイアイヘルプユー？」

下手くそな発音に政鷹は噴き出した。

「ウィアージャパニーズ……太田さんですね？」

亜澄が笑いながら訊いた。

「はい、湖尻駐在の太田でございます」

太田駐在は太い眉をひょいと上げて答えた。

陽気な人物らしい。

消しゴムのようなかたちの浅黒い顔にぎょろりとした両目がユーモラスな容貌だ。

大きな口もとに明るい笑みを浮かべている。

「刑事特別捜査隊の伊達です」

「小笠原です」

二人はそろって頭を下げた。

「ご苦労さまです」

太田駐在は姿勢を正すと、無帽ながら挙手の礼を返してきた。

「それにしてもいきなり英語とは驚きました」

政鷹の言葉に太田駐在は頭を掻いて弱り顔で答えた。

「最近は外国人観光客も多いので、テレビの英会話を勉強しとるんですが、いやぁ、五十過ぎの手習いでどうしようもない。ちっとも上手《うま》くならんのですわ」

「でも、外国人観光客にはいいおもてなしでしょう」

「ありがとうございます。ところで、四月の自殺事案でお越しとか」

「ご存じでしたか」

「本署の土屋くんから電話もらいましてね……しかし、あれは問題ないと思いますがねぇ」

太田駐在はけげんな顔で政鷹たちを見た。

「太田さん、俺、帰るね」

かたわらの中背の若者が元気な声で告げた。

若い。二十歳前後か。いまさら顔を見て、鼻筋の通ったさわやかな青年であると気づいた。

さらっとしたミドルの茶髪の下には、卵形の輪郭のかたちのよさが目立っている。

明るい口もとと澄んだ両の瞳が印象的である。

亜澄などは目尻を下げて眺めている。

「おお、輝《てる》。ありがとな」

太田駐在はにっこりとほほえんで答えた。

「あのさ、ここで燃やすとヤバいんなら俺んとこで燃すよ」

「いや、いいよ。土に埋めるから」

「ああ、ただ、三十センチくらいは掘ったほうがいいよ」

「わかった。マスターたちによろしく言っといてくれ」

なんだか穏やかならぬ話をしている。

若者が交差点を左に曲がろうとしていると、道の向こう側で高齢の女性が不安げにあたりをキョロキョロ見まわしている。

上品な和服姿の女性は八十歳近いだろう。手ぶらだし、外套《がいとう》なども羽織っていない。

ちょっと散歩に出たような雰囲気であった。

「あれ、おばあちゃんどうしたの？」

若者は明るく声を掛けた。

「あれ、交番よね？」

老女は政鷹たちを見て尋ねた。

「うん、湖尻駐在所だよ」

厳密には駐在員の警察官が居住しているのが駐在所であり、交番は交代勤務制であって居住している者はいない。だが、一般の人はあまり区別をしない。

「ああ、よかった。ほっとしたわ」

「もしかして、道がわからないのかな？」

「そうなの。お宿から散歩に出たら帰り道がわからなくなっちゃって……」

老女は頬を染めた。

「おばあちゃんは、どこに泊まってるのかな」

若者はやさしく訊いた。

「昨日から娘夫婦と泊まりに来てて……あの……なんてお宿かしら」

老女は首を傾《かし》げた。

「思い出せないかな？」

「それが……観光ホテルとかいう名前じゃないんだけど、なんだか……きれいな名前のお宿だったんだけど……なんてお宿だったかしら」

懸命に思い出そうとして老女は小さくうなった。

「うーん、きれいな名前の宿はたくさんあるからねー」

のんびりとした調子で若者の声が響いた。

「なんでもかんでも、みんな娘に任せちゃってるから」

泣きべそをかくような顔で老女は答えた。

「玄関から出て歩いてきたのかな？」

老女はこくんとうなずいた。

「お庭の寒椿がきれいなんで嬉しくて……眺めながらそのまま歩いてたら……なんだか林の中の道に迷い込んじゃって、しばらく歩いたら自動車の通る道に出て、もと来た道がすっかりわからなくなっちゃって……」

老女は童女のように頬を染めた。

「寒椿って赤い花の？」

「そうそう。赤いの……」

「俺の背丈くらいある椿の木が並んでて、歩くところには白い玉砂利が敷いてあるんじゃない？」

「そうなの。そこを歩いてきたのよ」

「ああ、わかった。宿の玄関出て左側に歩いてきたんだね？」

「ええ……たぶんそう」

「おばあちゃんが泊まっていたのは『花筏《はないかだ》』だよ。きっと」

老女の顔がパッと明るくなった。

「ああ、そんな名前だったわ」

老女は何度かうなずいた。

「五百メートルくらいあるな……いいよ、おばあちゃん、俺が送ってあげる」

「でも、ご迷惑じゃないの？」

老女は若者の顔を見上げて訊いた。

「大丈夫、大丈夫。うん、あの宿のマネージャーさんにも、たまにはあいさつしなきゃなんないから」

「あら、ほんと？」

「気にしないで。俺、歩くの大好きだから」

「ありがたいわぁ」

老女は若者に向かって両手を合わせた。

「じゃあ、太田駐在さん、俺、この人『花筏』まで送ってくから」

「助かるよ。わたしは本部の人を案内しなきゃならないから」

「夜に遊びに来てよ。マスターたちも待ってるから。今夜は真鶴《まなづる》のイイダコをご馳走できるんじゃないかな」

「ああ、必ず行くよ」

若者は老女の手を引いて、県道七五号線を桃源台駅の方向へと歩き始めた。

老女に寄り添う若者の態度は終始、いたわりに満ちていた。

「感じのいい青年ですね」

政鷹はなかば驚いて訊いた。

「ほんとに素敵な子ぉ」

亜澄はうっとりとした顔で、老女を連れて小さくなってゆく若者の背中を見つめている。

「ええ……あ、輝に案内させりゃよかったかな」

「と言いますと……」

「あの子は池田輝雄《いけだてるお》っていいましてね、四月の事案で亡くなったお嬢さんが泊まっていたペンション《デル・ソーレ》のスタッフなんですよ」

「そうだったんですか」

あんなスタッフがいるなら、きっといいペンションなのだろう。

「目がきれいよ。すごく澄んだ瞳をしている」

亜澄は相変わらずぽーっとしている。彼女のタイプなのかもしれない。

ともあれ、二軒のペンションの人たちからも話は聞かなければならない。

「遺体発見現場の湖尻水門は、ここから八百メートルほどの距離です。宿の駐車場以外にクルマを停めるところがないんで、ご足労だが歩いてもらいたいんですが」

太田駐在は申し訳なさそうに頭を下げた。

「それくらいなんでもありません」

「空気も美味しいし、ずっと運転してきたからちょっと歩きたいです」

政鷹たちの言葉に太田駐在はほっとしたようだった。

「じゃあ、参りましょうか」

太田駐在は「巡回中です」と書かれた白い札を出して入口の扉の戸締まりをすると、先に立って歩き始めた。

芦ノ湖スカイラインへと続く道はゆったりとしたカーブを描き、両側はうっそうとした雑木林だった。

もっとも針葉樹以外はほとんど葉を落としているが、紅葉の時期などは見事だろう。

「道路の左手はキャンプ場で右手はゴルフ場になっています」

スマホのマップで予習しておいたが、ゴルフ場のクラブハウスとキャンプ場の管理棟以外には人家のない場所だ。

「お時間頂いて恐縮です」

「なに、いいんです。夏場は変な若い奴らが裏の駐車場で酔っ払って騒いだりしますけどね……いまの季節は本当に暇なんですよ。さっきも輝に手伝ってもらって駐在所の裏庭の木にたかっていた害虫の卵を駆除してたんです」

「ああ、それで燃やすとか、土の中に埋めるとか言ってたんですね」

「なんの話だと思っていましたか？」

「こっそり死体を埋める相談でもしていたのではないかとね」

政鷹は冗談めかして声をひそめた。

一瞬目を見開いて黙った太田駐在は、はっはっはっと快活に笑った。

「やっぱりおたくは刑事ですなぁ」

しばらく太田駐在は笑いながら歩いていた。

「太田さんは刑事課勤務は？」

「いや、とてもではないが、わたしなんぞにつとまりませんよ。ずっと地域課勤務です」

「小田原署の土屋巡査部長が、太田さんは地域の人々に愛されていて、異動に反対する声も多い、地域課にとってても得がたい存在だって言ってましたよ」

太田駐在は照れて頬を染めると、話題を害虫駆除に戻した。

「マイマイガの卵とかイラガのさなぎなんかをとってたんです。でもね、あたしゃ老眼なもんだから、直径一、二ミリのオビカレハの卵なんて見落としちまうんですわ。あの子に手伝ってもらって大助かりですよ」

「残すとマズいんですよね」

「そら、あなた。春になるといっせいに孵化《ふか》して大変な状態になっちまうんです。マイマイガなんてドクガの仲間ですけど、すぐに小指くらいの黒っぽい毛虫になって、木いっぱいにたかることになります」

「いやぁん」

亜澄が小さく叫んだ。

「燃やして処分するのがいちばんなんですが、最近はたき火もうるさいんで……」

「なるほど……」

そんな話をしながら歩いているうちに、林が切れて早川に架かる湖尻新橋が見えた。右手前方にゴルフ場の立派なクラブハウスが見える。

橋を渡り始めると、左手に三つの水門小屋の目立つ水門が見えてきた。

「あれが湖尻水門です」

「湖面はよく見えませんね」

白っぽく陽光の反射を受けている湖面は遠くにわずかに見えるだけだった。

「ええ、このあたりの道路からはほとんど見えません」

橋上で立ち止まって早川を覗き込むと、ほとんど水流がなかった。水門の下流側直下は枯れ草の原っぱのような雰囲気だ。

「水が流れていないんですね」

「芦ノ湖の水は早川に流していません。実は芦ノ湖の水利権は深良用水を持つ静岡県にあるのですよ。神奈川県では勝手に使うことはできないのです」

「えぇーっ、神奈川の湖なのに！」

亜澄が驚きの声を上げた。

政鷹も神奈川県から給料をもらっているわけだが、こうした県の一般行政についてはまったく知識がない。

「あの水門を開けるのは、秋の台風十九号のときのように、芦ノ湖の水位が上がり過ぎたときだけです」

「では、早川の水はここから下流域に降った雨なのですね」

「おっしゃるとおりです」

早川が相模湾に流れこむあたりは、西湘《せいしょう》バイパスの早川ＩＣあたりでよく見える。

政鷹も何度か通った覚えがあるが、かなりの水量があるので意外だった。

湖尻新橋を渡り終えると、左に砂利道の下り坂が現れた。

進入を規制する錆《さ》びたゲートが開いている。

ゲート脇には「一般車進入禁止」の看板が出ている。

「ここを下りてゆくと、わたしが遺体を発見した広場です」

太田駐在はちょっと緊張した面持ちで告げた。

砂利道を下ると、一辺五十メートルくらいの三角形の広場があった。

入口側に《デル・ソーレ》《湖畔の森》とペイントされた二台のワンボックス車が駐《と》まっていた。

「夏季は駐車場として開放していますが、この時期は事実上、二軒のペンション専用の駐車場となっています。クルマで来る客には予約するときにここにクルマを駐めるように指示しているのです」

同じ警察関係なのだから、政鷹たちのクルマも駐めさせてくれてもよさそうなものである。

だが、ペンション専用という、このゆるい規制をしっかり守るところに、太田駐在の生まじめな性格を感じた。

「わたしは毎朝、夜明け頃にここまで走ってきて竹刀の素振りや体操をするんですわ」

太田駐在は広場を見まわした。

「ここからも湖面はあまりよく見えませんね」

まわりは雑木林に囲まれていて、湖面は幹や枝の間からちらちらと望めるに過ぎない。

「ええ、あそこを下ると、よく見えます」

太田駐在は三角形の湖畔側の頂点に当たるあたりを指さした。

政鷹たちは駐在の後に続いて広場の端まで足を進めた。

草藪《くさやぶ》の向こうに薄青の湖面がひろがっている。

「このあたりはずいぶんと浅いんですね」

「ええ……芦ノ湖はいちばん深いところでは四十メートル以上の水深がありますが、湖尻水門付近は数メートルしかありません。湖岸は浅瀬になっています」

「発見したときの状況を教えて頂けますか」

太田駐在は少し緊張した表情になった。

「あの朝も走ってきて、湖の見えるこの場所で素振りを始めるつもりでした。やはり、湖面を見ながらのほうが気持ちがいいですからな。そうしましたら、あのブイのあたりに何やら人のようなものが引っかかっているんです」

湖面には白い樹脂のブイが水門口を遮って一列に並んで浮いている。

「水門に近づくボートなどを止めるためのブイです。危険ですし、イタズラなどされても困りますんで」

「あのブイの列は？」

「なるほど、それからどうしたんです？」

「とにかく、人間なのか人形のようなものなのかを確認しなければならんと思い、湖岸へ下りました。湖岸へ下りる道はあそこにあります」

太田駐在は三十メートルほど先のコンクリートベンチのあるあたりを指さした。

「行ってみましょう」

湖岸に下りる道は整備された遊歩道ではなかった。踏み跡が道となったものらしく、ひどく荒れていた。

夜の間に降りた霜が溶けて地面が湿っていて大変に滑りやすくなっている。

「滑るよ」

政鷹はパンプスを履いている亜澄に声を掛けた。

「うん……」

亜澄はやじろべえのように両手を開いてこわごわ足を運んでいる。

自分も革のビジネスシューズを履いてきたことを後悔した。

だが、革靴にもかかわらず太田駐在はさっさと下ってゆく。

湖岸まで下りると、アイボリー色の砂礫《されき》の浜に火山弾なのか黒っぽい岩が点在している。

水際から数メートルは湖水浴でもできそうなほどに浅く、澄んだ水を通して岩場がひろがっているのが見える。

たしかにこの場所からならブイの列はよく見える。

「湖岸へ下りてからどうしましたか」

「ここまで来ると、人形なんぞではなく遺体であるとはっきりわかりました。もうそりゃあたまげて、文字通り腰抜かしましたわ。ありゃあ、尻餅ついて本当に動けなくなるもんなんですな」

太田駐在は照れ笑いを浮かべた。

「変死体はあまり経験なさってないんですね」

先週まで捜査一課強行第七係に在籍していた政鷹は、変死体には慣れている。人の死はどんな場合であっても尊厳あるべきだ。慣れてしまう感覚を政鷹は自分でも危惧《きぐ》していた。

「交番勤務の頃はそりゃ何度か経験はありますが、湖尻駐在に来てからは一度も……まして、芦ノ湖で水死体なんてみたこたぁありませんから……で、必死で携帯をとりだして、本署に連絡したんですわ」

「ランニングのときも携帯電話は持って出るんですね」

「ええ、いつどこから連絡が入るかわかりませんから。で、まぁ、機捜やら地域課の応援やらなんやらが来ましてね。ボートを出して遺体を引き揚げたんですよ。それから、湖尻診療所の村上先生に来てもらって、水死で間違いないとの結論になりました」

死体検案書を作成した医師の名前が出てきた。

「なるほど、後で村上先生にも会ってみたいです」

「了解しました。後ほど、ご案内します」

「発見時の状況ですが、この広場や周辺部には誰もいなかったんですか」

太田駐在は首を横に振った。

「なんせ夜明け頃ですから、誰もいませんでした。芦ノ湖は夜釣りは禁止となっていますし、その時間にこんな場所をうろついている人はいません。ここの広場は、夏場ならばともかく、ゴールデンウィーク前は昼間だって人影はまれです。西岸歩道を歩くハイカーくらいですね」

「ありがとうございます。発見時のようすはよくわかりました。事件の晩に眞美さんが宿泊していた《デル・ソーレ》と隣の《湖畔の森》の二軒のペンションにも行ってみたいのですが……」

「もちろんです。二軒とも宿の人たちのお人柄でリピーターが多いんですよ。行ってみましょう」

太田駐在はにこやかに答えた。

政鷹たちは滑る細道を上り直して広場へ出た。

「この奥に湖の南岸まで芦ノ湖西岸歩道が続いています」

入ってきた道とは反対側の湖畔の森に細くまっすぐに道が延びている。

「全長は十一・五キロもあるそうですね」

「そうです。そうです。予習なさいましたね」

太田駐在は嬉しそうに笑った。

「小田原署の土屋さんに聞きました」

「彼は芦ノ湖周辺の担当者ですから、いろいろと勉強しているようです。西岸歩道は比較的平坦なコースで危険な場所もないので、桜の咲く春と秋の紅葉の季節には好んで歩く人も少なくないのです。でも、平均コースタイムが四時間弱である上に、途中には売店どころか人家もありません。トイレも一カ所しかないので、ほかの季節はほとんど人影を見ません。本事案の四月後半の土日もゴールデンウィーク直前とあって、ハイカーはほとんどいなかったようですね」

「入山届が少なかったのですか」

「ええ。それに二軒のペンションの人たちも言っていました。コース沿いに建ってるので、通る人の声などでだいたいはわかるようです」

【3】

森の中に入ると、路上には落葉樹の落ち葉が散り敷いたように積もっていた。サクサクと踏むと、キャラメルのような香りが漂って心地よい。

「なんだか遠足に来たみたいで楽しくなってきたぁ」

亜澄がはしゃぎ声を出した。

午前中の事件ですっかり口数が少なくなっていた亜澄だが、ようやくいつもの調子を取り戻しつつあるようだった。

落ち葉はあるものの、クルマがじゅうぶんに通れる砂利舗装の道だった。

「意外と広いんですね」

「途中からは車両などとても通れない幅になりますが、深良水門より先までこの調子です」

政鷹はしばらく歩いているうちに、このコースがあまり人気がない理由がわかった。

湖畔がほとんど見えず、ずっと変化に乏しい林間のコースなのだ。これでは桜か紅葉の時期でなければ大勢の人は集まらないだろう。

「太田さん、このあたりで山菜のモミジガサは出ますか」

「え？ モミジガサですか？」

太田駐在は驚いたように立ち止まって振り向いた。

「ええ、いまはシドケという呼び名のほうが知られているようです」

納得したのか太田駐在は大きくうなずいた。

「ああ、シドケですか。生えているとは思いますが、国立公園内なので採取禁止です」

「なるほど、このあたり全域ですか」

「そうです。西岸歩道周辺には春はたくさんの山菜が出ますが、誰も採ることはできません。歩道の入口にも看板が出ています」

太田駐在はあたりの森をぐるっと指さした。

「気づきませんでした」

そんな警告を見た記憶はなかった。

「あ、老朽化して文字が消えかかっているかもしれませんね。環境省の自然保護官に連絡しとかなきゃならんな」

「では、山菜採りの人は来ないんですね」

「まぁ見た覚えはないですね」

太田駐在は関心がないようすでふたたび歩き始めた。

そうすると、眞美は山菜採りに来たわけではないのか。

あるいは知らずにここまで来て採取禁止と知ってあきらめたのだろうか。

どこかから焚《た》き火に似た薪を燃す匂いが漂っている。

この匂いを嗅ぐと政鷹は故郷を思い出す。

実家のステーキハウスではメインの調理に薪窯《まきがま》を使っている。

大沼公園周辺には富裕層の別荘も少なくないが、薪ストーブを置いている家も多い。

太田駐在が指さした湖岸側左手の遠くにパウダーブルーのかたまりが見えた。

「あれが《デル・ソーレ》です」

近づくと、羽目板の壁を持つ三角屋根の二階建てで、母屋の前にはウッドデッキも設けられている。あちこちにプランターが置かれ、色とりどりのパンジーやビオラが寒風にも負けずに咲いていた。

黒っぽい屋根の上に突き出た煙突から細い煙が立ち上っている。

太田駐在は、相似形の小さな三角屋根がかわいい玄関ポーチに歩み寄って、玄関ドアに取り付けられたブラスのベルを鳴らした。

澄んだ音があたりに響き渡る。

「おーい、お客さんだよぉ」

駐在の声に導かれるように、四十代後半くらいのほっそりとした男が現れた。

黒いポロシャツとデニムを身につけて、ヒッコリーストライプのエプロンをしている。

明るい茶色のミドルヘアで、ちょっと神経質そうな雰囲気はクリエーターっぽくも見える。

「おや、太田さん、いらっしゃい」

男は政鷹たちの顔を交互に見た。

「こちらは県警本部の刑事さんたちだ」

太田駐在が政鷹たちを紹介してくれた。

「伊達と申します」

「小笠原です」

二人が名乗ると、滝川はエプロンの前に手を添えて頭を下げた。

「滝川です。このペンションを家族でやっております」

やわらかい笑顔で滝川は名乗った。

「四月の二十日に、こっちに泊まってた神保さんってお嬢さんが湖で亡くなったろ。あの件で再捜査に見えたんだ」

一瞬、沈黙があった。

「ああ、そうでしたか、あのお客さんは本当にお気の毒でした」

滝川は声はのんびりと穏やかなものだった。

政鷹はちょっとだけ違和感を感じた。

刑事が来たとなると、普通の人間はおおいにかまえる。人によっては大変に脅えた態度を見せることもある。

刑事などというものは、それほど嫌われ稼業だと自覚している。

この滝川はあまりにもしぜんな態度をみせている。

警察官である太田駐在は、しぜんな態度を見せても不思議はない。また、事前に小田原署の土屋巡査部長から連絡を受けていた。

もしかすると、ここのスタッフであるさっき駐在所で会ったスタッフの輝雄が連絡したのかもしれない。

「まぁ、こんなところで立ち話もなんですから上がって下さい」

滝川は掌で愛想よく玄関を指し示した。

お礼を言って政鷹たちは玄関から室内に入った。

暖房がよく効いていて春のようにポカポカ暖かい。

政鷹たちは来客用の外套掛けに脱いだコートを掛けた。

通されたのは十四畳ほどの食堂だった。

「素敵な景色！」

亜澄がいきなり叫んだ。

グラスエリアが広くとってあって、湖水が視界いっぱいにひろがっている。

「うちは立派な宿ではありませんが、この眺めだけは自慢できます」

滝川がちょっと胸を反らした。

「外のウッドデッキまわりのお花もすごくきれいでしたよ」

亜澄はにこやかに続けた。

「あれは家内がやっているんですが、この秋にクロッカスをたくさん植えたんで、三月には玄関のまわりは紫、白、黄色い花がいっぱい咲くと思います」

「クロッカスですか。それはいい」

政鷹は思わず身を乗り出した。

滝川も亜澄も首を傾げているが、ヒマワリに次いで好きな花なのだ。

反対側はオープンキッチン型の厨房《ちゅうぼう》となっていた。

四十歳くらいの小柄で華奢な女性が、薪ストーブの近くに立っていた。

赤いポロシャツとデニムの上に滝川とおそろいのエプロンを掛けている。

細面《ほそおもて》に黒目がちの瞳、あごが少し尖ったところが玉に瑕《きず》だが、まず十人並みの顔立ちと言っていいだろう。

「うちの家内です」

「いらっしゃいませ。紀美《のりみ》と申します」

紀美はにっこりと笑ってあいさつした。

「こちらは県警の刑事さんだ」

政鷹と亜澄が名乗って用件を伝えると、紀美は少しうろたえた表情になった。

こんな態度がふつうなのだ。

「いま、コーヒーでもお持ちしますね」

「あ、どうぞおかまいなく」

紀美は厨房へと去った。

輝雄の姿は見えなかった。自分たちが先に来たのだからあたりまえだ。

厨房の左手の隅に五枚の写真額が飾ってあるのに政鷹は気づいた。

2L判、つまりハガキくらいの小さな写真額だった。

四枚は小学校高学年から中学生くらいの少年が笑っている写真だった。

「こちらはご子息の写真ですか」

政鷹はオープンキッチンに近づいて何の気なしに訊いた。

「ええ……息子です」

滝川は言葉少なに答えた。

最後の一枚は競技場に立っている二人の少年の写真だった。そろいの赤いレーシングウェアを着た少年たちは、肩を組んで楽しそうに白い歯を見せている。滝川の息子と、ほかの一人は輝雄のようだった。

「陸上部だったのですね。隣に写っているのは池田さんでしょうか」

「輝をご存じでしたか」

滝川はかるい驚きの声を上げた。

「輝は三時くらいから駐在所の植え込みの虫の卵退治を手伝ってくれてたんだよ。そこへ伊達さんたちがみえたんだ」

太田駐在の声が背後から聞こえた。

「ああ、なるほど……二人は中学で同じ部活に入っていたんです……さぁ、どうぞお掛け下さい」

滝川は椅子を勧めた。

政鷹たちは食堂の椅子に、お互いの顔が見えるように適当に腰を掛けた。

四人掛けのテーブルセットが六組置いてある。

ナチュラルウッドのテーブルとカラフルなファブリック張りの椅子は、板壁の部屋によく似合っていた。北欧風のインテリアなのだろう。

「あのお嬢さんは自殺じゃなかったんですか？」

滝川が眉根を寄せて訊いた。

「いや、念のための捜査ですので」

政鷹はやわらかい調子で答えた。

「なにか不審な点でもあるのですか」

「些細《ささい》なことなんですが、丹念に調べたいと思いまして……」

「わたくしどもでお役に立つかどうか……」

「事実を確認したいだけなのです。まず、四月二十日の土曜日、神保眞美さんは何時頃にチェックインしましたか」

「そうですね。三時半頃だと思います。うちはよそと同じく三時からチェックインで、十時チェックアウトです。夕食が六時からなので、ご予約頂いた際に、お客さまには五時までにはお越し下さいとお願いしております。食事はうちのいちばんの売りですし、わたしも力を込めて作ってますので」

「では、滝川さんは元はシェフなんですか」

「ええ……このペンションを始める前には、藤沢《ふじさわ》市の鵠沼海岸《くげぬまかいがん》駅近くでイタリアンの店をやっていました。うちの夕食メニューはカジュアルなイタリアンのコースになっています。おかげさまでご好評を頂いております」

自信に満ちた表情で滝川は答えた。

「料理目当てのお客さんも多いんですよ」

横から太田駐在がつけ加えた。

小田原署の土屋は釣り客ばかりと言っていたが、実態はそうでもないらしい。

滝川が料理人と知って政鷹はちょっと嬉しくなった。

「実はわたしの実家は北海道の大沼公園でステーキハウスをやっています。オヤジはもとは和食の料理人なんですが」

「おや、それは奇遇ですね」

滝川は相好を崩した。

「料理人にとっていちばん悔しいのは、心を込めて作った料理をきちんと食べてもらえないことですね」

「よくおわかりですね。そうなのです。五時までに入って下さいとお願いしていても、とくに夏季などは平気で七時頃に見えるお客さまもいます。できるだけの努力はしますが、決まった時間に来て頂かないと、やはりお料理をよい状態ではご提供できないのです。たとえば、一人のお客さまだけのためにピザを焼くわけにはいきませんから」

「わたしも高校生までは実家の手伝いをしていたのでよくわかります」

「伊達さんのようにわかって頂ける方はごく一部なんですよ」

「そうなんですか……」

政鷹の実家でも、おしゃべりに夢中になって最高の焼き加減で出したステーキを放っておく不埒《ふらち》な客にいちばん腹が立つ。父が怒りだして「金はいらねぇから帰れ」と客を追い出したこともあった。

「神保さんは早くお見えだったので、ほっとしました。いいお客さんで嬉しいと思ったのでよく覚えています」

「リピーターも多いと伺いましたが、眞美さんは初めてだったんですね」

「ええ、初めてお越しになりました。初めてのお客さまはどんな方かわからないので、我々は緊張してお迎えします。リピーターのお客さまは心配ないのがわかっているので、こちらもリラックスしてお迎えできるのですが……」

亜澄の顔がこわばった。

山口の事件を思い出したのだろう。

宿などもおかしなクレーマーには悩まされているのに違いない。

「チェックイン時のようすはどんなでしたか？」

滝川は思い出すようにちょっと天井に目をやった。

「静かな感じでしたが、とくに変わったようすはなかったですね」

「極端に落ち込んでいる風ではなかったのですね」

「ええ、ふつうに会話もしましたし……箱根ロープウェイの桃源台駅からのんびり歩いてきたっておっしゃっていました」

「まさか数時間後に自殺をするようには見えなかったですか」

「いや……わたしにはそういうことはよくわかりません……」

滝川は神経質に眉をひそめた。

「あ、すみません」

政鷹は素直に詫びた。刑事は相手がいやがる質問でも次々にぶつけていかなければ、仕事にならない。こんなのはたいした話ではないのだが……。

「泊まりに来た目的などについて何か話していませんでしたか」

記憶を辿《たど》るようにふたたび天井を見つめてから滝川は答えた。

「たしか、とくにそのようなお話はされていませんでした」

紀美がナチュラルウッドのトレーにコーヒーを並べて運んできた。

「お待たせしました」

彼女も椅子に座って、全員がカップに手を伸ばした。

政鷹はブラックでしか飲まない。高校生の頃は実家で客に出すコーヒーを淹《い》れる仕事も手伝っていたので、実はけっこう味にうるさい。

「美味しいですね」

「ほんと、とっても美味しい」

二人ともしぜんと言葉が出た。

コクがあって酸味と苦みのバランスがよい。

「ありがとうございます。ちょっと修業したんです」

嬉しそうに紀美は頬をゆるめた。

「ところで、こちらのお宿は女性の一人客でもOKなんですね」

亜澄が思いついたように訊いた。

「ええ、お一人でも美味しいものを食べたいと言ってお越しのお客さまは大歓迎ですよ」

滝川は笑みを浮かべて答えた。

「わぁ、あたし、今度泊まりに来ようかな。イタリアン大好きだし……」

「ちなみに今日のメインディッシュは鹿肉のローストです」

「美味しそう！　やっぱり泊まりに来ます」

社交辞令ではなく、亜澄は本当に泊まりに来そうな表情だった。

「ところで、眞美さんはチェックイン後はずっと部屋にいたのですよね」

政鷹は話を本題に戻した。

「いえ……一度、外へお出になりました。十五分くらいですが」

「何時頃ですか」

「四時半前後だと思います。一人で湖を見たいからとおっしゃって……。神保さんがお泊まりだった《くるみ》のお部屋からも湖はよく見えるのですが……」

「広場からここまでの間はほとんど湖は見えませんでしたが、西岸歩道から先は湖が見えるのですか」

「桟橋のあるすぐ前の浜では見えますが、この先の西岸歩道から湖を見るには深良水門あたりまで行かないと無理ですね」

「深良水門まではどれくらいの距離がありますか」

「広場から深良水門までは約一キロで、当館はちょうど中間地点ですね」

「そうすると、眞美さんは深良水門あたりまで往復したのかもしれませんね」

部屋から湖が見えるのに、一人で湖が見たいと言って外出したのは不自然にも思える。

単に散歩したいだけだったのかもしれないが。

「帰ってきたときにはとくに何もおっしゃってなかったですね」

「その後は食堂に出てきたりしませんでしたか」

「いいえ、それから夕食まではお姿をお見かけしませんでした。お食事の前にお風呂には入られたはずですが。あの日は女性のお客さまはお一人だったので……」

「女性浴室を使った形跡があるのですね」

「ええ、浴室が濡れておりました」

自殺する前に身体を清めようとするのは不自然ではないだろう。

「食事はよく食べましたか」

「あまりたくさん召し上がりませんでした。当日のメインディッシュはペポーゾという牛すね肉の赤ワイン煮込みだったんですが、ほとんど手をつけていらっしゃいませんでした。お口に合わないのかととても心配したので覚えています」

冴えない表情で滝川は答えた。

「食事中に眞美さんと何か話した記憶はありませんか」

「お食事をお出しするときには、わたしはずっと厨房におりますんで」

滝川はちょっとムッとした顔つきになった。

料理に誇りを持つシェフとしては当然なのかもしれない。

「わたしがお料理をお運びしながら、メニューのご説明などをします。簡単な会話はしましたが、内容まではよく覚えていません」

紀美はあいまいに答えた。

たくさんの客と会話するのだろうし、半年以上も前のことだからあたりまえだろう。

「翌日の予定とか、このあたりの観光名所を訊かれたりしませんでしたか」

「さぁ……」

紀美は首をひねった。

「お酒は飲んでいましたか」

「グラスワインのスプマンテを一杯だけ召し上がりました」

「酔っているようすはありましたか」

「そのようには見えませんでした」

「夕食には同席者がいたんですね」

この質問には滝川が答えた。

「ええ、大岡《おおおか》さんと永井《ながい》さんです。お二人とも常連さんで、五年くらい前から釣りのために、年に数回はご利用頂いています」

「二人とも横浜市職員と聞いていますが」

「そうだったと思います。公務員と伺っています。お客さまのご職業は宿帳には書いて頂いていますが、あまり関心がないので……まじめないい方たちですよ」

「そういう常連さんはありがたいですね」

「その通りです。お二人とも芦ノ湖漁協が出している年間遊漁券を使って、いつもうちの貸しボートで遊んでいらっしゃるんですが、釣りマナーもとてもいいと伺っています」

「二人のマナーについては誰が言っているんですか」

「桃源台の《芦ノ湖釣りセンター》を経営している西尾《にしお》さんです。もともとプロの漁師なんですが、お二人とは湖上であいさつする仲だそうです」

「なるほど……眞美さんが食堂から退席したのは何時頃ですか」

「七時頃だと思います」

「食事の後、眞美さんはもう姿を現さなかったのですね」

「わたしどもは見ておりません。《湖畔の森》の奥さんと真理恵《まりえ》ちゃんが十時頃にうちの栈橋にいる神保さんを見かけています」

土屋巡査部長の話と食い違いはなかった。

「真理恵さんは娘さんですね」

「ええ、お隣さんは柳生《やぎゅう》さんご夫婦とお嬢さんでやってらっしゃいます」

「翌朝の状況を教えて下さい」

「朝の六時頃でしょうか。いまお話しした《芦ノ湖釣りセンター》の西尾さんが駆け込んできて、駐在さんが湖尻水門広場の下で若い女性の遺体を発見した、こちらのお客さんに心あたりはないかと訊きに来たんです」

「そうなんです。わたしは本署の人たちの応対でこちらに来られなかったんですよ。

それで、騒ぎを聞きつけて現場に来た西尾さんに、二軒のペンションを廻ってほしいと頼んだのです」

いままで黙って聞いていた太田駐在が口をはさんだ。

「胸騒ぎがして神保さんのお部屋へ行きました。早い時間なんでお叱りを覚悟の上でドアをノックしたのですが、何度叩いてもまったくお応えがありません。マスターキーで部屋を開けるともぬけの殻でした。さらにサイドテーブルに起ち上がっていたPCに遺書らしきものが開かれていました。それであわてて現場まで駆けつけたんです」

その時を思い出したのか、滝川の顔は青ざめて、かすかに声が震えていた。

「神保さんの身元は、遺体が身につけていた財布に入っていた運転免許証や健康保険証、社員証などでわかってはいました。でも、滝川さんが報《しら》せてくれたので、前夜までの行動が判明したわけです」

太田駐在は生まじめな調子で説明を加えた。

「くどい質問かもしれませんが、眞美さんが夜のうちに建物から出たとは気づかなかったのですね」

「はい……履いてこられた靴で発見されたので、靴が置いてあった玄関から出て行かれたのだと思いますが、わたしどもは誰も気づきませんでした」

滝川は気まずそうにうつむいた。

「なるほど」

「それにわたしたち夫婦はあの晩、夕食の片づけが済んだ後、九時半頃から大岡さんや永井さんと酒を飲んでいたのですよ」

「お二人は常連さんたちですものね」

「そうなんです。翌日の二十一日は日曜のせいか予約も入っていなかったので、夜中の二時過ぎまで話し込んでしまいました。朝は五時に起きているので大変でしたがね……。そのせいもあって、神保さんが出て行ったときにもまったく気づかなかったんですね。間の悪いことでした」

食堂の扉が閉まっていたとしたら、そっと出て行った眞美に気づかないのは不自然ではない。

「小笠原、なにか？」

質問すべきことはだいたい尋ねたと感じた政鷹は亜澄を振り返った。

「いえ……」

亜澄は首を横に振った。

「ありがとうございました。食堂の写真を撮りたいのですが」

「どうぞお撮り下さい」

政鷹はコンパクトデジカメを取り出して何枚かシャッターを切った。

「最後に《くるみ》のお部屋を見せて頂けますか」

「かまいませんよ。あのときの雰囲気はわからないでしょうけど」

滝川が先に立って、白木のスケルトン階段を上った。

二階は片廊下になっていて、客室は湖側に並んでいた。廊下の反対側の窓からは芦ノ湖西岸歩道が見える。さらに廊下の両端に角部屋があって、《くるみ》は湖尻水門とは逆向きの位置にあった。

「こちらです……」

滝川はちょっと緊張した面持ちで部屋の鍵を開けた。

八畳くらいの清潔な感じの洋間だった。

ツインのベッドと、サイドテーブル、ドレッサーと荷物入れのキャビネットだけが目立つ部屋だった。

右手の窓からはレースのカーテン越しに湖水がよく見える。奥の窓からは隣の《湖畔の森》の赤屋根と濃い目のブラウンの壁が五十メートルほど向こうに見えた。

両方のペンションの間に小さな桟橋がふたつあって三艘ずつのローボートが舫ってある。

《デル・ソーレ》のボートは壁と同じくパウダーブルーで、《湖畔の森》のボートはフォレストグリーンだった。

「タブレットPCはこのサイドテーブルの上で起ち上がっていたのですね」

「そうです……あの遺書を見たときには心臓が止まるかと思いました」

滝川は頬を引きつらせて答えた。

「こちらのお部屋も写真を撮ってもいいですか」

「どうぞご自由に」

政鷹はレンズを部屋のあちこちに向けてシャッターを切った。

「詳しいお話を伺えて大変参考になりました」

政鷹は礼を述べた。滝川夫妻に聞いた話は、土屋巡査部長や太田駐在の話との矛盾はなく、自殺説を覆すような材料はひとつもなかった。

階段を下りながら政鷹は尋ねた。

「スタッフの池田さんはいらっしゃらないんですか。もしお目に掛かれたら、お話を聞こうと思ってたんですが」

「輝はいま小田原に行ってます」

「それは残念です。わたしたちのほうが先に着いたので」

「あれは三角広場に駐めてあるクルマで山を下りたんですよ」

「ああなるほど」

　それならば不思議な話ではない。

「でも、あの子はあの日の夜はここにいなかったんで、話を聞いても無駄だと思いますよ」

「え、こちらにいなかったんですか」

　政鷹は念を押した。

「輝は毎日、夕方の四時頃にここを出て契約農家さんで野菜や果物を仕入れます。日によっては小田原の肉屋さんで精肉を買って、最後にホームセンターに立ち寄って八時頃に戻ってきます。だけど、あの日は《クオリティ》っていうホームセンターの富《と》田《み》田《た》店長に口説かれて飲んでから、店のバックヤードで寝てしまったんです。帰ってきたのは翌朝の七時過ぎでした」

「それでは事件のあった時刻には……」

「小田原で酔っ払ってたわけです。その日はたまたま肉を仕入れなかったんで、ちょうどよかったんです。まぁ、うちの店もいろんな資材を取り寄せてもらったりして富田さんには世話になっているんで」

　滝川は小さく笑った。

「ご主人は仕入れはなさらないんですか」

「魚は朝にわたし自身が親しくしてもらっている真鶴の漁師さんたちのところに買い

つけに行きます。その日に獲《と》れた魚介だけを買い入れてメニューを考えるんです。輝はここへ来て三年仕入れを手伝っていますが、ようやく肉や野菜の目利きはなんとかできるようになってきました。でも、魚はまだまだなんでわたしが行っています」

「毎日、その日の朝に獲れた魚介を出しているんですね」

亜澄が嬉しそうに訊いた。

「ええ、無理して毎日オマール海老《えび》を仕入れるようなことはしていません。真鶴でも美味しい魚介類はいくらでも獲れますから」

自信に満ちた顔で滝川は答えた。

滝川夫妻は玄関まで送ってくれた。

「ちょっと栈橋を見ていきたいんですが」

「どうぞ、ご自由に……ただ、神保さんが出したボートは、あのときに破損したので解体処分してしまいました」

「そうでしたか……」

文句を言うわけにはいかなかった。

「お時間を頂いて恐縮でした」

「いえ……神保さんのご冥福をお祈りするばかりです」

滝川は神妙な面持ちになった。

「今度はほんとに泊まりに来ます」

亜澄はスキップしそうな調子だった。

「ぜひぜひ、美味しいお料理を作ってお待ちしてます」

「彼氏と来てね」

紀美がいたずらっぽく笑った。

「そんな人、いないです」

亜澄は照れ笑いを浮かべた。

これは真実なのだろうか。ま、自分には関係ないが……。

政鷹たちは《デル・ソーレ》の建物を回り込んで湖岸に出た。

「きれいね……」

亜澄がうっとりとした声で湖を見つめた。

「うん、いいね」

湖は夕方の陽差しにシャンパンゴールドに輝いている。

小さな桟橋は建物と同時期に作られたものらしい。それほど老朽化はしていなかったが、支柱の湖水につかっている部分などは緑色に変色していた。

ボート客が湖上から桟橋を見つけやすくするためなのか、パウダーブルーののぼりが風にはためいていた。のぼりには《デル・ソーレ》の名前の由来である太陽の絵が黄色く染め抜いてあった。

パウダーブルーのボートはFRP樹脂製で、しゃれたカラー以外にこれといった特徴があるわけではなかった。

政鷹は桟橋やボートの写真も何枚か撮った。

隣の《湖畔の森》の桟橋に男性の影が見えた。

「あれ、太田さん、どうしたのさー」

男はこちらへ向かって叫んだ。

「いや、お仕事、お仕事。そっち行っていいかい」

「ああ、借金取り以外は誰でも歓迎だぁ」

男ははっはっはっと笑った。

政鷹たちは湖岸を隣の《湖畔の森》の前の桟橋まで歩いた。

こちらの桟橋には緑色ののぼりが立てられており、広葉樹のシルエットが描かれていた。

同じく二階建ての建物が湖水に影を映している。

赤い瓦屋根に木目の浮き出たダークブラウンの板壁、窓枠のホワイトがアクセントになっている。ヨーロッパの山小屋のようなエクステリアだった。

桟橋でにこにこ笑っている六十前後の男は、チェックのネルシャツにダウンベストとデニムのファッションで、いかにも山小屋の主人といった雰囲気だった。

「どうも。《湖畔の森》のオヤジをやっております柳生です」

柳生は青いニット帽をとると、自分からあいさつしてきた。

陽に灼《や》けたごっつい顔に太い眉。分厚い唇に機嫌よさそうな笑みをたたえている。

「いや、こちらは本部の刑事さんたちなんだわ。ほれ、四月の終わりにお隣さんで自殺があったでしょ」

政鷹と亜澄は立て続けに名乗った。

柳生の顔が曇った。

「ああ……。気の毒だったな」

桟橋の上には工具箱が置いてあり、金槌《かなづち》や釘の類いが出してあった。

「作業なさってたんですね」

政鷹はやわらかい声で訊いた。

「桟橋の修理だよ。あちこち傷んでくるからね。お客さんの足に浮いてる釘でも引っかかったら大変だから」

「お忙しいところすみません」

「ははは、暇だからこんなことやってるんだ。今夜はお客さんいないんでね」

「冬場の平日ですからね」

「夏場は目が回るほど忙しいってのにねぇ」

柳生は大げさに嘆いてみせた。

「ちょっとお話伺ってもいいですか」

「どうぞ。なんの話だい？」

「四月二十日から二十一日に掛けてのことなんですが」

「半年以上も経《た》っているのに調べるなんて、なにかあったのかい？」

柳生は政鷹の目をまじまじと見た。

「いや、ちょっと調査依頼がありましてね」

「警察も大変だねぇ。太田さん見てると、のんきでいい商売だって思ってたけど」

柳生は太田駐在の肩をつついた。

「いや、わたしはこれでなかなか大変なんだよ。なにせ湖尻地域の安全を守る責任があるんだからね」

太田駐在はふざけて頬をふくらませた。

「嘘だ嘘だ。太田さんのおかげで夏場も安心だよ」

太田駐在の肩を柳生はぽんと叩いた。

太田駐在は楽しそうに笑っている。

「あの日、神保眞美さんを見掛けましたか」

「俺は見かけてない。あの時期には珍しくお客さんが二組あって調理が忙しかったからね。ただ、十時頃うちの女房がその日の生ゴミをコンポストに捨てに、娘が瓶やら缶をストックヤードに捨てに行ったときに、お隣の桟橋に座っている娘さんを見かけているよ」

「そのコンポストやストックヤードはどこになりますか」

「ここからは見えないが建物の裏っかわだよ」

柳生は建物の北の端を指さした。

「奥さまとお嬢さまにもお話を伺いたいのですが」

「そりゃあいにくだったな。今日は暇なんで、二人とも小田原に買い物に出てるよ。女ってのは歳末バーゲンとかそんなの好きだろ」

柳生は苦笑いした。

「まぁ、そうみたいですね」

実家の母や妹も函館に買い物によく行っていたが、バーゲン目当てだったかは知らない。

「実際に会ったってたいした話はできないよ。ただ、あのお嬢さんが桟橋に座っているのを月明かりで見ただけだからね」

「わかりました」

「でも、四月の二十日といえば肌寒い季節だ。夜はかなり冷え込む。芦ノ湖は標高七二三メートルもあるからね。栈橋なんぞにいたこと自体が不自然だよな」

「奥さまとお嬢さまは不自然だと思わなかったんでしょうか」

「思ったにしても、わざわざ隣の宿まで言って声を掛ける暇なんかあるわけないだろ」

柳生は少し不機嫌な声で言葉を継いだ。

「十時過ぎたって翌朝の朝食の支度があるんだよ。すべて片づけて風呂入って寝るのは一時くらいなんだ」

「すみません。宿のことは詳しく知らないもんで」

「ま、気にすんな。宿によってもやり方は違う。お隣さんなんかは早起きして朝作っているが、うちは朝食の主菜は夜のうちに作るんだ」

「でも、眞美さんはなんで栈橋なんかにいたんでしょうね」

「女房たちの話じゃ、デジカメを持ってたらしい。なので、月の写真を撮ってると思い込んだって言ってたな。ほれ、前日の十九日が満月だったからね。あの晩も月がきれいだった」

「なるほど、十六夜《いざよい》月ですか」

デジカメは発見されていないが、スマホ同様に湖水に落ちたのかもしれない。

だが、自殺する前にデジカメを持っていたのは不自然だ。

「とにかくあの晩はやたら忙しかったから、お隣さんのお客にまで気が回らなかったんだよ」

「お客商売はなにかとお忙しいですよね」

お愛想を言いながら、政鷹は大沼の実家を思い出した。父とはまだ連絡が取れないのだろうか。

「刑事さんだって忙しいんだろう」

「ええ、まぁ……」

先週まではたしかに目が回るほど忙しかった。

「暇なときには、かあちゃん連れて泊まりに来てくれよ。うちは芦ノ湖で獲れたヒメマス料理が売りなんだ。うまい刺身や燻製《くんせい》を食わせるから」

「ありがとうございます。独身なんで……」

「じゃあ彼女連れてこいよ」

柳生はニッと笑った。

「そんな気の利いた者はおりません」

「一人だって歓迎するよ」

柳生は政鷹の肩をぽんと叩いた。

三人が桟橋を離れようとするときに、柳生がとつぜん太田駐在に声を掛けた。

「あ、そうだ、太田さん。あとで寄ってくれ」

「これから、伊達さんたちを診療所の先生のとこに案内するんだよ」

太田駐在はけげんそうに答えた。

「その後でいいんだ」

「いや、その後はイラガのさなぎなんぞを始末しなくちゃなんないのさ」

「とにかく寄ってくれ」

有無を言わせぬつよい調子だった。

「わかったよ……じゃ、あとで」

太田駐在は首を傾げて手を振った。

二軒のペンションを後にして西岸歩道を広場の方向に歩き始めた頃には、あたりは夕闇に包まれ始めた。

「もし、柳生さんのほうがお忙しいなら、診療所にはわたしたちだけでも行けますよ」

「いやいや、どうせたいしたことじゃないんですよ。客がなくて暇なんでヘボ将棋の相手をさせられるのが関の山です」

太田駐在の笑顔はぎこちなかった。

柳生にはなにかもっと大事な用事があるように思えた。

政鷹はちょっと気になった。

「では、ご案内頂けますか」

「もちろんです」

太田駐在は首をつよく縦に振った。

診療所は、湖尻の中心部である箱根湖尻ターミナルと遊覧船乗り場の近くにあった。RC構造の白壁の二階建てで、二軒のペンションの半分くらいのこぢんまりとした建物だった。日本そば屋とシチュー料理の店の間にぽつんと建っている。

出入口の上には《医療法人緑仁会《りょくじんかい》　湖尻診療所》と記された看板が出ていた。

砂利敷きの駐車場もあるので、今度はスマートを乗りつけられた。太田駐在は自転車で後を追ってきたので、彼の到着をしばらく待った。

十二月の中途半端な時期の平日の夕刻とあって、湖尻の中心部でも観光客の姿はほとんど見られなかった。

観音開きのガラス戸を開けて室内に入ると、消毒薬の匂いが漂ってくる。

グレーの樹脂レザーのベンチには、八十歳を超えたくらいの女性が婦人雑誌を読んでいた。

「おや、太田さん」

老女は親しげに呼びかけてほほえんだ。

「和子《かずこ》さん、風邪でも引いた？」

「腰が痛いのよ。寒くなるといつもだけどね」

「そりゃお大事に」

太田駐在が、受付の女性に政鷹たちの来訪を告げてくれた。

しばらく待つと診療室から、白衣姿の七十年輩の小柄な老人が現れた。

禿頭だが、残っている髪の毛も眉毛も真っ白で顔のしわも深い。

この人物が村上医師に相違あるまい。

「和子さん、十分くらい待ってもらえるかな。この人らと話さなきゃならんのだ」

村上医師は気難しげに眉を上げ下げした。

「いいですよ。太田さんにはいつもお世話になってるんだから」

「悪いね……」

「いいの。いいの。どうせ家帰ったって嫁の愚痴を聞かされるだけなのよ」

「あんたら中に入ってくれ」

親指を後ろに立てて老人は診療室を示した。

診療室は六畳ほどでスチール机、椅子と診察台が置かれていた。奥には書類キャビネットや、薬剤や衛生材料を収納してあるガラス戸棚が見える。

政鷹たちがあいさつすると、村上はグレーの丸いスツールに座って身を反らした。

「村上清三郎だ。ここを預かって十二年になる」

村上医師は丸顔に団子っ鼻で風采は上がらないが、両眼にはつよい力を感じさせる老人だった。

「地域のみんなが頼っているお医者さまです」

「太田さん、いつからそんなに口が上手くなったんだ」

「いや、本当のことですよ」

「この診療所ではたいした診療はできんが、小田原まで下りないと総合病院はないんだ。老人には湖尻から小田原は実に遠いんでな」

「患者さんをお待たせするようになってしまって申し訳ありません」

政鷹は頭を下げた。

「いいんだ。あの婆《ばあ》さんの腰痛は老化による脊椎《せきつい》変形によるものだ。治してあげたくても神さまでなきゃ無理だ。どんな人間も若返らせることはできん。これがもし腸《ちょう》重積《じゅうせき》の幼児でもあったら、救急搬送するまでは何十分でも待ってもらうさ」

村上医師は小さく笑った。

「四月二十日の夜に自殺した神保眞美さんの件で先生に伺いたいことがありまして」

「なにが疑問なんだ？」

村上医師は眉を寄せて訊いた。

「まぁ、いろいろと不明な点が出てきて再捜査をしているんです」

「しかし、あの娘さんの死因は死体検案書に書いたとおり、溺死で間違いはないぞ」

村上医師は立ち上がると、キャビネットから分厚いファイルを取り出してきて机の上に開いた。

白衣の胸ポケットから銀縁の老眼鏡を取り出すと、ファイルに目を落としてぱらぱらとめくり始めた。

「神保眞美さん……ああ、これだ。君、これはやはり溺死だよ」

「どんな点から溺死と判断なさったのですか」

「まずは鼻口部に微細な泡沫が見られた。これは溺死の経過で気道内に浸入した湖水と気道内の粘液と空気が、呼吸によって混和して形成されるものだ。また、紅色調が強い死斑が散見された。これは冷水中で溺死した場合に顕著なのだが、低温のために酸素へモグロビンの解離が阻害されたために起こる。さらに低体温と鵞皮形成《がひけいせい》。いずれも溺死の外表所見と見て間違いない」

「鵞皮形成とはなんですか」

「いわゆる鳥肌だよ。冷たい湖水による立毛筋の死後硬直だ。落水直後は生存していた証だ」

医学用語は難しい。

「左側頭部に打撲裂傷の所見がありましたね」

「うん、たしかに打撲によるものと思われる裂傷はあった」

「ボートから湖に入っただけでそんな傷ができるものでしょうか」

政鷹は村上医師の反応を待った。

「そりゃあ、君ね。風呂にでも入るように静かに湖水に入ったとは限らんだろう。思い切ってえいやって飛び込んだかもしれない。迷っているうちにボートが浅瀬の隠れ岩にぶつかって振り落とされたかもしれない。芦ノ湖の湖岸付近には無数に火山弾が散在しているんだ。岩に頭をぶつけた可能性は低くない。いずれにしても、船から水に落ちた場合にはまず無事なことは少ないんだよ。このケースの場合には頭部打撲のために意識を失って水に落ち、意識を取り戻してから暴れて水を飲み込んで溺死した可能性が高いだろう。ただその経過時間はごく短いね。おそらく落水してから一分から二分間ほどで死亡しているのではないか」

村上医師は言葉に力を込めて説明した。

「溺死体は肺に水が入るために沈む。陸上で死んだ死体を海や湖などに投棄した場合には肺には空気が入っているために浮く。やがては腐敗ガスのためにどちらにしても浮いてくると聞いていますが」

この三年は捜査一課の強行犯係にいたのだから、政鷹にも多少の法医学の知識はあった。

「うん、原則はその通りだ。しかしね、君、着衣にもよるよ。本件の遺体は化繊の中綿がたくさん入ったジャケットを着ていたからね。浮力が高いので浮いたんだろうね」

「では、先生は他殺の可能性はないと断言なさるんですね」

あえてちょっときつめの口調で政鷹は詰め寄ってみた。

「おい君、何を言うのかね。わたしゃいやしくも医者だよ。他殺の疑いがあるのなら、死体検案書にそのように書くよっ」

村上医師の飛ばしたつばが顔に掛かった。

政鷹はこの医師が嘘を吐《つ》いていないと確信した。眞美は溺死したのだ。

やはり、他殺の可能性はないのだろうか……。

「たとえば、刃物による創傷であるとか、扼殺痕《やくさつこん》あるいは絞殺痕でも残っていたのならともかく、第三者による加害を思わせるようなものは何もなかった。あれは間違いなく溺死だ」

いくぶん落ち着いた声で、村上医師は宣言するように続けた。

「死亡推定時刻ですが……」

「わからんのだ」

村上医師は眉根にしわを寄せて難しい顔で答えた。

「わからないんですか」

政鷹は驚いて訊いた。

「ああ、芦ノ湖の湖水温度は表水層でも四月では六度前後だ。つまり遺体は冷蔵庫に入っているようなものなんだよ。従って、体温降下も死後硬直も通常とは違う経過を辿る。さらに湖とはいっても水流はある。そのため、死体が絶えず揺り動かされているために死斑が発現しにくい。いろいろな意味で死亡推定時刻が割り出しにくいんだ。四月二十日の夕刻四時頃から深夜の〇時頃までとかなり幅広い範囲だとしかいえないね」

つまり八時間も幅があるわけだ。

解剖していれば胃の内容物などから、もっと正確な死亡推定時刻が割り出せる。歯嚙みするしかなかった。

「仕方がないので、死体検案書にはいちばん遅い時刻を書いておいたよ」

なるほど、それは納得できた。

《湖畔の森》の柳生の妻と娘が午後十時頃に目撃しているわけだから、その時刻から午前〇時頃までの二時間くらいの間に死亡したことになる。

そうだとすれば、午後九時半頃から深夜二時過ぎまで客と話し込んでいた《デル・ソーレ》の滝川夫妻にはアリバイが成立する。

小田原で泊まったスタッフの池田はもちろんである。もっとも、眞美は初めて来た客だし、この三人に殺害動機があるとは思えないが……。

「お忙しい時間にすみませんでした」

「いや、いまは暇な時間帯だよ。看護師にも休憩を取らせてる。午前中は目が回るほど忙しいんだ」

「ありがとうございました」

「でも、あれは溺死以外には考えられないよ」

村上医師は最後に念を押してから待合室に声を掛けた。

「和子さん、待たせたね。入ってくれ」

「はぁい。太田さん、今度お茶飲みに来てね」

「うん、じゃあお嫁さんのいないときにこっそり行くよ」

「あら、まぁ」

老女と入れ替わりに政鷹たちは診療室を出た。

「いろいろとお世話になりました」

自転車にまたがる太田駐在に政鷹たちはそろって頭を下げた。

「四季折々に楽しいところです。今度は仕事抜きで遊びに来て下さい」

太田駐在は几帳面に挙手の礼をしてから自転車を漕ぎ始めた。

段々と小さくなってゆく後ろ姿に、政鷹は何ともいえぬペーソスを感じた。

帰路は湖尻から大涌谷《おおわくだに》を通って箱根の山を下ることにした。

「これではっきりしたね。眞美さんは自殺したんだよ」

鼻歌を歌いながらステアリングを切っていた亜澄が声を掛けてきた。

「うーん」

政鷹はうなり声で返事した。

「だって話を聞いた人は、みんな自殺だって言ってたよ」

「そこがねぇ……変なんだよな……」

「え？　なにが変なの？」

「半年も前の話なのに、みんなの記憶があまりにもはっきりしていると思わないか」

「そうかしら？　のどかな場所だから自殺の印象が強烈だったんじゃないのかな」

「君は聞き込みに行って、相手があやふやな答えばかり返してうんざりした覚えはないかい？」

「たしかに……むしろそっちがふつうだけど」

亜澄は言葉を途切れさせた。

「そうだろ。何訊いても『よく覚えてない』って答えてくる人間が大半だろ」

「そおねぇ」

刑事である以上、亜澄だってよく知っているはずだ。

「職務上、責任のある太田さんは別として、ほとんどの人の答えにあまりにも迷いが少ないと思ったんだよ」

「自分の宿の宿泊客が自殺した滝川さんだから、詳しく覚えてたんだよ。お客さんをすごく大事にしている宿みたいだったから」

「それはわかる。でも、詳細に覚えていすぎるような気がする」

「そうかなぁ」

「もうひとつ気になる点があるんだ」

「なにが気になるの？」

「すべての人が、自殺であると強調しているような気がするんだ」

「気の廻しすぎじゃないの」

「そうだといいんだけど……」

だが、政鷹の刑事としての直感は、何かがおかしいと告げていた。

特四本部へ戻ると、六時半を廻っていた。

すでに誰も残っていなかった。

テーブルの上のタブレットPCが見当たらなかった。

だが、癖のある汚い字で「借りてくよ 松浦」なるメモが残されていた。

証拠物品でないので持ち出しも自由なわけだ。

亜澄はそそくさと帰り支度をして、政鷹に機械警備のセット方法を教えて出ていった。

政鷹はスマホを取り出した。

妹の美香からの着信履歴が五件も入っていた。

父が見つかったのだろうと思って、美香に電話を入れる。

「お兄ちゃん、お父さんと連絡とれた？」

いきなり急《せ》き込むような美香の声が響いた。

「まだ連絡とれてないのか？」

「お兄ちゃんも？」

「ああ……今日は遠くまで捜査に行ってたんだ」

「あのね……お母さんと手分けして大沼と函館のお友だち全員に電話したの。だけど、どの人も知らないって言うのよ」

美香の声には不安感が満ちていた。

「誰にもオヤジから電話入ってないのか」

「SNSのメッセージも入ってないの。だいいち、お父さんの携帯、ずっと電源入ってないみたいなんだよ」

「いい大人だし、金も持ってるんだから、そんなに心配しなくてもいいんじゃないか」

「そんなのんきなこと言って」

美香の声が尖った。

「いなくなってから二日だよ！」

「ホテルにでも泊まって酒でも飲んでるんじゃないのか」

「お母さん、今日のお昼からほとんどご飯食べてないんだ」

「そうか……困ったな」

「警察に捜索願出したほうがいいって、お母さんと話してるんだけど」

「やめとけよ」

「ひどい！」

美香の声は怒りを帯びてきた。

「なにが？」

「お兄ちゃん、自分が警察官だから、仲間に迷惑かけたくないんでしょ」

「違うよ。出しても無駄なんだよ」

「どうして？」

「警察はね『特異行方不明者』以外は、まずまじめに捜索しないんだ」

「なにそれ？」

「大まかに言うと、誘拐などの犯罪被害に遭っている恐れがあると思われる者、自殺や他殺のおそれのある者、本人一人だけでは生活を行っていくことが困難な高齢者や子どもなど、さらには事故に遭ったと思われる者だ。こういったケースでは警察は真剣に捜索を行う」

「それ以外は？」

「一般家出人と言うんだが、ほとんど何もしない、というかできない」

「そんなの警察の怠慢じゃないのっ」

歯を剥き出している美香の顔が見えるようだった。

「おいおい、警察はいつも人手不足なんだぞ。たとえば、徘徊《はいかい》からの行方不明者数だけどね、警察庁の統計では、全国の警察に届出があっただけでも年間一万数千人に及ぶんだ」

「そうか……たしかに役場の防災放送でもしょっちゅう徘徊老人捜してるもんね」

美香は急におとなしくなった。

「行方不明者の生命を守るために時間を争うケースも少なくないんだ。夫婦ゲンカで飛び出した財布も持ってるオヤジを先回しにはできないんだよ」

「でも、事故に遭ってるかもしれないのよ」

「事故に遭った事実を想定できるような材料がなければ無理だ。たとえば、血染めの服が見つかるとか」

「やめてよぉ」

美香は恐ろしそうな声を出した。

「とにかくいまの段階では捜索願は無意味だよ」

「わかった……お兄ちゃんも連絡とってみて。携帯の電源入れてるときもあるかもしれないから」

「時々電話入れてみるよ。オフクロにはちゃんと飯食えって言うとけ」

「うん……じゃあね」

不安そうな美香の声が耳もとに残った。

午前中の事件と午後の湖尻の捜査で、政鷹はクタクタだった。

まだ、七時半だったが、今夜はギターの練習に行く気にはなれなかった。

第三章　新たな疑惑

【1】

翌日も八時頃に出勤した。

ホールには誰もいなかったが、二階から声高な会話が聞こえてくる。

階段を上ってラウンジに入ると、亜澄が憤慨していた。

「だいたい、あの人たちは我々の生命をなんだと思っているのよっ」

亜澄はふんっと鼻から息を吐いた。

「一銭五厘」

松浦がにやっと笑った。

「な？　なによそれ？」

亜澄はぽかんとした顔で訊いた。

「戦前は徴兵制があって、召集令状は一銭五厘のハガキで送りつけた。だから、軍隊に入ると、古年兵が新兵に『兵隊は一銭五厘のハガキでいくらでもかき集められる。だからおまえらの生命《いのち》は一銭五厘の価値しかないんだ』って馬鹿にしたんだ。で、軍馬のほうが高いとか鉄砲のほうが高いとか言って新兵をいじめたんだな。ま、どうせ俺たち兵隊だからな」

松浦は皮肉な笑みを浮かべた。

「マジっすか。じゃあ、俺の生命もニューナンブM60より安いんすか」

森は指で拳銃の形を作って撃つマネをした。

「ま、実はこれはまことしやかなウソだ。実際には召集令状は役場の職員が直接持って来たんで、郵送されるわけじゃなかったんだ。一種の都市伝説かな……」

松浦はあいまいな笑みを浮かべた。

「わたしはウォークスルー型の金属探知機を配備するように課長と交渉したのよ。それなのに……」

安東班長は苦り切って言葉を途切れさせた。

「刑事総務課で用意できるのはこれしかないんだって……」

亜澄がテーブルの上のパンフレットを指さした。

ホームセンターで売っているようなハンディタイプの金属探知機が載っていた。三十センチくらいのグレーの樹脂製で、先のほうに丸い輪っかのセンサー部分がある。

「これなら五千円くらいだから、二台は買ってくれるって」

「つまり我々一人の生命代は二千円ずつという計算になるな」

松浦は唇を歪《ゆが》めて笑った。

「相談者をいちいちこんなもんでチェックできると思う？　相談の最初から雰囲気最悪になっちゃうよ」

亜澄は口を尖らせた。

「昨日は亜澄ちゃんが、本当にギリギリの危険な状況に陥ったのに」

安東班長は歯ぎしりした。

「あ、そう言えば、機捜が来るとか言ってたけどすっぽかしちゃいましたね」

いまになって政鷹は思いだした。

「いいのよ。来なかったんだから」

「そうなんですか」

「今日、山口の身柄は横浜地検に送致されているはずでしょ。裁判所の勾留決定が出るのは明日だから、それからじっくり取り調べるでしょう。明後日《あさって》以降に」

この意味は政鷹にはよくわかった。

ナイフを使っての暴行の現行犯逮捕だし、殺人未遂で立件できる可能性が高い。検事の勾留請求を受けた裁判官は間違いなく十日間の勾留決定を出すはずだ。その後に刑事の本格的な取調が始まるのが通例だ。

「武器対等が正当防衛の運用の原則だから、伊達くんの行為を仮に警察官でない一般人が行ったとしても間違いなく正当防衛が成立する。なにしろ、相手はナイフでこっちは爪ヤスリだもんな。さらに警察官による逮捕は正当業務行為だからね」

松浦は喉の奥で笑った。

犯人が素手なのに、こちらが棍棒《こんぼう》で殴ったような場合には過剰防衛と判断される場合もある。

まぁ、今回の自分の行為が問題視されるおそれはないはずだ。

全員がテーブルについてモーニングコーヒーの時間となった。

亜澄がカップを用意し、森がコーヒーを注《つ》いで廻った。

「ところで、まだ亜澄ちゃんからも聞いてないんだけど、昨日の箱根の捜査はどうだったの？」

安東班長がゆったりとした調子で訊いた。

「あれは絶対に自殺ですよ」

先んじて亜澄は断言した。

「わたしは伊達くんに訊いてるのよ」

「だって、会った人から聞いた話は納得できることばかりだったんですよ」

「亜澄ちゃん、お口チャックね」

安東班長は幼稚園の先生が幼児を諭すような口調で言って、自分の唇に人差し指を当てた。

「いや……俺はちょっと違和感を感じました。警察官である太田駐在は別としても、話を聞いた《デル・ソーレ》の滝川夫妻や、隣の《湖畔の森》の柳生オーナーの記憶が正確すぎるんです。いままでの捜査で半年以上前の記憶をあんなに正確に話す人たちに出会った覚えはありません」

「たしかになぁ。俺は昨日の昼に何食ったか覚えてないもんなぁ」

「自分なんて、昼飯のメニューなんて夕方には忘れてますよ」

「それは単なるボケじゃないの」

亜澄が失笑した。

「さらに診療所の村上医師も含めて誰もが自殺であると力説しているように思えるんです。ただの宿泊客なのに力が入りすぎているような気がして……」

「それはさ、もし殺人があったとかなると、湖尻のイメージダウンになって、観光客が近寄らなくなっちゃうんじゃないの」

「まぁ、そうかもしれないんだけど……」

たしかに亜澄の指摘は一理ある。

「でも、伊達くんの違和感は消えてないのね」

安東班長はまっすぐに政鷹の目を見つめた。

「ええ、やっぱりなんかしっくりこないんです」

「あたしは違和感なんて、ぜんぜん感じなかったけどなぁ」

亜澄は繰り返した。

「二人に箱根まで行ってきたご褒美あげるよ」

松浦はにやつきながら一枚のプリントアウト用紙をテーブルの上に置いた。

・2／12　絵智香
・2／20　絵智香
・2／26　絵智香
・4／12　歓送迎会
・4／20　箱根
・4／21　実家
・4／23　バーゲン

「こ、これは……」

政鷹は息を呑《の》んだ。

「彼女のメモがタブレットPCから見つかったんだよ」

「俺にはそれらしきファイルは見つけられませんでした」

「ファイルじゃないんだ」

松浦はふふふと含み笑いを漏らした。

「絵智香《えちか》という名前が三回も出て来る」

政鷹の喉がこくりと鳴った。

「そう。その絵智香と会うか連絡する約束になっていたとしか思えないだろ」

「絵智香がなにか知っているかもしれませんね」

政鷹が意気込んで言うと、松浦は軽くあごを引いた。

「だが、このメモからは絵智香が何者かはわからない。名字さえもね。とりあえず二宮の神保の親父さんに訊いてみたが、知らないと言われた。そこで、眞美さんが勤めていた《星港商会》に電話して訊いてみたんだよ。そしたら、ヒットした」

「本当ですか」

思わず政鷹は身を乗り出した。

「うん、同僚だったんだよ。眞美さんは《星港商会》で経理を担当していたんだけど、同じ会社で営業を担当していた波多《はた》絵智香っていう名前の二十八歳の女性だ」

なにかわくわくするようなものが胸の奥で揺れ動いた。

「担当していたのですか。すると、いまは辞めてるんですか？」

「そう。今年の三月末に寿退社して、いまは田村《たむら》絵智香さんだ」

「眞美と会っていた時期のすぐ後ですね……」

「現在は鎌倉市に住んでいる。住所や固定電話の番号もつかめたよ。退職金の振込や社会保険の切り替えの関係で、《星港商会》の総務課が知ってた」

「あ、ありがとうございます」

松浦がここまで調べていてくれたことには感謝するしかなかった。

「変わったファーストネームで助かったよ。これが直美とか春美とかなら、そんなにすぐに辿り着けなかったかもね」

松浦は照れ笑いを浮かべた。

「会ってきなさい」

安東班長がきっぱりと言い放った。

「田村絵智香さんにですか」

「もちろんよ。会って話を聞きたいんでしょ？」

いうまでもなかった。次の一手は絵智香しかない。

「昨日から見ててわかったんだけど、伊達くんはすごくいい勘してると思うの。刑事としての直感ね。だから、直感が命じてるときには動きなさい」

顔の前で手を組んで安東班長はほほえんだ。

「でも、相談の予約が入ってるんじゃないんですか」

毎日きっちりシフトが組んであるはずだ。

「捜査優先よ」

安東班長は力を込めて言葉を継いだ。

「そんなのあたりまえの話じゃない。いい？　ここは刑事部の組織よ」

「下手をすると忘れそうだけどね。四班だって刑事特別捜査隊のうちなんだぜ」

松浦がかぶせて言葉を続けた。

たしかにそうなのだ。自分たちは刑事なのだ。

「ありがとうございます」

安東班長はファイルを開いて相談のシフト表を覗き込んだ。

「今日の午後、ドタキャンした人が一人いるね」

「ドタキャンなんてあるんですか？」

政鷹は驚いて訊いた。

「しょっちゅうよ。勝手な相談者が多いの」

「もともと勝手な人がこの特四まで押しかけてくるわけだからね」

亜澄が鼻の先にしわを寄せて笑った。

「わたしがシフトに入るから、午後から鎌倉に行きなさい。亜澄ちゃんもよ」

「えーっ、無駄な捜査にまたつきあうんですか」

亜澄はあからさまに不満な顔で答えた。

「俺が運転手やりますよ」

森が張り切ったが、安東班長は首を横に振った。

「相手は女性だし、直接、お宅に伺うのだから、亜澄ちゃんじゃないとダメ。だいたいあなたたち二人はチームじゃないの」

「でもぉ」

亜澄は例によって頬をふくらませた。

まったく上司の命令をなんだと思っているのだろう。

「捜査の後にでも好きなもん食べてくればいいじゃない」

「そっかぁ……住所は鎌倉市鎌倉山かぁ。うーん、鎌倉山のローストビーフ。そば懐石もいいな」

亜澄はスマホに住所を入力しながら舌なめずりした。

「だいたい一時間くらいみとけば大丈夫だね。じゃ、十時半の相談が終わったらすぐに出るからね」

「わ、わかった……」

亜澄の変わり身の早さに政鷹はあっけにとられて答えた。

「しかし、松浦さんよく見つけましたね。片っ端からフォルダ開いて、すべてのファイルはチェックしたつもりだったのに」

政鷹は本当に驚いていた。

「あのタブレットPCで眞美さんは、スケジュールアプリは使っていなかった。スマホのほうに入れてたんだろう。でもね、忘れちゃならない用事だけはLight Writerってメモ帳のフリーソフトに書いてたんだ。同じソフトに買い物メモもたくさん残っていた。まぁ備忘録ってとこかな」

「どんなソフトなんですか」

「俺も使ってるけど、すごく軽くてファイルの保存の手順がいらないから便利なんだよ」

「保存しなくても記録されるんですか？」

「メモを書き込むとソフト自体にタブが形成されて自動的に記録される。だから、PCのどこを探してもファイルは残らない。古いソフトだけど最新のOSでもちゃんと動くからね」

松浦はたいして得意そうな顔を見せなかった。

政鷹のPCスキルが低いだけなのかもしれない。

時計を見ると、八時二十分になっている。相手は被疑者ではないし、突然押しかけて動揺させる必要はなかった。アポをとっておいたほうがよい。鎌倉まで行って留守では話にならない。

松浦が調べてくれた番号に掛けると、五回のコールで相手が出た。

「はい、田村でございますが」

ちょっと鼻に掛かった甘ったるい声が耳もとで響いた。

「神奈川県警刑事部の伊達と申します。田村絵智香さんでいらっしゃいますか」

「は、はい……」

引きつった声が聞こえた。

警察から電話が掛かってきて緊張しない者はまれだ。

「実はちょっとお話を伺いたいのですが、本日の午後はお時間頂戴できますでしょうか」

「はい……大丈夫です」

「では、十二時半から十三時半の間に伺います」

「どうぞ……」

「よろしくお願いします」

電話を切って気づいたが、亜澄は絵智香の都合など何も考えずに出発時間を決めていた。

「アポ取れました」

「今日のランチはやっぱり懐石だっ」

亜澄ははしゃぎ声を出した。

モチベーションが決定的におかしい気がするが、まぁよしとしよう。

午前中の相談業務を終えてすぐ、政鷹と亜澄は鎌倉に向かった。

狩場線から横浜横須賀《よこすか》道路に入り日野《ひの》ＩＣから、大船経由で鎌倉山を目指した。途中、県道二一号線の栄《さかえ》区役所入口あたりから鎌倉女子大前が混雑していた。それでも十二時四十分くらいには鎌倉山のロータリーが見えてきた。

ロータリーを鎌倉山の住宅地の方向へ曲がると、亜澄が告げた。

「もうすぐだよ。この道って鎌倉駅に出るバスが通ってる鎌倉山さくら道って呼ぶんだけど、道の両側に植わっているのはソメイヨシノなの。春になるとすごくきれいなんだよ」

「詳しいんだね」

「あたし平塚生まれの平塚育ちだから」

「ここからわりあい近いんだ」

「うーん、藤沢市と茅ヶ崎《ちさき》市の向こうだから、そんなに近いわけじゃないけど、でも、よく遊びに来たんだ」

「俺は仕事以外で鎌倉に来たことないなぁ」

「もったいないね。せっかく磯子区に住んでるのに」

「そういえば、県内のほとんどどこにも行ってないな」

十年に及ぶ神奈川県警勤めで、仕事以外ではどこにも遊びに行っていない。フラメンコのライブは都心がほとんどだし、仕事が忙しくてデートをする相手もできなかった。

「ここ曲がったらすぐだよ」

喫茶店のある角を右折すると、スマートはすれ違うのがギリギリの狭い道へと入っていった。突き当たりまで来ると宅地が切れて視界が広がった。

崖下に広い住宅地がひろがってその向こうに青い海原が望めた。

「おおっ、海だ」

「この下は七里ヶ浜の住宅地なんだよ。人気のカフェとかもあるんだ。んーと、ここを左に曲がるんだな」

突き当たりを左折すると、道路の左右に家は建っているものの、右側の崖側はまばらだった。

「ナビだとあの家みたい」

亜澄は三軒ばかり先の木々に囲まれて建っている崖側の二階屋を指さした。

「すごいいところに建ってるな」

崖に突き出したコンクリートのスラブの上に建っていて、家屋の左横はカーポートになっている。

アウディのロードスターが銀色に輝いて駐まっていた。

このあたりには塀や門扉を持たない家が多いが、目指す番地の家も同じだった。

「海がよく見えそう。デザイナーズハウスだね」

凝ったデザインのエクステリアを持つ黒い板壁も新しい築五、六年くらいの建物であった。

スマートを道路ギリギリに寄せて、二人はクルマから降りた。

カーポート横のコンクリートのスペースに足を踏み入れ、洒落《しゃれ》た銀色の玄関扉に近づいた。

ナビの住所に間違いはなく、玄関横のインタフォンの上の小さいアルミ板にTAMURAと黒い文字が刻んであった。

政鷹はインタフォンの銀色のボタンを押した。

しばらくすると「はい」と応答する声がスピーカから聞こえた。

「お電話した伊達と申しますが、田村絵智香さんですね」

「はい……」

絵智香本人で間違いなさそうだ。

「お話を伺いたいのですが」

扉を開けてほしいとの意思表示である。

「いまちょっと出られません」

いくぶん気弱な声で絵智香は答えた。

「では、ここでお待ちします」

「いえ……お引き取りください」

「なんですって！」

隣で亜澄が叫んだ。

「あの……お目に掛かれるお約束で伺ったのですが」

政鷹は腹立ちを抑えて、やわらかい声を出した。

「夫に確認したら、お目に掛からなくてよいとのことです」

絵智香は急に強い口調に変わった。

「ご主人ですか？」

「はい、弁護士です」

絵智香の声は誇らしげだった。

政鷹は内心で舌打ちする思いだった。

弁護士が出てくるとやっかいだ。まして、夫が弁護士となると……。

「ご主人が警察には協力するなとおっしゃっているのですか」

いくぶん強い口調で政鷹は尋ねた。

「ええ、任意の捜査は拒否しても、なにも問題がないと申しております」

絵智香は自信たっぷりといった口調で突っぱねた。

たしかに任意捜査なのだが、ここまでやってきたのに、顔も見せないのか。

しかもきちんとアポは取ってあるのだ。

「実は同僚だった神保貞美さんのことでお話を聞きたいんです」

しばし、スピーカから答えは返ってこなかった。

「お話しすることなんてありませんっ」

震えがちの声がヒステリックに響いた。

この興奮はどこから来るものなのか。

政鷹はこころの奥底でつよい手応えを感じていた。

絵智香は少なくとも何かを知っているはずだ。

「わたしたち横浜から来たんですよ」

亜澄がイライラして苦情を口にした。

「そんなの知りません」

絵智香は少し落ち着いた声に戻って答えた。

「あなた会うって約束したでしょ？」

亜澄の詰問にも絵智香は動じなかった。

「お帰り下さい」

「ひどい。わたしたちの時間をなんだと思っているんですかっ」

亜澄は声を荒らげた。

政鷹は亜澄の袖を引いた。

自分だってむかっ腹が立つ。しかし、刑事たるもの冷静さを失ってはならない。

「近所の人に迷惑です。帰って下さい」

絵智香の声はますます居丈高になった。

「ほんの少しお話を伺うだけでいいんです」

政鷹はふたたびやわらかく頼んだ。

「お話しすることはありません」

「警察を甘く見るんじゃないよっ」

ついに亜澄がキレた。

「帰ってっ。帰らないと不退去罪で警察を呼びますよ」

絵智香は激しい調子で不思議な脅し文句を口にした。

「なに言ってんの。あたしたちが警察なのよっ」

政鷹は亜澄の背後に回ってその口を押さえた。

バタバタもがく亜澄の身体を引きずって玄関から離した。

「それでは失礼しまぁす」

政鷹はポーチの外からインタフォンに向かって叫んだ。

スマートのドアを開け、亜澄を無理やり運転席に押し込んだ。

「なにすんのよっ」

政鷹が助手席に座ると、亜澄が食ってかかってきた。

「玄関先であんな大声出しちゃまずいよ」

「だって、あの女ムカつく。腹が立つ。蹴っ飛ばしてやりたい」

亜澄は足をちょっとバタつかせ、身もだえして叫んだ。

「クソ女、バカ女、ブス女、あんなクソブス死んじまえっ」

絵智香の顔も見ていないのに亜澄は叫び続けた。

それにしても口の悪いことこの上ない。

政鷹はしばらく黙って亜澄を叫ぶがままにさせておいた。

「……気が済んだ？」

「だって……」

亜澄はムクれた。

「旦那が弁護士だって言ってただろ。インタフォンのカメラでぜんぶ録画されてるはずだ」

「だからなによ？」

「あんな大声出したらマズいよ。相手は被疑者じゃないし、令状があるわけでもない。俺たちは話してくれってお願いする立場なんだから」

「だけど、不退去罪で警察を呼ぶなんて言ってるのよ。ああ、ムカつくっ」

亜澄の怒りは再燃した。

「あの態度変だろ」

「変だよ……だからクソ女だって言ってるんじゃない」

「そうじゃないよ。あんなにヒステリックになってるのは、俺たちに会うと不都合な何かがあるからだろ」

「つまり？」

「何かを隠しているはずだ」

亜澄の顔がパッと明るくなった。

「そうか。後ろ暗いからあんなひどい態度をとるってことか」

「そういうこと。ここへ来た意味はあったよ」

「わざわざ鎌倉まで来て罵声浴びせられたのは無駄じゃなかったわけね」

亜澄の声は弾んだ。

「その通り。この後、《星港商会》に行ってみよう」

「眞美さんとあのクソ女について訊いてみるんだね？」

「なにかわかるかもしれない」

「行こう。このまま帰る気にならないもん」

亜澄はふんっと鼻から息を吐いた。

「腹減ってないか？」

「ううん」

元気なく亜澄は答えた。

「だって、出かけるときに、ローストビーフだの懐石だの言ってたじゃないか」

「いまので、グルメを楽しむ気分じゃなくなっちゃったよ」

「わかった。捜査優先だ」

今朝の安東班長の言葉を真似してみた。

「そうだよ。あたしたち刑事特別捜査隊だもん」

亜澄はイグニッションキーを廻した。


【2】


眞美と絵智香が勤めていた《星港商会》は新磯子町の北の端で、磯子・海の見える公園の道路をはさんで反対側だった。

目の前は根岸《ねぎし》湾の平らかな海面で、右手には横浜市民ヨットハーバーに係留されているセーリングクルーザーのマストが林のように並んでかすかに揺れている。その奥には石油コンビナートのタンクがずらりと並んでいた。

政鷹の家からも近い。新杉田の海辺でも似たような景色が望める。

《星港商会》は昭和四十年代くらいに建てられたような古びたRC構造の五階建てで、濃茶色の磁器タイルが張ってある外壁はくたびれた感じだった。

受付に座っているグレンチェックの制服姿の若い女性に用件を告げると、三階の応接室に通してくれた。

しばらく待つと、茶系ツィードのスーツを着た五十歳くらいの生まじめそうな男性が現れた。名刺交換をしてソファに掛ける。

もらった名刺には「(株)星港商会　総務部　人事課長　本山茂也《もとやましげや》」とある。

「あの……うちにいた神保のことでお見えとか……」

半白頭の本山課長は不審そうに両目をぱちぱちと瞬かせた。

「はい、神保眞美さんについてお話を伺いに参りました」

「でも、彼女は自殺したと伺っていますが……」

「いや、ちょっとこちらの都合で、念のための再調査です」

「ああそうでしたか。警察もいろいろと大変ですね」

納得しているようすではなかったが、本山課長はうなずいた。

政鷹は出された緑茶に口をつけると、当たり障りのない話から切り出した。

「船具専門商社は、どんな業務を中心になさっているのですか」

「うちは創業九十二年の老舗なんですが、現在はおもにプレジャーボート用の船具を扱っております。ロープやロープ用のシャックルやブロック、船のボディを守るフェンダーという防舷材、各種のフロート、救命用の浮き輪など、扱っている商品は数百種に及びます。日本製ばかりでなく外国製も多いのですが、これらを仕入れてマリーナや隣接している船具屋さんに卸す商売です」

「それで横浜市民ヨットハーバーの近くにあるんですね」

亜澄が納得したようにうなずいた。

「まぁ、あちらの船具屋さんがメインのお客さんではないのです。お得意さまは横浜市内はもちろん、横須賀や三浦《みうら》半島、湘南《しょうなん》、西湘と県内全域にひろがっています」

得意げに本山課長は説明した。

「神保さんはどんなお仕事をなさっていたんですか」

「経理事務を担当しておりました」

「どんなスタッフでしたか」

この質問に本山課長は顔を曇らせて答えた。

「いや、弊社としても残念でならないのです。なにせ非常に能力の高い従業員でしたから」

鼻から息を吐いて本山課長は嘆いた。

「優秀な方だったのですね」

本山課長は我が意を得たりとばかりにうなずいた。

「ええ、経理課ではナンバー3くらいのポジションでしょうか。うちは見ての通り小さな会社なので、経理課全体でも八人ほどですが……正社員は五十二名しかおりませんので」

「こちらに何年くらい勤めていたのですか」

「短大を出て新卒で入りましたので十年ですね」

「たしか、亡くなった時点で三十歳でしたね」

「ええ、いまどきには珍しく大人な女性でしたね。感情的に安定していて、人柄もよかった。やさしく明るくて……」

「では、社内の男性にもモテモテだったのではないですか」

亜澄の質問に本山課長は苦笑いを浮かべた。

「うちは若い独身男性の従業員がほとんどいないのです。半分以上はわたしのようなオッサンばかりなんです」

「それは残念……」

亜澄はあわてて両手で自分の口を押さえた。

本山課長はかるく咳払《せきばら》いして続けた。

「まぁ、神保さんは仕事に熱心なあまり、交際相手と出会う暇がなかったんでしょうな」

「たとえば、不倫の噂なんかはありませんでしたか」

「とんでもない」

本山課長は顔の前で大きく手を振って、急き込むように言葉を続けた。

「まじめを絵に描いたような女性でしたよ。断じて不倫なんてことは……だいいちうちの会社には女性が不倫したいような男も少ないですし」

亜澄は今度は余計なことを言わなかった。

「仕事に追い詰められていたようなことはありませんか」

政鷹は質問を変えた。

「そんなことはないと思いますよ。先ほども申しましたように彼女は能力が高いので、それほど残業もしていないはずですし……」

ハッと気づいたように、本山課長はふたたび両目を瞬かせた。

「あのぉ……この調査ってまさか、うちの業務のせいで彼女が自殺したのではないか、というような疑いでお越しなんですか」

額に縦じわを寄せて本山課長は不安そうに訊いた。

「違います。わたしたちは労働基準監督官ではありません。それにブラック企業だったら、真っ先に捜査したいカイシャがあります」

快活な亜澄の口調だった。

「いったいどこの会社ですか？」

本山課長は驚き顔で訊いた。

「神奈川県警です」

課長は一瞬、うっと喉を詰まらせた。

「あっはっはっ。やはり、そうなんですな。お疲れさまです」

亜澄が変な助け船を出してくれたおかげで、場がなごやかになった。

「同僚同士の感情的なもつれなどもありませんでしたか」

政鷹は質問を続けた。

「聞いておりませんね。うちはニッチな業態である上に家族的な会社なんで、まぁみんな仲よくやっております。給料が安いのに辞める従業員が少ないのは、仕事で無理させないように努めているからでしょうが、家庭的な雰囲気が気に入っている者が多いからだと思います。忘年会に代えてクリスマス前にはクルーズ船を借り切って盛大な船上パーティーを開きますし、正月なんて餅つきや百人一首大会もやっています。若い人の一部は楽しくないみたいですが……」

《星港商会》はいまどき珍しい会社のようだ。そんな家庭的な社内行事に喜んで参加する若い従業員たちもまた珍しい。

「ところで、もう一人のスタッフだった方についても伺いたいのです。昨年度末に退社された旧姓波多絵智香さんのことなのですが……」

「お電話でもほかの刑事さんからお問い合わせがありましたが……なぜ波多のことを？」

本山課長はけげんな顔で訊いた。

「神保さんと波多さんはいちばんの親友だったと伺っているものですから」

ここは怪しまれないような理由を告げなければならない。

「それは何かの間違いではないですか」

「どういうことでしょうか」

「神保と波多とがそんなに仲がよかったとは思えません」

「では、わたしの聞き間違いでしょうか」

「そうだと思います。神保と個人的に親しかったとは聞いていません。部署も違いますし」

「どんな関係だったのでしょう」

「まぁ、ふつうに助け合う仲だったと思いますが」

当たり障りのない答えだが、あまり仲がよくなかったとも考えられる。

「二人は今年の二月には何度か会っていたようですが？」

本山課長は首をひねった。

「さぁ、どんな用事だったんでしょう……」

「心当たりはありませんか」

「波多が会社を辞めるにあたって注意すべきことを、何ごとにも詳しい神保に聞いたんじゃないんでしょうか。そんな相手として選ぶなら神保はふさわしい人間だとは思いますよ」

「なるほど、わかりました」

どうも信じられなかったが、これ以上突っ込んでも無駄のように思われた。

ひととおり話を聞き終えたと感じた政鷹は、亜澄にも確認した上で《星港商会》を辞去した。

眞美が上司には有能と評価され、多くの同僚たちに慕われるスタッフであった事実ははっきりした。しかし、肝心の絵智香との関係については有益な情報は得られなかった。

《星港商会》から湾岸自動車道の高架下をくぐると磯子警察署があり、そのすぐ近くにファミレスがあった。《星港商会》から五百メートルほどの場所だった。

さすがに二人とも空腹を感じていたので、とりあえず何か食べることにした。

日替わりランチはゾッとしなかったので、政鷹はチキンカレー、亜澄はオムライスを頼んだ。

あまり美味しいとはいえなかったが、とりあえず空腹は満たされた。

「あの……失礼ですが……」

ドリンクバーで食後のエスプレッソを入れていると、背後から若い女の声で呼びかけられた。

「さっきお見えだった刑事さんですよね」

驚いて振り返ると、《星港商会》の受付の女性だった。

二十代か。整った顔だちのすらりとした制服姿は人目を引くだろう。

「はい。伊達です。先ほどはありがとうございました」

「わたし総務課の堀尾彩花《ほりおあやか》といいますが、ちょっとお話ししたいことがありまして」

彩花と名乗った女性は上目遣いに政鷹を見た。

「わたしの席に来て頂けますか」

政鷹はさっとささやいた。

亜澄が席を動き、彩花と警察官二人が向かい合って座るかたちとなった。

「いまの時間、お仕事は？」

政鷹はにこやかに切り出した。

「受付は二人なんですが、交代で昼食休憩を取ります。わたしはいまの時間がお昼なんです」

「なにか召し上がりますか」

亜澄の言葉に彩花は首を横に振った。

「あ、いえ。後で注文しますから……それよりお食事の邪魔してすみません」

彩花はかるく頭を下げた。

「いえいえ、もう食事はすませました……それで、お話というのは？」

「今日は神保眞美さんのことでお訪ねになったんですよね？」

覗き込むような目で彩花は政鷹を見た。

「ええ、会社でのようすを伺いたかったのです」

「あんないい人はいませんでした。わたしもどれだけ助けられ励まされたかわかりません」

「本山課長も大変に評価されていました」

彩花は思い切ったように口を開いた。

「……実は眞美さんが悩んでいたことがあるんです」

「え？　どんなことですか？」

政鷹は思わず身を乗り出した。

「彼女、弊社の経理上の問題点に気づいたようなんです」

「問題点とは？」

ちょっとドキドキしながら政鷹は問いを重ねた。

「実は売上の面で納得できないことがいくつか出てきたって」

「社内で不正があったのでしょうか」

彩花は小さくうなずいた。

「眞美さんははっきりとした話はしてくれませんでしたが、入金されていないお金が見つかったって」

彩花の声は震えがちだった。

「つまり社内で横領があったと」

「おそらくはそういった内容ではないかと思います」

「眞美さんは犯人……不正を行っていた可能性のある人物の名前や所属課などを言っていましたか」

「そこまでは聞いていません」

彩花は首を横に振った。

「いつ頃の話ですか」

「亡くなる二ヶ月から一ヶ月ほど前です」

「二月下旬から三月下旬にかけてですね」

「そうです。その頃の眞美さんは会社でもあまり元気がなくて……」

「本山課長は何も言っていませんでしたが」

「たぶん知っていたのは数人だと思います。彼女がその疑惑を話したのもわたしのほかに何人いたか」

「お話し下さってありがとうございます」

事件解決の大きな糸口となるかもしれない。

「自分の会社の恥部を世間に対してさらすなんて不見識だとお思いかもしれません。でも、わたしには眞美さんが自殺したとはどうしても思えないんです」

「どうしてそうお考えなのですか」

「眞美さん、夏くらいから調理師の免許を取るための専門学校の夜間コースに通おうとしていたんです」

「なんですって！」

政鷹は思わず叫んだ。

（オレ！　¡Ole!）

脳裏で『アレグリアス』のファルセータが鳴った。

「眞美さんは未来に対するビジョンを持っていたんですね」

「ええ……『自分はお料理は得意だし、調理師の免許を取って父が二宮でやっているそば屋を手伝いたい』って言ってました」

「でも手伝うだけなら免許はいりませんよね。お父さんが持っているわけだし」

「彼女、お父さんの店を引き継いで続けたいと思っていたんじゃないでしょうか」

信じられない話だった。

「お父さまとは折り合いが悪かったのでは……」

「たしかに高校時代の後半くらいから口もきかなかったって言ってました。眞美さん、本当は美術の道に進みたかったんです。自分でアルバイトして学費稼ぐから美大に行かせてくれって頼んだそうです。でも、お父さんに大反対されたんですね。『絵描きなんかになって飯が食えるか』って……」

「美大に進んだって絵描きを目指すとは限らないですけどね……」

インダストリアルデザイナーを目指していたと言っていた安東班長の顔が浮かんだ。

「お父さんはぜんぜんわかってくれなかったそうです」

あの父親ならそんなこと頭から理解しようともしないだろう。

「結局、彼女はあきらめてふつうの短大に進んで簿記の資格を取ったんですよ。それでうちの会社に就職したんです」

「それなのにお父さんの後を継ぎたいと言ってたんですね」

「ええ、彼女こう言っていました……」

彩花は眞美から聞いた話を詳細に教えてくれた。

政鷹は眞美の死が自殺でないとつよく感じた。

そうか、そうだったのか。

政鷹の頭でまたもファルセータが鳴った。

――いまのわたしにさよならしよう

手帳の最後のページに書いてあったあの言葉は遺書などではなかった。会社勤めを辞めて料理の道へ進んでゆこうとする決意だったのだ。父親のそば屋を継ぎたいとする意思の表明だったのだ。

「わたし、眞美さんの死と、この不正の問題が関係しているような気がして……」

彩花の言葉で政鷹は我に返った。

「つまり、どういうことですか？」

その判断はさすがに早計であろう。

彩花の思い込みである恐れがつよい。

「わかりません、わたしには……。ただ、眞美さんがあんなことになってすごくつらくて。わたしが新入社員の頃から本当に親切にして下さったんで……」

彩花の美しい両の瞳がうっすらとにじんだ。

政鷹は念のために自殺の動機となりそうなことについて尋ねてみることにした。

「眞美さんが大きな病気を抱えていたようなことはありませんか」

「ないはずです。あまり会社を休みませんでしたし、去年の秋の健康診断でも問題ないと喜んでいましたから」

厚生労働省の昨年の統計によれば、自殺の動機の一番は三十代の女性に限れば、健康問題である。二番目は家庭問題だが、唯一の家族である父との関係は、自殺の動機となりそうもない。

「では、恋愛関係はどうでしょうか。好きな人などはいませんでしたか」

男女問題は三番目となっている。

「そんな話は聞いた記憶はないですね。男性社員に好かれてはいましたが、本人はあまり異性に興味がなさそうでした」

「眞美さんが会社内の人間関係に悩んでいたようなことはありませんでしたか」

四番目の動機は勤務問題である。

眞美のデジタル遺書はこの理由とも推測できる言葉を残していた。

「いいえ。彼女は同僚のみんなに愛されていましたし、上司にも評価されていました。少なくとも人間関係について自殺するほどの悩みはなかったと思います。先ほど申しました不正経理問題では悩んでいましたが、彼女に原因があるわけではありませんから」

彩花ははっきりと否定した。

「ところで、波多絵智香さんについて伺いたいんですが」

「どんなことでしょうか」

彩花の声は急に冷めたものとなった。

「眞美さんと絵智香さんとは親しかったのでしょうか」

「そんなことはないと思います」

　彩花もまた本山課長と同じ考えだった。

「どうしてそう言えるのですか」

「刑事さん、ここだけの話にしてくれますか」

　上目遣いに彩花は政鷹の顔を見た。

「もちろん。あなたにご迷惑は絶対にお掛けしません」

「わたし絵智香さんのこと好きじゃありません」

　彩花はきっぱりと言い放った。

「なるほど……」

「わたしだけじゃないと思います。あの人を好きな女性社員なんて、一人もいないんじゃないでしょうか」

「なぜですか」

「だって、まじめじゃないんですよ。なんでもかんでもルーズだし、遅刻も多いし、無断で休暇をとって、後から『風邪で高熱が出ちゃって電話できませんでした』なんて平気で言うんです。同じ営業部の子たちはみんな嫌ってました」

「でも、そんな勤務態度なのに、よくクビになりませんでしたね」

「絵智香さん、営業成績はよかったんですよ。お得意さまには好かれていたみたい。すごく愛想がいいので……男性に媚びを売るのが上手というか……」

「あなたたち同僚とのトラブルもあったのですか」

「トラブルはありませんでしたが、女の子はみんな彼女をよく思ってなかったはずです。男性と女性とであからさまに態度を変えるところがあるから。わたしなんかも、おはようございますを何度も無視されました」

政鷹は一瞬、両親のケンカの原因となったナノハという女性の名を思い出した。父とは連絡がついたのだろうか。

「つまり男にやたらに甘えて女につっけんどんってことですね」

亜澄が念を押すと、彩花はこくりとうなずいた。

「男の人のなかには鼻の下を伸ばしている人も少なくなかったようです。それに頻繁にホスト通いをしてお金に困っているって噂もあったし……」

彩花は言葉を濁した。

「絵智香さんはホストに入れ込んでいたんですか」

政鷹は身を乗り出した。

「やっぱりろくでもない女ね」

亜澄の鼻息は荒かった。

「彼女が『自分の子犬ちゃん』だとか言ってホストの写真を自慢げに見せていたって同僚が話しているのを聞いただけで、それ以上の詳しい話は知りません。彼女はまだ独身だったわけですし、個人の自由ですよね」

余計なことを話したと後悔しているような彩花の顔だった。

「ご心配なく。あくまでも参考として伺っておきます」

「わたしから聞いたってことはくれぐれも内緒にして下さいね」

彩花は顔の前で手を合わせた。

「ご安心下さい。職務上知り得た秘密は漏らしません。捜査にご協力頂いている彩花さんを困らせたりしませんから」

政鷹は噛んで含めるように答えた。

「とにかく絵智香さんが退職したときには、赤飯炊いてお祝いするって言ってた女の子が少なくなかったと思います」

「なるほど、よくわかりました」

結局、彩花は飲み物だけで昼食をとる時間はなかった。

店の出口で政鷹は礼を述べた。

「ありがとうございました」

「わたしのほうこそお話を聞いて頂いて」

「もしなにか思い出したら、こちらに連絡して下さい」

亜澄が名刺を手渡した。

政鷹はまだ特四の名刺を持っていなかった。

「小笠原さんってかっこいい。女性刑事さんなんですよね」

まんざら冗談でもなく憧れの色を浮かべる彩花は、刑事という職業の実態をわかっていない。人には嫌がられる稼業なのだ。

「えへへ、出来そこない刑事なの」

だが、素直に照れるところが、亜澄のいいところなのかもしれない。

彩花は真剣な顔に変わると、政鷹たちの顔を交互に見た。

「眞美さんが何で死ななければいけなかったのか。本当のことが知りたいんです」

「わたしたちも真実を知りたいと願っています」

政鷹は力強く答えた。

クルマに戻ると、亜澄が盛大に絵智香の悪口を言い始めた。

「あのクソ女めっ」とか「胸くそ悪っ」「あームカつく」と悪口コレクションのようだった。

亜澄の興奮が収まるのを待って政鷹は帰庁を促した。

「今日はいったん引き揚げようか」

「そうね。ここからならすぐ帰れるから……班長に相談業務を押しつけたままなのも悪いし……」

磯子署横のこのファミレスから中村町分庁舎までは堀割川《ほりわりがわ》沿いを国道一六号で遡ればわずか三キロ程度しかない。

【3】


十分足らずで別棟の駐車場に着くと、隅に黒塗りの公用車が一台駐まっている。

「なんだろう」

「この駐車場で見たことないよ。黒塗りって……」

二人は顔を見合わせた。

「ただいまーっ」

「戻りました」

ドアを開けると、ホールには五十前後の黒スーツをびしっと着こなした男が腕組みをしていた。全身から負のオーラが漂っている。

四角い顔の陰気で傲岸な感じの男には見覚えがなかった。

かたわらには安東班長が険しい顔つきで立っていた。

松浦と森の姿が見当たらないので、相談ブースで接客中のようだ。

政鷹たちは押し黙って次々に頭を下げた。

「ははん、おまえらが出来そこない中の出来そこないか」

男は憎々しげにあごを突き出した。

あまりにも失礼な初対面のあいさつから、相手が相当上の階級の警察官であるとわかった。

「伊達です」

「小笠原です」

「こちらは警務部監察官室の鳥居《とりい》警視です」

安東班長が硬い声で紹介した。

警視となると小規模署の署長クラスだ。

監察官室から人が来たとなると……。

政鷹の胸に嫌な予感が走った。捜査一課での失態はすでに処分を受けてここへ異動した。

ということは……。

「さすがにこんな場所に追いやられるだけあって、二人とも間抜けな面してるな」

鳥居警視は鼻で笑った。

「いったい何があったんですか」

亜澄が不思議そうに訊いた。

「なんだ、その口の利き方は」

鳥居警視の目が三角になった。

「すみません。平塚の商店街育ちなんで」

亜澄はけろりと答えた。

「ふざけるなっ」

耳が痛くなるほどの怒鳴り声が響いた。

「ご指導を賜りましたので改めます。ご用件を承りたいのでございますが」

亜澄の面従腹背そのものの態度に思わず笑いそうになったが、政鷹はぐっとこらえた。

肩透かしを食った鳥居警視は本題に入った。

「おまえら、今日の昼過ぎに鎌倉の田村邸に行っただろ。そこで、違法な取調をした。間違いないな」

やはりその用件だった。

「違法な取調ですって」

亜澄は心外そのものといった顔で訊いた。

「そうだ。任意捜査なのにもかかわらず、病気で具合の悪い奥さんに面会を強要しただろう」

「病気……」

思わず政鷹はつぶやきを漏らした。

そんな話はまったく聞かなかった。

「奥さんは朝から頭痛や吐き気が続いていたそうだ。これから病院に行こうってときにおまえらが押しかけて戸口で粘ったそうじゃないか」

「いや、お宅に伺った際にも病気とは聞いていませんでした」

政鷹はきっぱりと言い切った。

「どっちでもいい。本人が会いたくないと言ってるものを出てこいと強要したんだろ」

「事前に電話でお話を聞かせてほしいとお願いし許可を得ました」

ここはきちんと説明する必要がある。

「許可を得ていたとしても、実際に行ったときには事情が変わっていたんだ。おまえらが押しかけたせいで、奥さんはめまいと吐き気に悩まされている。鎌倉市内の医師の診断書もあるんだぞ」

鳥居のトーンがいくぶん下がった。無理やり押しかけたのではなくアポを取っていた事実を初めて知ったのだろう。

しかし、田村弁護士という男も念の入ったことをする。

「寒くなってきましたからねぇ。お風邪でしょうか」

政鷹はすっとぼけてみせた。

「奥さんはおまえらの強談《ごうだん》が原因で、もともと体調がよくなかったのがひどく悪化したと言っているんだ」

「なるほど……」

鳥居警視の眉間のしわが深くなった。

「聞いて驚くなよ。警察庁の有馬《ありま》理事官から監察官室に直接苦情が入ったんだ。いいか、サッチョウの理事官どのだぞ。どういう事態かわかってんのか」

「はぁ……」

いま聞いた話なのにわかっているはずはないのだが、そんな理屈を言えば状況を悪くするだけだ。

警察庁の理事官となると、階級は警視正であって、むろんキャリア官僚である。

警視正以上は国家公務員となるが、神奈川県警では大規模警察署の署長か県警本部の部長級の職に就く階級だ。

政鷹や松浦からすれば四階級上だが、この違いは「兵隊の位でいえば」伍長か軍曹と大佐ほどの違いになる。大佐は陸軍なら連隊長、海軍なら戦艦や空母の艦長である。ちなみに安東班長は少尉か中尉、亜澄や森は上等兵くらいに当たる。

「ご迷惑をお掛けして大変申し訳ありません」

政鷹はとりあえず頭を下げた。

「でも……」

口を開きかけた亜澄の足の甲を政鷹はつま先で踏んづけた。

「痛っ」

亜澄は顔をしかめてうめいた。

鳥居警視は気づかぬふりをして続けた。

「旦那さんの田村弁護士が苦情を入れたそうだ。有馬理事官とは東大法学部のゼミ仲間だとさ。いいか、三流大学出のおまえらとは違うんだ。東大法学部だぞ……俺も違うが……」

鳥居警視はひどく腹を立てている。だからこんなに感情的に怒鳴りつけるのだ。しかし、本当に腹を立てている相手は原因を作った政鷹たちではないだろう。

理の通らない些細なことで警察庁に苦情を入れてくる田村弁護士と、地位を笠に着て理不尽な苦情を神奈川県警に下ろしてくる有馬理事官に違いない。

ノンキャリアで監察官室の警視まで出世したのだから、鳥居は優秀な警察官であるはずだ。

苦情がどんな理不尽なものかは客観的にわかっているに決まっている。

「鳥居さんはどちらの大学なんです？」

おもしろくなって政鷹は訊いてみた。

「そんなこたぁどうだっていいっ」

鳥居警視は真っ赤になって怒鳴った。

が、すぐに冷静な口調に戻って続けた。

「弁護士なんてのはいろいろとやっかいなんだ。おまえらだって昨日今日の刑事じゃないんだから知らんはずないだろう」

鳥居警視は三人を見まわした。

「班長として事情を精査し、二人に問題行動があった場合については適切な指導を行います」

安東班長も嘘の言えない女だと政鷹は笑いそうになった。単純に「二人をきつく叱っておきます」と言えばいいのだ。

「あたりまえだっ」

ふたたび鳥居警視は声を張り上げた。

「安東さん、あんた刑事部長には気に入られてるらしいが、あんまりいい気にならんほうがいいぞ。ド田舎のハコ長になんぞなりたくないだろ」

ハコ長とは警部補の職である交番所長を意味する警察用語である。係長級だし、もちろん悪い仕事ではないが、刑事の異動先としては戸惑うことが多いだろう。

「申し訳ありません。すべてはわたしの監督不行き届きです」

それでも安東班長はきちんと頭を下げて謝罪した。

「今日は正規の監察業務で来たんじゃない。問題が大きくならないように注意に来た。県警としての身内に対する親心だ」

「お心遣いに感謝致します」

安東班長はふたたび頭を下げた。

「いいか、二度と俺に、こんなゴミ溜めみたいなところに来させるんじゃないぞ」

捨て台詞《ぜりふ》を吐き、鳥居警視は激しい音を立てて扉を開くと大股で出て行った。

静寂が戻った。

外の風が建物に当たる風切り音がG♯5で鳴っている。

「暴風雨は去ったみたいね」

安東班長はうふふと笑った。

「松ちゃん、森くん、もう出てきていいよ」

安東班長が声を掛けると三番と四番のブースから松浦と森がのっそり現れた。

「もうすんだの？」

松浦は寝ぼけたような声で訊いた。

「いや、すげえ剣幕だったっすね」

森がわざとらしく身体をぶるっと震わせた。

「こっちへ乗り込むって電話が来たから、相談業務中ってことにして、二人にはブースに隠れててもらったの」

安東班長はさらりと笑った。

状況によっては安東班長は平気で嘘を言う女だと政鷹は認識を変えた。

「あれは中型犬だな。スタッフォードシャーブルテリアそっくりだ」

松浦はスマホに映った黒い犬の写真を見せた。

目が小さくて不細工な犬が舌を出している。

「こんなにかわいくなーい」

亜澄は顔をしかめた。

たしかにスタッフォードシャーブルテリアはブサカワ系かも知れない。

「キャラも違うな……『無邪気で人懐っこく、飼い主や家族に豊かな愛情を持つ犬』なのか」

「ぜんぜん違うー」

「いやまてよ。『飼い主には忠実ですが、ほかの犬や小動物には攻撃的になることもあります』……似てるじゃないか。よし。これからはあいつをスタッフィーと呼ぼう」

「やだぁ。あたしもう二度とスタッフィーの顔なんて見たくないっ」

特四の全員が声を立てて笑った。

「今回は地雷を踏んだだけ……でも、その田村絵智香って女はふつうじゃないね。なんで逃げて廻ってるのかしら」

「臭いですよ。どう考えても」

森はしたり顔で言葉をはさんだ。

「もう今日の相談は入ってないし、Bチームの話をしっかり聞きましょう。みんなラウンジでお茶しましょうよ」

安東班長の言葉にメンバーたちは二階へ上がってラウンジのテーブル席に着いた。

森がせっせとコーヒーを入れて廻っている。

「鎌倉でフラれたんで、眞美さんが勤めていた《星港商会》に行ってみました……」

政鷹は鎌倉の田村邸のことと、《星港商会》での聞き込み、さらにはファミレスで堀尾彩花から聞いた話を詳しく説明した。

安東班長も松浦も森も興味津々で政鷹の話に聴き入っていた。

「絶対あの絵智香って女が怪しいに決まってるよ」

　亜澄は鼻から息を吐いて息巻いた。

「怪しいのは間違いないけど、神保眞美さんの事案と関係があるかどうかはわからない」

　安東班長は考え深げな表情を浮かべた。

「田村邸に再攻撃を掛けたいのですが」

「明日、行ってみなさい」

　政鷹の目を見つめて安東班長はきっぱりと下命した。

「ありがとうございます」

「あたしはイヤ。あの女の声聞いてるだけで頭にくる」

「だめ……亜澄ちゃんも行くのよ」

　有無を言わせぬ調子で安東班長は命じた。

「ま、明日こそローストビーフか」

　亜澄は渋々うなずいた。

「しかしまた鳥居警視が怒鳴り込んできませんか」

　松浦はにやにやしている。

「人のあら探ししなきゃならない監察官室なんかにいたら、鳥居さんだって息が詰まるでしょ。わたしたちを怒鳴ってストレス解消になるんならそれでもいいんじゃないの。特四の業務には少なからずそうした性質があるんだから」

その場は、ちょっと静かになってしまった。

自分たちの仕事には相談者たちの感情のはけ口という性格がたしかにあるのだ。警察官としては不遇な環境にあるのは間違いない。

「でも、班長だってハコ長にはなりたかないでしょ？」

松浦は雰囲気を取りなすように言葉を発した。

「悪くないんじゃない。それこそ箱根や湯河原《ゆがわら》あたりなら毎日温泉には入れるし……真鶴や三浦でマリンレジャー三昧ってのもいいね」

安東班長はまじめな顔で言っているが、冗談なのだろう。

「真実追究のためには刑事を辞めても悔いはないってお覚悟だ。それでこそ我らが班長だね」

まじめなのかふざけているのか松浦の態度はいつもあいまいだ。

「なんなら湖尻駐在所でもいいかな。太田駐在さんの代わりに」

「太田さんが化けて出ますよ。あの人、オレが地域を守ってるんだって鼻息荒いから」

亜澄は胸の前で両手を垂らして幽霊のマネをした。

「祟《たた》りが怖いから湖尻駐在はやめとく」

みんながどっと笑ったので、政鷹は明日のことに話題を戻した。

「明日はアポとらずに押しかけてみます。アポとったって、どうせ今日みたいなことになるわけですから」

「でも、どうやって話を聞くつもりなの」

安東班長の疑問は当然だった。

「うーん。門前払いされないためには……そうだなぁ……」

政鷹はうなり声を上げざるを得なかった。

しばらく考えて、ようやくひとつアイディアらしきものが出てきた。

「謝罪ってのはどうですか」

「なるほど、謝罪ね」

安東班長は大きくうなずいた。

「監察官室から厳重注意を受けたんだから、迷惑を掛けた者たちが謝罪に行って当然だと思うんです」

「でも、謝罪に行って相手がしゃべるもんですかね」

森は首を傾げた。

「話を聞き出すんだよ。なんとしてでも」

強い口調で政鷹は言い返した。

「わたしも行きます」

きっぱりとした安東班長の声が響いた。

「班長が？」

政鷹は驚いて訊き返した。

「だって謝罪なら、責任者が行くべきでしょ」

安東班長はにっこりと笑った。

「班長、本当にハコ長に異動ですよ」

「そのときはそのときよ」

「まったく以《もっ》てよいお覚悟だ」

松浦がにやにや笑った。

「フランセの横濱ミルフィユか、アトリエうかいのフールセックでもお土産にしましょ」

「わぁ、横浜のお菓子であたしの一、二のお気にっ」

亜澄がはしゃいだ。

「あなたの分はあなたが買いなさいな」

「えへへ、そうですよね」

亜澄は妙な笑いを浮かべた。

「相談業務に穴が開きませんか」

政鷹は不安になって尋ねた。

「捜査優先にシフトを修正してあります。朝一番は無理だけど、十一時半には出られるでしょう。しばらくは松ちゃんと森くんだけでお客さん対応してもらうから」

「俺も捜査に行きたいです」

森が不満げに口を尖らせた。

「ま、今回は最初《はな》っから伊達くんの事件《やま》だ。俺たちは銃後の守りに徹しよう」

松浦は森の肩をぽんと叩いた。

書類作成の残務を済ませてほぼ定刻に中村町分庁舎を出た。

前の側道沿いでスマホを取り出すと、妹の美香から十回も着信記録があった。

あわててコールバックする。

「オヤジ見つかったのか」

「お母さんが倒れちゃったの」

「なんだって！」

「お昼ご飯食べた後に急に気分が悪いと言ってうずくまってから意識をなくしちゃったのよ」

「本当かよ……」

政鷹は全身の血が足元に下がるような錯覚に陥った。

「もう心臓止まるかって思った。で、あわてて救急車呼んで七飯《ななえ》総合病院に運んだの」

「えっ、入院してるのか？」

政鷹は思わず叫んだ。

「うん……」

「それでオフクロ大丈夫なのか？」

声がうわずるのを防げなかった。頭のなかで飛行機の手配を考えた。

「いまはとりあえず落ち着いてる。いろいろ検査続けてるよ。担当の先生の話じゃ、脳のCTとかに異常はなくて、神経調節性失神っていう病気の可能性が高いって……交感神経機能不全による一時的な血圧調節機構の乱れだと思うって」

美香はメモを見ながら話しているようだ。

「生命に別状はないんだな」

「ストレス性のものだと思うって先生は言ってた。明日の午前中に脳波の精密検査して問題なければ、お昼前には退院できるって。大きな心配はなさそうだって……」

全身の力が抜けた。

「ほっとしたよ。オフクロあんまり脅かさないでほしいよ」

「あたしのほうがよっぽど驚いたよ。お兄ちゃん、こっちへ帰ってこられないの？」

美香は不安な声を出した。

政鷹だって母の顔は見たかったが、心配ない状態なら、いま湖尻の捜査を他人に任せるわけにはいかない。

「無理だ……捜査が忙しい」

「捜査一課って刑事さんのなかでもエリートなんだったよね」

今回の異動については家族には話していなかった。

「ところでオヤジは相変わらず音信不通か」

「電話は圏外。ツィンクルは既読なし。知ってる限りのお友だちの家にも電話してみたけど、誰にも連絡してない」

「困ったジジイだな」

「まったくだよ……ねぇ、三日経ってるんだよ。警察に捜索願出そうよ」

「昨日も言っただろ。捜索願出してもまず実効性はない」

「だって……」

「オヤジが大沼のあたりをウロウロしている可能性は少ない。函館か札幌に行ってるかもしれない。たとえば札幌の各所轄署が、金も持ってる六十男をまじめに捜すはずはないだろ。一九六万人も住んでいる町なんだ。あちこちで事件が起きて忙しいんだよ」

「じゃ、どうすればいいのよっ」

美香は叫び声を上げた。

「俺を責めるなって」

政鷹はため息をつくほかはなかった。

「ごめん。でも、お母さんは倒れちゃうし……」

すべてが両肩にのしかかっている美香のストレスはよくわかる。だが、湖尻の事件が解決しない限り、自分にはたいしたことはできない。

「今夜、函館と札幌の主要なホテルに電話掛けて訊いてみるよ」

「お願い……」

「そのうちひょっこり帰ってくるさ」

「ぶん殴ってやる」

美香は息巻いた。本当にやりかねないから怖い……。

「また出て行くと困るだろ」

「それもそうだね……」

美香は急にしゅんとなった。

「ホテルに泊まってくれてるといいんだけどな」

「あんまり期待しないでいてくれ。朗報があったらツィンクルで知らせるよ」

「うん、待ってるね」

力ない声で美香は電話を切った。

杉田の部屋に戻った政鷹はコンビニの生姜《しょうが》焼き弁当をビールで流し込んだ。

美香を落ちつかせるために簡単に言ったが、函館市だけでもホテルは九十軒ほど、札幌に到っては百七十軒もある。日本旅館も相当数あるが、日頃からベッドで寝起きしている父は都市部では必ずビジネスホテルに泊まる。

すべてに掛けていたら朝になってしまいそうなので主要なホテルに絞った。

「伊達政義という人が泊まってますか」

このように尋ねるとホテルは個人情報を漏らせないので回答しない。

「伊達政義に電話をつないでほしい」と訊いてみる。

だが、すべて外れだった。そんな宿泊客はいないという答えしか返ってこなかった。

十一時をまわって疲れ切った政鷹はベッドに潜り込んだ。

大沼公園の森と湖沼が目に浮かび、目が冴えてなかなか寝つけなかった。

第四章　湖畔の輝ける太陽

【1】

翌日の十一時半過ぎに、政鷹《まさたか》と亜澄《あすみ》、安東《あんどう》班長を乗せたスマートは特四本部を出た。

狩場《かりば》線に入るとすぐに亜澄が訊《き》いてきた。

「伊達《だて》さん、そろそろ異動になった理由を話してくれてもいいでしょ」

「亜澄ちゃん、そういう話は無理に聞かないこと」

安東班長がたしなめた。

「いや、いいんですよ。たいした話じゃないんですから」

政鷹は特四のメンバーにはきちんと話すべきだと思い始めていた。

「わぁ、話して話して」

亜澄はステアリングを握りながら上体を踊るように揺らしてみせた。

「班長には初めてお話ししますけど、俺、フラメンコギターでは半プロなんです。刑事になる前の交番勤務の頃には、非番の日に時々ボランティアでステージのバックをつとめてたんです。ほとんどはダブル・ギターのサブでしたが」

「へぇ、素敵ねぇ」

安東班長はうっとりとした声を出した。

「ラファエル・タカっていう芸名なんだよね」

亜澄がはしゃいだ。

「あら、芸名まであるの」

後部座席から安東班長の驚きの声が響いた。

「でも、五年前に都筑《つづき》署の刑事課に異動になってからは、ほとんど活動してませんでした」

「刑事は日勤だけど、勤務時間なんてないのと一緒だもんね」

「そうなんです。ライブに出演するってことを、踊り手や歌い手などに約束できないんです」

「もったいない……」

「まして三年前に捜査一課に異動になってからはなおのことです。ライブのお誘いも断り続けていました。でも、ギターの腕は落としたくないから、カラオケボックスで練習してきたんです」

「刑事なんかになるもんじゃないな」

安東班長の口調は詠嘆するように聞こえた。

「ところが、この秋の十月五日の話です……土曜日でした」

政鷹の胸にあの日の苦い想い出が蘇《よみがえ》った。

巨匠カルロス・サウラ監督の『フラメンコ・フラメンコ』のDVDを見ていると、政鷹にスマホに着信があった。ディスプレイには島枝三代《しまえだみよ》の名前が表示されている。政鷹にとってはフラメンコの道に入るきっかけとなったバイラオーラ（女性の踊り手）である。

「タカちゃん、お願い。助けて」

三代の声には必死なトーンがあった。

「どうしたんですか」

「今夜さ、《カサ・デ・エルムンド》に出てよ」

横浜中華街の外れにあるタブラオの名前だった。むかし二度ほど出たことがある。

「いきなりなに言ってるんですか」

無茶な話だった。

「わたし企画のライブなんだけど、芳健《よしたけ》くんが急に盲腸になっちゃったのよ」

柴植芳健《しばうえ》は同年輩のすぐれたギタリストであり、政鷹の友人でもあった。

「俺はいまはライブ活動してないんですよ。知ってるじゃないですか。誰かほかの人を探して下さい」

「心当たりのギタリストには片っ端から電話したのよ。だけど、土曜日だし、みんなステージ入っちゃってるのよ」

陽気もいい秋のこの時期からクリスマスに掛けては、ステージが増えてくる。

「無理なこと言わないで下さいよ。俺は刑事なんですよ」

政鷹はつよい調子で拒んだ。

「百も知ってて頼んでるのよ。タカちゃんならギターのほうはぜったい大丈夫だし」

「無理です。それじゃ」

電話を切ろうとしたら、あわてた三代の声が響いた。

「ちょっと待って。話は最後まで聞いてよ」

「なんですか」

ちょっと無愛想な声が出てしまった。

「あのね、今夜はただのライブじゃないの。中止にできないのよ」

「なにかわけでもあるんですか」

「一緒に出る繭香《まゆか》ちゃんの大事なステージなの。彼女のお母さんが観に来るのよ」

喜多見《きたみ》繭香はプロとなって日が浅いが、抜群の身体《からだ》の切れを見せる将来有望な踊り手だった。大きく育ってほしい気持ちは政鷹にもつよかった。

「次のライブに来てもらえばいいじゃないですか」

「それがね、無理なの……お母さん、末期がんなのよ。今日は主治医に特別に帰宅許可をもらってライブを観に来るの」

「そう……なんですか」

声がかすれた。

「恩に着る。四時に入ってくればいいから」

電話は切れた。

断り切れなかった。政鷹はシャワーを浴びると、ステージ衣装をクローゼットから引っ張り出し、ギターケースを担いで自宅を出た。

今夜、緊急出動さえなければ、なにも問題はないのだ。

不安を抱えつつも指定された午後四時少し前に《カサ・デ・エルムンド》に到着した。

「グラシアス！」

店に入ると三代がいきなりハグしてきた。

「タカちゃんがいなかったら、ほんとっヤバかったよ」

「本当になんてお礼を言っていいのか」

藺香は気の毒なくらい何度も頭を下げた。ほかの共演者たちもいちようにほっとした表情で政鷹を迎えた。

断らなくてよかった。

そんな気持ちが強く湧き起こった。

久しぶりのステージだったし、初めてのバイラオーラもいるので、リハの最中から政鷹はかなり苦戦した。

ただ、カンテ（歌い手）が何度も共演したことのある川渕隆輔《かわぶちりゅうすけ》だったのが幸いだった。

リハが終わる頃には勘が戻ってきて、今夜のステージをなんとかこなせる自信がついてきた。

リハが終わって第一部まであと十分というときだった。

スマホに着信があった。

嫌な予感がして画面を見た。

捜査一課強行第七係の溝口《みぞぐち》係長だった。

反射的に電話をとった瞬間に「しまった」と思った。

「おい、捕物だぞ」

「え!」

政鷹は絶句した。よりにもよってこのタイミングはひどい。

「三係が追いかけてた強殺の犯人が山下町の倉庫に潜伏している」

「ほ、ほんとですか……」

目と鼻の先ではないか。

「ああ、確実なタレコミがあった」

「俺いま、ちょっと無理なんです」

だが、溝口係長は無視した。

「新山下埠頭《しんやましたふとう》にある《佐久間《さくま》ロジスティクス》の三号倉庫だ。タクシー飛ばしてできるだけ早く現場に行け。現場に着いたら阿部《あべ》に連絡を取れ」

一方的に電話は切れた。阿部は主任の警部補だった。

「さぁ、行くよ」

三代が声を掛けると出演者たちが出待ちの態勢に入った。

「ええい、もう引き返せない」

政鷹は独りごとを言ってスマホの電源を落とした。

舞台に出てみると、最前列に車椅子に座った五十歳くらいの女性の姿があった。

藺香の母親に違いない。

出演者全員の『セビジャーナス』から始まったステージは順調に進んだ。三代の『ソレア』も、もう一人のバイラオーラ青地朋菜《あおちともな》の『ティエント』も素晴らしかった。だが、二部の最後から二番目で踊った繭香の『アレグリアス』には息を呑《の》んだ。

生きる歓《よろこ》びを踊り上げるその力強い身体の動きに、ギターを弾く政鷹の胸も熱く騒ぎ続けた。

ライブが終わった後に、繭香は母親を政鷹に紹介してくれた。

「タカさんがいなかったら、今日のライブはできなかったの」

「それはそれはありがとうございました」

母親は土気色の顔全体に笑みを浮かべた。

「娘の踊りは悪くなかったですか」

「お世辞抜きで素晴らしかったです」

「あなたは無理して出て下さったのね。ありがとう……」

母親は車椅子から両手を伸ばして政鷹の手を握った。

「観に来て下さってありがとうございます」

ひんやりと震える手を政鷹はしっかりと握り返した。

ライブが済んでから数週間後に、繭香から母親が世を去った報《しら》せが届いた。繭香は電話口で「タカさんのおかげで最後に親孝行ができました」と泣いていた。

その頃、県警では政鷹の処分が決まっていた。

「でもそれだけで処分されるとは思えないよ」

亜澄の声に政鷹は現実に返った。

「そうよ。病気で緊急出動できないことなんていくらでもあるじゃない」

安東班長もうなずいた。

「いや、それが間の悪いことに店から元町・中華街の駅に戻るところを、犯人を確保して帰庁するパトカーの誰かに見られたんだよ」

「ギターケースを背負っている姿をか！」

亜澄は小さく叫んだ。

「そうなんだ。次の日に係長に呼ばれて事情を聴かれてね」

「なんて返事したのよ」

「しょうがないから、正直にライブに出てましたって言ったよ。それ以上訊かれなかったから詳しいことは話さなかったけど……係長は目ん玉が飛び出そうなくらい怒鳴りまくってたな」

「そらそうだ。でも、ボランティアなんでしょ」

「もちろんギャラはもらってないよ。でもね、地方公務員法三八条の兼業禁止規定の問題は発生するんだよ。いくらノーギャラでも『本業に支障をきたさない活動』でないとダメだろ。緊急出動が掛かっているところに、スマホの電源落としてたことが問題視されたんだよ」

「そうか……」

亜澄は低くうなった。

「結局、減給三ヶ月と……」

「特四への異動となったわけね」

「そういうこと」

政鷹は肩を落としてみせた。

「ま、警察官としては失格だけど、人としては合格だね」

すっかり上から目線の亜澄だった。

「亜澄ちゃんったら」

安東班長は小さく笑った。

「で、キミの異動理由は？」

「ナ・イ・ショ」

「人のだけ聞いておいてズルいじゃないか」

「ま、そのうち気が向いたら話すよ」

そんな話をしているうちにスマートは鎌倉山に到着した。一時ちょっと過ぎだった。

クルマを路肩に駐《と》めて、政鷹たちは田村《たむら》邸のポーチまで歩みを進めた。

「くそーっ、あの女、ボコしてやりたいっ」

「ボコボコにするって意味かい？」

「そう。平塚ではそう言うの」

亜澄は鼻息荒く答えた。

「あのね、亜澄ちゃんに言っとくけど、どんなに腹が立っても感情的になっちゃダメよ」

安東班長は嚙《か》んで含めるように諭した。

「はぁい」

頼りない亜澄の返事だった。

「亜澄ちゃんは我慢できない子だからね」

「今日は大丈夫。だって班長が一緒だから」

「それならいいけど……きちんとごあいさつしないとね」

「神奈川県警察本部刑事部刑事総務課刑事特別捜査隊第四班長の安東ゆかり警部補ですって名乗るんですか」

亜澄はいたずらっぽく笑った。

「肩書きが二十七文字だ。そんな長ったらしいあいさつするんですか」

政鷹は驚いて訊いた。

「まさか……」

安東班長はインタフォンのボタンを押した。

「はい、なんですか」

しばらく待つと無愛想な男の声が返ってきた。

四十代くらいか。田村弁護士に違いあるまい。

「わたくし安東と申します。昨日お邪魔した者の上司でございます」

安東班長は静かな声ではっきりと呼びかけた。

「何しに来たんだ」

「部下がご迷惑をお掛けし、申し訳ございませんでした。班長として責任を感じております。本日は部下の者ともどもお詫《わ》びに参りました」

「ふん、警察庁はやはり怖いんだな」

感じの悪い男だ。

「いえ、ご迷惑をお掛けしたので、ひと目だけでもお目に掛かってお詫びしたいと思いまして」

「あんたが責任者か……班長というと警部補だな」

男は警察組織にも詳しいらしい。

「はい、わたくしが所属長ですので」

「木っ端巡査ならともかく、警部補をそんなところに立たせとくわけにはいかないな。だけど、妻は調子が悪いので会わせないよ」

いくぶんトーンが下がった。

「結構でございます。玄関先で失礼させて頂きます」

ちょっと待つと玄関の扉が開いて、生成りのカーディガン姿の四十男が姿を現した。声から予想していたよりも線の細い、神経質そうな痩身で小柄な銀縁めがねを掛けた男だった。

政鷹たちは玄関まで打ちっぱなしのポーチを進んだ。

「弁護士の田村だ。ま、中に入ってくれ」

田村弁護士は傲然《ごうぜん》とした調子を崩さなかった。

「刑事特別捜査隊の伊達と申します。昨日はご迷惑をお掛けしました」

政鷹は深々と頭を下げた。

「同じく小笠原《おがさわら》です。すみませんでした」

亜澄も仕方なく詫びた。

広く明るい玄関で四人は向かい合って立つかたちとなった。

「これはほんのお口汚しですが……」

班長はレトロでかわいい横濱ミルフィユの青い包みを差し出した。

「こんなもんはいらないよ」

「まぁそうおっしゃらずに」

安東班長が重ねて勧めると、田村弁護士は包みを受け取った。

「奥さまのお加減いかがでしょう」

「今朝も頭が痛いと言っている。なにもしていないのに犯人扱いされたと、ひどく傷ついている」

「犯人扱いなどとんでもないです。わたくしたちはただ、奥さまがご存じのお話をお聴きするためにこちらに伺っただけです」

「妻はね、警察が来るんで怖くなって、わたしのところに電話してきたんだ。ちょうど裁判所に向かっているところですぐには出られなかった。だが、後で電話して、なにも話す必要はないと伝えたんだ」

絵智香《えちか》はやはり田村弁護士に電話で指示されて、態度を百八十度変えたのだ。

「わたくしどもは神保眞美《じんぼまみ》さんの不自然死の事案を捜査しております」

安東班長は、田村弁護士の目を見据えてつよい口調で告げた。

「神保眞美の不自然死だって？」

田村弁護士の声が裏返った。

「ええ、奥さまは眞美さんと親しかったそうですので、なにかご存じのことがあればと思いお話を聞きたかったのです」

田村弁護士の顔に戸惑いが浮かんだ。

「ちょっと待ってくれ」

「はい、なにか？」

安東班長は表情を変えずに訊いた。

「あんたらは殺人事件の捜査で来たって言うのか」

「いえ、いささか不審な点があるだけで殺人とは断定しておりません」

「知能犯係じゃないんだな」

「特別捜査隊なので、場合によっては知能犯を扱うこともありますが、ほとんどは強行犯を扱っております。今回は知能犯についてはまったく関係ありません」

安東班長はきっぱりと言い切った。

「そうだったのか……」

田村弁護士は低くうなった。

安東班長はゆったりとしたほほえみを浮かべた。

少しも意外な顔つきではなかった。

班長は田村弁護士の勘違いを最初から予測していたのだ。それで、自ら鎌倉に行くと言い出したのだと政鷹は気づいた。

謝罪という訪問目的も政鷹が言い出さなければ、安東班長自身が提案したかもしれない。

瞬時黙って考えていた田村弁護士は、安東班長の顔を見て口を開いた。

「上がってくれ」

「よろしゅうございますか」

「ああ、ちょっと話したいことがある」

政鷹たちはリビングルームに通された。

大胆にスペースをとった窓には、七里ヶ浜の住宅地の向こうにヒヤシンスブルーの海がひろがっている。

政鷹たちと田村弁護士は明るいベージュのレザーソファに向かい合って座った。

「あんたらが済んだ話を蒸し返しに来たと思ったから、妻を一人で会わせるわけにはいかなかったんだ」

「済んだ話ですって？」

「知ってるんだろう？」

田村弁護士は探るような目つきを見せた。

「奥さまが《星港商会《せいこうしょうかい》》の不正経理に関係しているのではないかというお話ですね」

政鷹は遠回しではあるが、はっきりと告げた。

「はっきり言ったらどうだ。妻に業務上横領罪の疑いがあるとの噂を聞いたと」

田村弁護士は平然と笑った。

「いえ、そこまではっきりした話を聞いたわけではありません」

政鷹はあいまいに答えた。

「いずれにせよ、妻の行為が犯罪を構成することはないんだ。なぜならば、妻はちょっとおっちょこちょいなので、集金した金を会社に入れずに自宅に置きっぱなしにしたことはある。しかし、刑法第二五三条の業務上横領罪の第一の構成要件は『不法領得の意思』だ。判例によれば『権利者を排除して、他人の物を自己の所有物として、その経済的用法に従い、利用処分する意思』と解釈されている。妻はただルーズで、会社に入れるのがちょっと遅くなっただけなんだ。その金を不法領得の意思を以《もっ》て使ってしまった証拠はどこにもないんだぞ」

田村弁護士はつよい口調で言い放った。

「なるほど」

弁護士には勝てない。

「さらにすべての話は会社側も納得済みだ。すでに全額が会社に入っている」

おそらく絵智香の使い込んだ金を田村弁護士が支払って話をつけたのだろう。

「そうだったんですか……」

会社側が納得ずくとなると、被害者が存在しないわけであって立件はほぼ不可能だ。

「では、なぜ、わたくしたちを追い返そうとなさったんですか」

「ほら、警察なんてのは馬鹿だから、こんなケースでも調べる可能性がある。横領は親告罪ではないから、会社側の告訴がなくとも起訴は可能だからね」

「ですが、事実上、立件できない捜査となります」

「その通りだ」

田村弁護士は傲然と肩をそびやかした。

「繰り返しになりますが、わたくしどもは、業務上横領の捜査でこちらに伺ったわけではありません。神保眞美さんの不審死の件で参りました」

安東班長は重ねて言い切った。

「詳しく話してくれないか。どんな事件なんだ」

田村弁護士は身を乗り出した。

「はい、今年の四月二十日の土曜日に箱根のあるペンションに泊まっていた女性が翌朝、芦ノ湖で死体で発見されました。当初は自殺と考えられていたのですが、やや不自然な点が見つかって再捜査をしております」

「はははは、これは傑作だ」

突如として田村弁護士は大声で笑った。

「なぜお笑いになるんですか」

「四月二十日と言ったな」

田村弁護士は意地の悪い目で安東班長を見た。

「ええ、眞美さんは四月二十日の夜から二十一日に掛けて亡くなったのです」

「妻が眞美さんを殺せるとしたら、超能力しかない」

「どうしてですか」

「妻とわたしは四月十日から二十五日まで新婚旅行に行ってたんだ」

田村弁護士は、参ったかという顔つきでうそぶいた。

政鷹は一瞬、目の前が暗くなるような衝撃を受けた。

絵智香が眞美を殺した可能性はゼロとなった。

だが、安東班長は平然と答えた。

「それは動かしがたい事実ですね」

「そうとも。四月二十日頃はエーゲ海クルーズの真っ最中さ。人証も物証もトラック一台分は用意できるぞ。まずはクレタ島のビデオでも見るかい？」

勝ち誇ったような顔で田村弁護士は訊いた。

「いえ、それだけ伺えばじゅうぶんです」

「鉄壁のアリバイがあるんだ。あんたらの言い方によれば」

「ええ、おっしゃるとおりです」

安東班長は小さくうなずいた。

政鷹は言葉が出ないほどがっかりしていた。

「で、神保とかいう女とうちの妻が親しかったとはどんな話なんだ？」

「被害者の神保眞美さんは磯子《いそご》の《星港商会》にお勤めで奥さまとは同僚でした」

「同僚を一人一人訪ねて廻《まわ》っているのか」

「いえ……奥さまと被害者の眞美さんが、この二月に何度も会っていた記録が見つかりまして、それでどんなご用件だったか伺いたかったのです」

「いや、それは……」

しばらく考えていた田村弁護士は隣の部屋へと続くドアに向かって声を掛けた。

「おい、絵智香、聞いただろう。刑事さんたちに話してやりなさい」

「でも……」

隣の部屋から戸惑いがちな女の声が聞こえた。

絵智香はすべての話を聞いていたのだろう。

「いいんだ。二度とふたたびおまえにつきまとわないように本当のことを話すんだ」

ドアが開いて三十前の小柄な女が姿を現した。

絵智香は肉づきのよい肢体をネイビーのタイトなニットワンピースに包んでいた。派手なメイクに彩られた大きな瞳と厚い唇が精力的な印象を与える。いわゆる男好きのする顔立ちだろう。

絵智香はソファに近づくと田村弁護士の隣に座った。

「刑事特別捜査隊の安東と申します」

「どうも」

絵智香はしなを作ってかるく頭を下げた。

「会社をお辞めになる前の月に神保眞美さんと三回お会いになっていますね?」

「あのね、二月に眞美さんと会ったのは、営業売り上げの入金が遅れてるって言ってきたのよ」

厚い唇をゆっくりと動かしながら絵智香は甘ったるい声を出した。

いきなり上司に報告しなかった態度に、眞美の人柄のよさを感じる。

「つまり眞美さんは会社には内緒であなたに警告してくれたわけですね」

安東班長の問いかけに絵智香はこくんとうなずいた。

「そういうことね。二回目はこのままだと経理課長に報告しなきゃならないって脅してきたの」

「脅したわけではないと思いますが」

政鷹は思わず口をはさんだ。

絵智香は政鷹をきっと睨《にら》みつけると、急に気弱な表情に変わって続けた。

「だってほんと強気で言ってきたんだから……あたしすごく怖くなって、主人に相談したのよ。あ、そのときはまだ結婚してなかったけど」

「それでわたしがすべての始末をつけたんだ」

田村弁護士が相づちを打った。

「では三回目は？」

「ぜんぶ解決したからもうその話は忘れて、ってあたしから眞美さんに言ったの。それだけなのよ」

絵智香は確認を求めるように田村弁護士に顔を向けた。

「これで納得したかな」

「よくわかりました。伺いたかったのはそれだけです」

「もう二度と妻の前に顔を出さないと約束してくれ」

「約束します。この件では二度と伺いません」

安東班長ははっきりと答えた。

政鷹たちは田村邸を辞した。

三人とも無言でスマートに乗り込んだ。

「どこかでお昼していきましょ」

安東班長はやわらかい声で誘った。

「山を下ったところにファミレスがあります」

「行くよ」

政鷹の言葉に、亜澄は乱暴にスマートをスタートさせた。

モノレールの線路沿いのファミレスはガラガラだった。

窓の外で葉の落ちた雑木林が風に揺れている。

三人とも日替わりランチとコーヒーを注文すると、亜澄がいきなり切り出した。

「あの女の横領、なんとかできないんですか」

「無理ね」

安東班長は短く答えた。

「だってホスト通いをして会社のお金を使い込んで、その尻ぬぐいをいまの旦那にさせたわけじゃないですか。最低の女ですよ」

亜澄は鼻の先にしわを浮かべた。

「会社のお金に手をつけたとしても、すぐにこれを返す意思があって、実際に返せるだけの資力があれば、横領罪は成立しないのよ」

嚙んで含めるような安東班長の口調だった。

「資力っていっても、あの女のお金じゃないわけでしょ」

「田村弁護士が出したとしても、絵智香さんが用意できたわけだから、法的にはあまり変わらないの」

「あの旦那が弁護士でお金も持ってるから、色仕掛けでたらしこんで結婚をエサに弁償させたに決まってますよ。ああ、虫唾《むしず》が走る」

亜澄は大きく顔をしかめた。

「だけど、会社側が納得してるんだから、どうしようもないさ」

政鷹も思わず口をはさんだ。

「だって悔しいじゃない」

「だいたい俺たちは眞美さんの死の原因を捜査してるんだ。絵智香さんはアリバイもあるし、これ以上深追いする必要もないじゃないか」

「もう、伊達さんまで鼻の下伸ばして」

亜澄は頰をふくらませた。

「別に鼻の下なんて伸ばしてないよ」

心外な話だった。

「ああいう女に甘い男ってどうかと思うよ」

「俺のどこが甘いんだよ」

さすがに政鷹も腹が立ってきた。

「はい、その話はおしまい」

安東班長が間に入った。

「とにかく、田村絵智香の横領の件はわたしたちにはどうしようもない。そんなことより、絵智香さんの筋は完全に消えたね」

「そうなんですよ」

政鷹は肩を落として答えた。

「でも、いままで伊達くんと亜澄ちゃんが調べた事実を検証すると、眞美さんが自殺した可能性はほとんどないと言っていいでしょ」

「班長もそう思いますか」

「ええ、自殺の根拠となっている手帳の書き置きは遺書とは思えなくなってきたし、デジタル遺書だって犯人の偽装の恐れが強い。眞美さんが父親のそば屋を継ぐつもりで調理師免許を取るために専門学校に行こうとしていたことも自殺とは相容《あいい》れない。それに、二月下旬から三月下旬くらいまで眞美さんが元気がなかったという堀尾彩花《ほりおあやか》さんの証言についても、絵智香さんの使い込みに気づいていて心配していたからとしか思えない。ほかに自殺の動機を窺《うかが》わせるような事実はなにひとつ出てこないじゃない？」

安東班長はいままでの話を簡単に整理してくれた。

「そうなんですよね。ここまでくると、あたしも自殺とは思えなくなってきました」

亜澄もうなずいた。

「俺、もう一度、湖尻《こじり》に行ってみたいんです」

政鷹は安東班長の目をまっすぐに見つめた。

「現場百回が刑事の鉄則」

安東班長は冗談めかしてかたちのよい眉を動かした。

「ウソよ。でも湖尻の再捜査は必要かもしれない」

「眞美さんは採取禁止と知らずに湖尻にシドケ採りに行ったんじゃないかって気がするんです。たとえば、残された荷物のなかにLサイズのフリーザーバッグが八枚ありました。汚れ物を入れるためって言ったけど、八枚って枚数は多すぎる。これは採取したシドケを入れるために用意していたものであるような気がするんです」

「よく考えると、たしかにそんなにたくさん使うはずないね」

亜澄も賛成した。

「そうなんだよ……二十一日に父親のところへ立ち寄る予定になっていたのは、シドケをプレゼントしながら店を継ぐ意思を伝えようとしていたのではないでしょうか」

「たしかに自然な流れね。天ぷらにすればお父さんのお店で山菜天そばが出せるものね。春なら素敵なご馳走《ちそう》になるでしょう」

安東班長も大きくうなずいた。

「そうだとすると、採取したシドケが部屋に残されているべきはずなのに、その記録はありません。ミニシャベルか移植ゴテのようなものも残っていません。これも不自然です」

「手で掘るはずはないよね」

「そういうこと。それから……タブレットPCです。買い物メモや行動予定を書いたLight Writerなどもあるのに起《た》ち上げっぱなしってのは不自然な気がするんです」

「だから、それはデジタル遺書を後に残った人に見せたかったからじゃないの？」

亜澄の反論と同じことを考えていたわけだが、いまは違和感が大きくなっていた。

「なんで手帳の続きに書かなかったんだよ」

「そういえばそうね」

「デジタル遺書は誰が書いたかわからないわけです。睡眠改善剤にしたところで、薬局で売ってる薬ですから、誰でも入手できます」

「つまり、伊達くんはペンションの《くるみ》の部屋に残っていた証拠は、何者かが事後に偽装工作したと言うのね？」

安東班長は訊いた。

「そうとしか思えなくなってきました。とすると、いちばん怪しいのは《デル・ソーレ》の滝川《たきがわ》夫妻です」

「その通りね。動機はいまのところまったくわからないけれど……」

「さらに二人にはアリバイもあります」

この点がネックではあった。

「死亡推定時刻頃に常連客とお酒を飲んでいたんだったね」

「はい。ですが、何か見落としがあるかもしれません。滝川夫妻にもう一度会ってみます」

「でも、慎重に捜査を進める必要がある。とにかく湖尻にもう一度行きなさい」

「ありがとうございます」

「松ちゃんには、その常連客……」

「横浜市職員の大岡《おおおか》さんと永井《ながい》さんです」

「なんとか時間を見つけて、その二人に会って裏取りをしてくるように言っておきます」

「よろしくお願いします」

「頑張ってね。わたしを近くの駅まで送ってちょうだいな。その後は二人で仲よく箱根にドライブに行きなさい」

安東班長はほほえみながら命じた。

「わかりました」

政鷹と亜澄は声をそろえて答えた。


【2】


安東班長を小田急《おだきゅう》線の片瀬江ノ島《かたせえのしま》駅まで送って、二人は箱根へと向かった。

往路は順調だった。助手席の政鷹は、スマホを使って今日の捜査に必要となりそうないくつかの情報を集めた。

湖尻に向かう前に、政鷹たちは小田原市内のホームセンター《クオリティ》に寄っていった。

念のため、スタッフの池田輝雄《いけだてるお》のアリバイの裏取りをするつもりだった。

国道二五五号線で酒匂川《さかわがわ》を渡って一キロ弱進むと、右側に大きな看板が見えてきた。

手近な店員に頼むと、五分ほどして三十代後半くらいの大柄な男性がのっそりと現れた。

青いワイシャツの上にデニム地のエプロンを掛けている。

エプロンの胸には「店長　富田《とみた》」と記されたネームプレートをつけている。

富田店長は、丸顔の好人物そうな男性だが、眉をひそめてけげんな顔で訊いた。

「わたしにご用があるんですって？」

政鷹が警察手帳を提示して名乗ると、小さな目を見開いてオドオドと尋ねた。

「え？　警察の方ですか」

「ちょっと伺いたいことがありまして……」

富田店長は周りをちょっと見渡してから声をひそめた。

「……まぁ、裏にどうぞ」

案内されたのはスチール製の軽量棚がズラリと並んだバックヤードだった。

「湖尻のペンション《デル・ソーレ》のスタッフの池田輝雄さんをご存じですよね」

「輝雄が何かしたのですか」

富田店長は不安そうに額に縦じわを刻んだ。

「いえ、そういうわけではありません。実は四月二十日の夜に芦ノ湖で亡くなった神保眞美さんの事件を調べております」

「あれはたしか自殺ではなかったのですか」

「ちょっと疑問点が出て参りまして再捜査をしております」

富田店長は急に明るい表情に変わった。

「いや、その件だったら、あいつは無関係ですよ。あの晩、輝雄はわたしとずっと一緒にいましたから」

「《デル・ソーレ》の滝川さんもそうおっしゃっていましたが、間違いありませんか」

「ええ、その女性の自殺があったんで間違えるはずはありません。あの日、輝雄は二軒ほど契約農家さんを廻ってブロッコリーやカリフラワー、レタスなんかを仕入れてから、六時頃にわたしのところに来ました。明日は予約が入っていないからと言って、うちの店の荷ほどきを手伝ってくれたんです」

「ボランティアですか」

「そうですよ。八時くらいまで手伝ってくれたんで、近くの居酒屋でおごったんです。で、コンビニでビールを買ってきて、そのままここの事務所で飲み続けて……」

富田店長は磨《す》りガラスで仕切られた一角を指さした。

「夜中まで飲んで二人ともあそこのソファで寝込んでしまいました。気づいたら、外が明るくなっていましたね」

「よく事務所で飲み明かすんですか」

「輝雄があのペンションに来て三年ですが、年に六、七回ですかね。わたしは独り暮らしなんでいい飲み相手ですよ。いや、うちは本社が名古屋なんで、家族はあっちにいましてね」

「単身赴任なんですね」

「ええ、小田原は食い物は美味《うま》いけど、遊びに行くような気の利いたところも少ないし、ま、そんな金もないですからね」

「池田さんはよくこちらの仕事を手伝ってくれるんですか」

「ええ、二人で飲むときはたいていそのお礼の気持ちです。あんないい子はなかなかいないですよ。そもそも最初はただのお客だったんですから」

「なぜ親しくなったんですか」

「輝雄はペンションで使う日用品や補修材料などを買いに来てるんですが、なにしろ親切な男です。年寄り客がまごついていると、買い物につきあってあげたり、赤ちゃんが泣いて困っている母親がいると、飛んでいって子どもをあやしてやったり……それから正義感も強くて、レジで理不尽なクレームを入れている客がいると、店員との間に入ってそんな客をたしなめてくれたりするんです。だから、うちの従業員はみんな輝雄が大好きですよ。契約農家さんにも聞いてみてください。大人気だから」

「池田さんが湖尻で道に迷ったお年寄りを宿まで送ってあげるところをわたしも見ました」

「あ、刑事さんもそんなところに出くわしたんですね。いつもそんななんですよ。とにかくあいつほど気持ちのいい青年は少ないと思いますよ」

輝雄はあちらでもこちらでも評判がよいようだ。

「やっぱり素敵な人なんですね」

亜澄がうっとりとした声を出した。

「まぁ、高校生くらいの頃はグレてたって話も聞いたけど、逆にその反省からあんな立派な男になったんでしょうね。わたしなんか輝雄を見てると自分が恥ずかしくなってきますよ」

「グレてた……それはどんな話なんですか？」

富田店長はちょっと顔をしかめた。

「口が滑りました。まぁ、警察で調べたらわかるでしょうけど、なにかの罪で少年院に入っていたことがあるらしいですよ」

「いまはそういった行動は見られないんですね」

「まったく。とにかくあいつはいいヤツです」

富田店長は太鼓判を押した。

いずれにしても完璧なアリバイがある以上は、これ以上、輝雄について調べるのは無意味だった。

富田店長に礼を言ってホームセンターを出ると、二人は一路、湖尻を目指した。

「まずは太田《おおた》さんのところに寄ってくのね」

桃源台《とうげんだい》駅のロープウェイの下をくぐったあたりで亜澄が訊いてきた。

「今日は駐在所には寄らずに、まずは現場に行ってみよう」

「なんで？」

「俺にちょっと考えがあるんだ」

一昨日《おととい》、柳生《やぎゅう》は太田駐在に「寄ってくれ」とつよく促していた。なにかの相談をしたかったのだろう。もしかすると、太田駐在のところに寄ると、事前に政鷹たちの来訪を二軒のペンションに告げてしまうかもしれない。

こころの準備が整っていない相手のところにいきなり訪れて攻勢を掛けるのが刑事の仕事の基本的なやり方だ。

「いいけど……クルマはどうするの？」

「湖尻新橋を渡ったところにゴルフ場があったよね。理由を話してあそこの駐車場に駐めさせてもらおう」

「了解」

ゴルフ場の受付はにこやかに承諾してくれた。

クルマを駐めた政鷹たちは初めに湖尻水門近くの浜に下りてみた。

火曜日とは違って斜面の道は乾いていて歩きやすかった。

芦ノ湖の水は今日も小さなさざなみを立てて薄青に澄んでいた。

湖面を眺める政鷹の頭のなかには何かがモヤモヤと渦巻いていた。だが、その正体ははっきりとしなかった。

政鷹たちは広場から芦ノ湖西岸歩道を歩き始めた。

天気はいいが、湖上を渡ってくる風が肌を突き刺す。ラゲッジスペースに放り込んでおいたダウンジャケットが役に立った。

「こんな格好でうろついていて、変だと思われるでしょうね」

「それほど変な格好でもないだろ」

スーツの上にダウンジャケットはセンスとしてはどうかとおもうが、通りがかりの人が振り向くほどおかしな格好ではなかろう。

「やっぱり素敵な子だったね」

「池田輝雄か。少年院入院歴があるとは思わなかったな」

「そこがまたいいよね。前非を悔いて人にやさしくできるなんて」

「彼みたいにきちんと更生してくれる若者ばかりならいいんだけどな」

犯罪を扱った刑事が一番悲しいことは再犯である。少年犯罪ではその悲しみは成人よりもはるかに大きい。

平日とあってしばらく歩き続けても、ハイカーの姿も釣り客の姿も見られなかった。

前方からガツン、ガスッという音が響いてくる。

やがて《デル・ソーレ》のパウダーブルーの壁が見えてきた。

ウッドデッキの横でブルー系のネルシャツ姿の男が薪を割っている。

輝雄だった。

ひどく真剣なその横顔は、声を掛けるのがためらわれるほどだった。

「池田さん」

それでも政鷹が呼びかけると、輝雄は顔を上げて政鷹を見た。

「あれぇ」

輝雄は素《す》っ頓狂《とんきょう》な声を出した。

「こんにちは」

政鷹はにこやかにあいさつした。

「火曜日に来た刑事さんですよね」

親しげな笑みを浮かべて輝雄は額の汗を拭った。

「ええ、あのときはどうも」

「今日は?」

「実は報告書に写真を載せなきゃいけないんですが、前回撮ったのがダメで撮り直さなきゃならなくて……上司に叱られましてね。俺、カメラ下手なんですよ」

「だからあたしに任せればいいのに意地張っちゃって」

亜澄は調子を合わせた。

「室内だとどうしてもブレちゃうんだよなぁ」

政鷹は頭を掻《か》いた。

「へぇ、大変なんですね」

輝雄は好意的な笑みを浮かべた。

「もうチェックインの時間ですね……お忙しいかな」

腕時計を見ると、三時をまわっていた。

「クリスマス近くまでは十二月の平日は開店休業に近いんですよ。今日も予約が入っていないんで、俺も薪割りなんてしてるんです」

輝雄は両手をパンパンと叩《たた》いて埃《ほこり》を落とすと、軍手を外した。

「さぁ、どうぞどうぞ」

「お忙しいのにすみませんねぇ」

笑顔で応えると、輝雄は戸口から駆け込んで奥へ叫んだ。

「マスター、刑事さんたちが見えましたよ」

しばらくすると、前回と同じヒッコリーストライプのエプロンを掛けた滝川夫妻が出てきた。今日も二人は長袖のポロシャツにデニムだった。

「この前撮った写真がブレちゃってダメだったんだって」

輝雄が先んじて説明してくれた。

「そうですか。まぁお入り下さい」

滝川はあいまいな顔でうなずいた。

「ご迷惑をお掛けします」

政鷹は頭を下げて室内に入った。

「食堂と《くるみ》のお部屋を撮らせて下さい」

「どの部屋でもご自由にお撮りになってください」

滝川はにこやかな笑みを浮かべた。

食堂に入った政鷹はわざとストロボを焚《た》いて何ショットか撮った。

写真の失敗は、もちろん再度の訪問の下手な言い訳だった。滝川夫妻が信じなくても、とりあえず角が立たない理由づけを提示できればいいと思っていた。

「あのお客さん、自殺で解決したんですよね」

紀美《のりみ》が不安そうな面持ちで訊いた。

「ほぼそうなのですが、いくつか疑問点が残っておりまして」

政鷹の答えに滝川がすばやく反応した。

「疑問点とおっしゃるのは、どんなことなんですか」

「まずは動機がさっぱりつかめないのです。それに眞美さんの二十一日以降に入れていた予定などが自殺と相容れないのですよ」

「でも、遺書や睡眠改善剤があったわけですし……」

滝川は顔色を曇らせた。

「わたしもそれで決まりだと言ったんですが、なにせ上司が細かいことにこだわるタイプでしてね……」

上司のせいにするのは、相手が不快感を感じているときの政鷹の常套《じょうとう》手段である。

「そうなんです。鬼女なんです」

亜澄が調子を合わせた。

政鷹はわざと大きく咳払《せきばら》いをした。

「あら、上司の方は女性なんですか」

「珍しいですね」

滝川夫妻がそろって驚きの声を上げた。

「ええ、直属の上司は女性です。性格なのか、これが実に細かいんですよ」

やりきれないんだという顔を政鷹は作った。

「おまけにすごく疑り深くて、あたしたちが苦労して調べてきたこともすぐには信用しないんです。こういう上司だとつらいんですよねぇ」

亜澄はますます調子に乗って顔を大きくしかめてみせた。

安東班長はくしゃみをしているだろう。

「いろいろとご苦労が多いんですね」

「まぁ、警察は組織なので仕方がないのです。こちらのようにご自分の城をお持ちの方がうらやましいですよ」

「たいした城ではありませんがね」

滝川は照れたように答えた。

「で、この上司は、なんでも裏をとらないと気が済まないんです」

「裏をとると言いますと？」

「ある証言があったとしますね。それを別の証言や証拠で確実なものとする捜査技法です。たとえば眞美さんと夕食をご一緒した横浜市職員の大岡さんと永井さんのところにも、いまごろわたしたちの仲間が伺ってお話を聞いているはずです」

政鷹は反応を見たが、滝川夫妻は少しも動じているようすはなかった。

「刑事さんのお仕事は本当に大変ですね」

「ほかの仕事があるなら転職したいくらいですよ」

むろん政鷹の本音ではない。

「《くるみ》のお部屋の写真もいいですか？」

「もちろんです」

滝川が先頭に立って政鷹と亜澄は階段を上った。夫人と輝雄は食堂に残った。

政鷹は部屋の写真も何枚か撮った。

「そうそう、捜査の過程でシドケという山菜が出て参りましてね」

政鷹は何の気なく言って滝川の顔を見た。

「シドケですか……」

滝川の顔に緊張が走った。喉仏が小さく震えている。

(オレ！ ¡Olé!)

脳裏でファルセータが鳴った。

政鷹はゆったりと気楽な雰囲気で話を続けた。

「ええ、知りませんか？ 正式名称はモミジガサだそうなんですが、この湖尻にも自生しているようですが」

「さぁ……わたしのところはご存じの通りイタリアンをお出ししているので、山菜のことは暗くて……」

滝川は懸命に平静な声を出しているようだった。

「実は眞美さんは、シドケを採るためにこちらに宿泊したようなんです。宿泊の目的などは聞いてませんでしたか」

政鷹は滝川の目をじっと見つめた。

「さぁ、わたしにはよくわかりません」

滝川の目が泳いだ。

前回の質問で滝川は眞美の宿泊の目的について「とくにそのようなお話はされていませんでした」と答えているので、厳密には嘘をついていることになる。

「残された遺品のなかに山菜や山菜採り用の移植ゴテなどが見当たらなかったんですよ……到着時にそんなものを持っていませんでしたか」

「たぶん持っていなかったと思います」

「国立公園内なので山菜の採取は禁止だそうですよね」

「わたしは法律についてはよく知りません」

声は平静に戻ったが、滝川はかなり動揺している。

看板の字が消えかかっているとは言え、西岸歩道の入口に出ている看板の内容を知らないはずはない。

「こちらで三年もお宿をやっていらっしゃるのでご存じかと思っていましたが」

「いいえ……でも、そんなことが何か意味があるんですか」

「自殺する直前に山菜採りは妙だ、って上司がこだわっているんですよ。妙だと思いませんか」

「わたしに訊かれてもお返事のしようがないです」

滝川の声が尖《とが》った。

これはある意味あたりまえの反応だ。

「いや、これは失礼。上司がうるさいもんでつい……」

「ほんと、うるさくて困っちゃってるんです」

亜澄が合いの手を入れた。

「もうよろしいですか。今夜は予約は入っていませんが、これからプロシュートを仕込まなきゃならないので」

滝川は迷惑そうだった。

「わぁ、イタリアンハムですね」

亜澄がわざとらしく歓声を上げた。

「ええ、うちはハムもサラミも自家製をお出ししています」

「今度食べに来たいです」

「そうですね。ぜひ……」

気乗りのしないようすで滝川は答えた。

滝川は戸口まで送ってくれた。紀美と輝雄の姿はなかった。

「お忙しいのにありがとうございました。二度もおつきあい頂いて恐縮です。この後、栈橋の写真も撮りたいのですが」

「おつきあいしませんが……」

「ええ、勝手に撮って廻りますので」

深々と頭を下げる滝川を残して政鷹と亜澄は建物の角を曲がった。

「ね、ね……ヒットっぽいね」

耳もとに口を寄せて亜澄がささやいた。

「ああ。滝川が嘘を吐いているのは間違いない。彼は何かを隠している」

「参考人として任意で引っ張っちゃえば」

亜澄の乱暴さには驚くしかない。

「おいおい、何の罪で引っ張るんだよ。嘘を吐いただけでは犯罪じゃないぞ」

「刑法一九九条」

亜澄は声をひそめた。

「あり得ないよ。俺たちはまだ眞美さんが殺された確証もつかんでいない。村上《むらかみ》医師が作成した死体検案書だって立派な証拠だ。いまのところ公には眞美さんの死は自殺なんだ」

「でもすごく怪しいよ」

「もちろん滝川は怪しい。だけどまずは、どんな経緯で眞美さんが死んだのかの仮説を組み立てなきゃならない。班長も慎重に捜査を進めろって言ってたろ」

「そうだったね」

さすがに亜澄も旗を巻いた。

「隣へ行ってみよう」

「え？　栈橋じゃなくて」

「栈橋は後回しにしよう。この前会えなかった奥さんとお嬢さんに話を聞かなきゃならない」

政鷹は先に立って《湖畔の森》の玄関へと歩き始めた。

ダークブラウンの板壁が美しい山小屋風の玄関には、真鍮《しんちゅう》製のクラシックな呼び鈴が吊《つる》されていた。

「すみません。こんにちは」

呼び鈴のヒモを引きながら政鷹は屋内に声を掛けた。

「はぁい」

しばらくすると、白い扉が開いて柳生がひょっこりと出てきた。

この前と同じようにチェックのネルシャツ姿だった。

「おや、火曜日に見えた刑事さんたちだね」

警戒感を押し隠すように柳生は驚いてみせた。

「先日はどうも。今日は奥さまとお嬢さまはご在宅でしょうか」

「ああ、いるよ」

柳生はちょっと無愛想に答えた。

「先日お会いできなかったので、お話を伺いたいと思いまして」

わずかに沈黙があった。

「いまここへ呼ぶから、なかへ入ってくれ」

柳生は言いしな、奥へ入っていった。

屋内に入ると、玄関はきちんと片付いていて、奥に続く廊下の壁には釣りのロッドや魚拓が飾ってある。こちらの宿は釣り客がメインなのだろう。

燻製《くんせい》なのか魚を焼いたものなのか、室内には煙の匂いが染みついている。

廊下の奥にツキノワグマの剝製が飾ってあるのが印象的だった。

すぐに二人の女性が姿をあらわした。

「火曜日に見えた県警の刑事さんたちだ。四月にほれ、お隣のお客さんが自殺した一件を調べてるんだそうだ」

柳生は渋い顔つきで政鷹たちを紹介した。

政鷹と亜澄は次々に名乗った。

「はじめまして恵子《けいこ》と申します」

緑色のエプロンを掛けた五十代半ばの女性は、色白でふっくらとしていて人がよさそうに見える。

「真理恵《まりえ》です」

黒いTシャツの上にデニムジャケットを羽織った娘のほうは三十歳前後か。切れ長の目が印象的な中背の女性だった。

二人ともいくぶん硬い表情をみせているが、これは刑事に見せるふつうの反応だ。

「半年以上前の話なので申し訳ないのですが、お二人が四月二十日の夜に神保眞美さんを目撃されたとご主人さまから伺いました。そのときのことについて詳しくお話し頂きたいのです」

政鷹の申し出に恵子はありありと戸惑いの色を浮かべた。

「あの……自殺と聞いていますが」

「ちょっとだけ納得できない点が出てきましてね。念のために奥さまとお嬢さまの目撃証言を再確認したいのです」

二人は顔を見合わせた。

「お二人ご一緒にご覧になったのですよね」

「はい、わたしと娘の二人で生ゴミや瓶缶を外に捨てにいきました。あの日はお客さまが多かったので、かなりの量が出まして……食堂の時計が鳴ってすぐなので、ちょうど十時頃だと思うのですが……女性がお隣の桟橋に座っている姿を見ました」

恵子はわりあいなめらかに説明した。

「それが神保眞美さんだと断言できますか」

「断言と言われても……」

恵子はかすれた声で答えた。

「そんなことを素人に訊くなよ」

柳生が角のある声で割り込んだ。

「申し訳ないが、黙っていてください」

政鷹はぴしゃりと遮った。

「お嬢さんはいかがですか？」

真理恵の目をまっすぐに見つめて政鷹は訊いた。

「あの……ピンクの中綿ジャケットだったし……そう……ちょっと薄めのピンクのドット柄が散っていて……それが月明かりでよく見えたんです」

「ピンクの中綿ジャケットだったので神保眞美さんだと思ったのですね」

「ええ……そうです。あのときも警察の方にお話ししましたけど」

真理恵はしっかりとした口調で答えた。

「警察じゃわかってる話なんだろ。なんでいまさら蒸し返すんだよ」

柳生は口を尖らせて抗議した。

「黙ってないと捜査妨害とみなしますよ」

政鷹は柳生を睨みつけて低い声で脅した。

柳生は気まずそうな顔で口をつぐんだ。

「では、お二人に伺います。月はどのあたりにありましたか」

二人はふたたび顔を見合わせた。

「そうですね……向こう岸の湖尻遊覧船乗り場と駒《こま》ヶ岳《たけ》の間くらいでしょうか」

「うん、そうそう。そのあたりかな」

恵子の言葉に真理恵もうなずいた。

調べてある当日の月の出は十九時十分頃で、方位は一〇四度だった。二人の証言は大筋では食い違ってはいなかった。

「おい、まるで尋問だな」

柳生は顔を大きくしかめた。

「いちおうこれは尋問なんですよ。奥さまとお嬢さまの目撃証言は、神保眞美さんの最後に確認できる生存時刻を証明するとても大切なものなのです」

政鷹の答えに柳生はうつむいてしまった。

「では、眞美さんを目撃したときに、ほかに気づいたことはありませんか」

「え……」

恵子は虚を突かれたような顔をした。

真理恵も首を傾《かし》げている。

「いえ、けっこうです」

柳生は二人から眞美がデジタルカメラを持っていたと聞いたと話していた。

忘れる内容とはとても思えない。

今回の質問を通じて、二人の目撃証言のすべてが真実とは考えられなくなった。

「奥さま、恐縮なのですが、コンポストとストックヤードの場所にご案内頂けますか」

「わかりました」

恵子は緊張した面持ちでうなずいた。

「あ、ご主人とお嬢さんはけっこうです。奥さん、寒くない格好をして下さいね」

「いえ、ちょっとの間なら大丈夫です」

政鷹たちは玄関から表に出て建物の裏に回った。

建物の北側には勝手口と思《おぼ》しき扉があった。

「この扉の向こうは厨房《ちゅうぼう》なのですね」

「ええ、いつもここから外へ出て生ゴミを捨てます」

扉から十歩くらい湖畔寄りの位置にアイボリーのスチール物置を使ったストックヤ

ードが設置されており、すぐ横には緑色のコンポストが埋設されていた。

右下に《湖畔の森》の桟橋があって、左の方向に視線を移すと五十メートルほど向こうに《デル・ソーレ》の桟橋が見えた。

「ここです。ここから見たんです」

恵子は隣の桟橋を指さした。

「えっ……」

亜澄が小さく叫んだ。

「どうかした?」

「いえ……別に……」

なぜか亜澄は言葉を濁した。

「主人はああいう人なんで申し訳ありません」

気まずそうに恵子は詫びた。

「いいえ、まったく気にしておりません」

「お忙しいところありがとうございました」

恵子は何度か頭を下げて玄関のほうへ帰っていった。

「あのね……」

言いかける亜澄を政鷹は右の掌《てのひら》で制した。

「西岸歩道を少し歩こうか」

「これから？」

「うん、深良《ふから》水門まで行ってみようかと思ってね」

「いいけど……」

「十分程度だ。歩きながら話そう」

政鷹たちは葉の落ちた雑木林のなかに続く道を歩き始めた。

「あの人、たぶんウソを言ってる」

「恵子さんか」

「そう……あたしね、平塚で三代続く呉服屋の娘なの」

亜澄はいきなり妙なことを言い始めた。

「それは初耳だ」

「でね、小さい頃から色とか模様に興味があって、うちの店で扱ってる着物をはじめとしていろんな色や柄を研究していたの。本当はアパレル関係に進みたかったんだけど、いろいろあって横須賀《よこすか》にある県立保健福祉大学の看護学科に進学したんだ」

「え？　じゃあ看護師資格持ってるのか」

「うん、国家試験通ってるよ」

政鷹は驚いて亜澄の顔をまじまじと見た。

ないかもしれない。

　どちらも苦労の多い仕事だし、看護師より警察官のほうが給料が高い場合は少なくないかもしれない。

「もったいないな」

「それなのに、どういうわけか刑事になっちゃった」

「俺もギタリストになるはずが刑事になった」

「そう言やそうだ」

　亜澄は声を立てて笑った。

「それで？」

「小学校高学年くらいの頃に気づいたんだけど、あたし、ほかの子よりずっとたくさんの色が識別できるし、細かい柄もすぐに認識して再現もできるの」

　亜澄の声は自慢げには聞こえなかった。

「初日に班長のレザージャケットの色のことを話していたな。松浦さんもそうだったけど、俺にもジャケットとパンツは同じ黒にしか見えなかったよ」

「あれみんなはわからなかったみたいね……あんなに違うのに」

「すごいな」

　亜澄はちょっと頬を染めて言葉を続けた。

「色の識別については細かい理窟もあるんだけど、面倒くさいし捜査に関係ないから、いつか話すね。結論から言うと、あの場所から月明かりでドット柄は識別できないと思う」

「本当かい？」

「うん、さっき桟橋に立っていたのぼりを見たのよ」

「ああ、太陽の模様が染め抜いてあるやつか」

「太陽のイラストってさ、まわりに放射状の炎みたいのが描いてあるじゃん。あののぼりの炎は、陰影を表現するために白と明度の違う三色の黄色で描いてあったんだ」

「本当かよ」

政鷹は少しも気づかなかった。ただ、黄色とだけ認識していた。

「伊達さんがちゃんと見てないだけのこと。ちゃんと見ればあんなの誰だってわかるよ」

「俺、美術センスないからなぁ」

「ほら、見て」

亜澄は五十メートル離れた《デル・ソーレ》の桟橋ではためくのぼりを指さした。

「いまはまだ夕暮れ時だけど、その三色の黄色の区別があいまいなのよ。本当は四色なのに、白と黄色の二色に見えてる」

政鷹は目を凝らした。

太陽の炎を見てもたしかに白と黄色にしか見えない……。

「だから、いくら満月の次の日だっていっても、月光でピンクの同系色の薄いドット柄なんてわかるはずない」

亜澄の声には自信があふれていた。

恵子と真理恵の証言には怪しいところがあったが、すべてが偽りなのか。

「つまり恵子さんたちはピンクの中綿ジャケットの女性なんて見ていないってことか」

政鷹は弾んだ声で訊いた。

「絶対そうだと思う。実験してみればたしかなんだけどね。伊達さんにピンクのドット柄の服着せてあそこに立たせれば一発でわかる」

「では十時の生存はウソか……」

「あたしには作り話にしか思えない。後から眞美さんの遺体が着ていた中綿ジャケットを見て目撃証言をでっち上げたんだよ」

政鷹はあらためて亜澄のちまっとした顔を見つめた。

彼女にこんな鋭いところがあるとは思いもしなかった。

「亜澄ちゃんの言うとおりだろう……そうすると、眞美さんの生存は夕食の時に横浜市職員の二人が見たのが最後となるな」

「そうだね。七時くらいが最後ってことになるね」

「しかし、なぜ《湖畔の森》の恵子と真理恵は偽りの目撃証言をしたのだろう。さっきのようすでは柳生も同腹のように思えるんだ」

「そう思う。誰かをかばっているんだろうね」

「おそらくは滝川夫妻だな……」

十時の目撃証言がウソということになると、九時半から常連と飲んでいた滝川夫妻のアリバイは怪しいものとなる。

政鷹は事件を一から考え直す必要を感じていた。

《デル・ソーレ》の滝川一郎《いちろう》は明らかに嘘を吐いている。さらに、《湖畔の森》の三人も嘘の証言をしている。

どう考えても眞美の死は自殺などではあり得ない。

何者かが彼女の若い生命《いのち》を奪ったのだ。

真犯人はいったい誰なのか。

二軒のペンションの六人のうち、たしかなアリバイがあるのは《デル・ソーレ》のスタッフ、輝雄くらいのものである。

ペンション以外の者の犯行は考えにくいだろう。

しかし、では殺害動機は？

物盗《ものと》りではないし、一見《いちげん》の客に怨恨があるとは思えない。

考えながら歩いているうちに、深良水門に下る分岐点があらわれた。

湖畔の方向へ下りると、あたりが少し開けて立派な水門が見えてきた。

かたわらには赤御影石の記念碑も建てられている。

一台の銀色のスクーターが駐まっていた。

水門から背後の外輪山方向にコンクリートの水路が延びていて通路は橋のようになっていた。

橋の上で政鷹たちは立ち止まって、水路を眺めた。滔々《とうとう》と流れ出る湖水は、静岡県に続くトンネルへと入ってゆくのだ。

「あたしの色彩感覚の話、変だって思わなかった？」

とつぜん、亜澄は訊いてきた。

「いや、まったく思わない。人間って何かの感覚に秀でていることがよくあるよ。俺はさ、いわゆる絶対音感があるんだ」

「へぇ、いろんな音が音名で聞こえるんだよね」

「うん、電車の発車ベルなんかはもちろんなんだけど、風が生み出す虎落笛《もがりぶえ》から変電室のトランスのうねるような低い音も音名に聞こえる……ほら、この水路を流れる水音はＦ２を中心の音だよ。低いファだね」

亜澄は口をぽかんと開けた。

「すごいね。ミュージシャンには必要なものなの？」

「いいや、そんなことはないよ。絶対音感は音楽家にとってそれほど大事じゃないと思う」

そのとき、下の湖岸から一人の老人が上ってきた。

「もうすぐ陽が暮れるよ。デートもいいが、暗くなると危ないから帰んなさい」

七十歳くらいの老人は明るい声音で呼びかけてきた。

薄青のボアジャケットの胸に《芦ノ湖釣りセンター》のオレンジ色の刺繍《ししゅう》が見えた。

「失礼ですけど《芦ノ湖釣りセンター》の方ですか？」

「そうだよ」

「何をなさっていたのですか」

「芦ノ湖は十二月十五日から禁漁なんで、その立て札を立ててきたんだ。この深良水門のあたりはいいポイントだから、釣り客が集まるんでね。あんたらは釣りしそうには見えないね。まぁ、ネクタイ締めて釣りする人はいやしないやな」

老人は剽《ひょう》げて片眉をひょいと上げた。

この老人から何かが聞き出せるかもしれない。

「実はわたしたちは警察の者です」

「おいおい、俺は捕まるようなことしちゃいないぜ。賭け麻雀《マージャン》だってもう何年もやってねぇ。もうありゃ時効だな」

老人はとぼけて笑った。気さくな人物のようである。

「四月二十一日の朝に湖尻水門で遺体で発見された女性について調べているんですよ」

「ああ、この前、太田駐在さんと一緒にここらを廻ってたってのはあんたらか」

老人は得心がいったようにうなずいた。

「そうです。そうです」

「かわいそうなことしたな。まだ若い子だったのにな。湖に浮かんでる姿も見たし、引き揚げられたのも見た。太田さんに頼まれて二軒のペンションにご注進に行ったよ。あのイタリアペンションの泊まり客だったんだってな」

「もしかして西尾《にしお》さんですか」

「そうよ、俺は西尾よ。湖尻じゃ、ちったあ有名なんだぜ」

西尾は嬉しそうに答えた。

「芦ノ湖の専門家に伺いたいんですが」

「へへへ、兄ちゃん世辞が上手《うま》いじゃねぇか」

「お世辞じゃないですよ。あの事件でなにか気になることはありませんでしたか」

「そうさなぁ……」

西尾はあごに手をやって考えていた。

「ひとつだけあるな」

「なんでしょうか」

政鷹は身を乗り出して訊いた。

「あのお姉ちゃんは、滝川さんとこのボートを漕ぎ出して身投げしたって話だったよな」

「ええ、そう聞いています」

「いったいどこから身投げしたんだろうな」

「と、言いますと？」

「だってよ、ボートはこの深良水門にぶつかって止まってたんだぜ」

「そうですね」

「なのに、なんで遺体は湖尻水門なんかに浮かんでたんだよ」

「ど、どういうことですか」

政鷹の舌はもつれた。

「たとえば、あのイタリアペンションの桟橋あたりで身投げしたんなら、遺体だって深良水門に流れてくるはずなんだよ」

政鷹はあっと声を出しそうになった。

「水流はこの深良水門に向かって流れてるんですね」

「そりゃそうさ。湖尻水門は閉まってて水は流れてない。深良水門はこの通りだ」

橋の下の水路の流れが急に激しくなったような錯覚を政鷹は覚えた。

「どのあたりだったら、遺体が湖尻水門に流れる可能性があるんでしょうか」

少し震え声になって政鷹は訊いた。

「そうだな、湖尻水門から来て最初の兵《へい》ゴ鼻《はな》あたりかなぁ」

「鼻ってのは小さい岬の意味ですよね」

「そうだよ。あそこから北側は小さな入江になってるし、ほとんど水流がないから、あのあたりで身投げすりゃ湖尻水門のブイに引っかかっててもおかしくないよ。でも、そうなると、おかしいのはボートだよ。あの入江からならボートだって湖尻水門に引っかかるはずだ。それがなんで、ボートだけ深良水門に流されていったんだ」

「なるほど、なるほど」

「いま気づいたんだけどよ、もうひとつ変なことがあるよ」

西尾は眉間にしわを寄せた。

「なんですか」

政鷹は期待に満ちて尋ねた。

「オールさ」

「オールですか」

政鷹は思わずオウム返しに訊き返した。

「うん、貸しボート置いてるところは、どこだってオールはしまっとくもんだ。でないと、勝手に乗って出る馬鹿がいるからな。当然ながら滝川さんとこだって、夜はオールなんて出てないだろ。とすりゃあお姉ちゃんはボートを漕げないわけだ」

「そうなりますね」

「だったら舫《もや》いをほどいたら、そのまま深良水門に吸い寄せられるはずだよ。ボートを湖尻水門側に漕ぎ寄せるなんてこたぁ、どだい無理な話だ」

「完全に不自然ですよね」

政鷹は胸の奥がうずうずしてきた。

「でもなぁ、俺は子どもの頃からこの湖尻で育ったんだが、いろいろ不思議な場面に出っくわしてるからなぁ。たとえば、湖面に大きな……それこそ二十メートルもある大渦が渦巻いてるのも見たことがある。ありゃあきっと湖の神さまだよ」

「芦ノ湖の神さまはどんな方なんですか」

「そりゃあおめぇ、龍神さまに決まってるだろ。箱根権現さまの守護神は九頭竜《くずりゅう》なんだからよ」

明治の神仏分離によって箱根権現は箱根神社となったが、地元の人はむかしからの名で呼んでいるようだ。

「な、なるほど……」

「だからそんなこんなも、みんな湖の神さまのいたずらかもしんねぇな。そもそもあのお姉ちゃんは龍神さまの人身御供《ひとみごくう》つうか、生け贄《いにえ》になったのかもしれねぇよ」

西尾の顔はまじめそのものだった。

「西尾さん、感謝します。大変に参考になりました」

政鷹は深々と身体を折った。

「いや、警察に協力するのは市民の義務だからよ」

冗談めかして西尾は答えた。

「ありがとうございます」

亜澄も丁寧に頭を下げた。

「いや、こんな別嬪《べっぴん》さんに礼を言われると嬉しいねぇ。でも、あんたも龍神さまに見込まれるといけないから早く帰ったほうがいいな……ははは」

西尾はスクーターにまたがると、薄青の排気ガスを残して去っていった。

西岸歩道は一般車両進入禁止だが、地元の管理者だけに許されているのだろう。

「ひとつはっきりしたね」

「眞美さんは龍神の生け贄になったのね」

「蹴るよ」

「えへへ……」

亜澄は奇妙な笑い声を出した。

「要するにボートは犯人の偽装工作だったんだ。眞美さんが水に入ったのはペンションからずっと北側の最初の入江付近と考えられる。それをごまかそうとした誰かがボートの舫いを解いて湖水に漂流させたんだ」

「なんのためにそんな偽装工作を行ったのかな」

「それがわからない。ただ、ボートを漂流させたのはおそらくは滝川だな」

捜査が大きく進展したのはたしかだ。

「だけどあのおじいちゃんと会えてラッキーだったね」

「そうだな。ここで西尾さんと会えたのは運がよかった」

「龍神さまのお引き合わせよきっと」

「贄に亜澄を捧げなきゃな。痩《や》せこけてるから不味《まず》いって嫌うかもな」

「バカ」

亜澄は政鷹の向こうずねを蹴るマネをした。

「西尾さんが言ってた兵ゴ鼻のあたりに行ってみよう」

「了解なり」

政鷹たちは二軒のペンションの前を息をひそめて通り過ぎた。

二軒とも屋外に人影は見えず、気づかれるようすはなかった。

十分ほどで西尾が指摘したいちばん北側の兵ゴ鼻のあたりに辿《たど》り着いた。

湖岸の方向に下りる獣道よりはマシなくらいの踏み分け道があることに気づいた。

「下りてみるか」

踏み分け道は、胸ほどの丈がある枯れ草のなかを、かなり急な傾斜で二十メートルほど下って浜に下りていた。

道の両脇の林のなかにはゴツゴツとした火山弾の岩があちこちに露出していた。

浜に下りると、湖面はすでに夕映えの輝きを失って青黒い夜の色に沈み始めていた。

湖岸にはひたひたと静かな波音が聞こえている。

魚がポチャンとはねる音が響いた。

政鷹の脳裏で何かがはじけた。

「もしかすると……」

「どうしたの？」

「いや……俺たちは大きな勘違いをしていたのかもしれない」

「教えてよ」

「もう少し待ってくれ。考えがまとまってない」

「わかった……今日はもう帰るの？」

「滝川をもう一度尋問してもいいんだが……」

そのときだった。

「伊達さん、小笠原さん」

呼びかける男の声に驚いて振り向くと、そこに滝川が立っていた。

「うちまでご足労頂けますか。お話ししたいことがあります」

滝川の顔は引きつり、その声は大きく震えていた。

【3】

夕暮れの西岸歩道を歩いて滝川の後についてペンション《デル・ソーレ》に着くまでの時間は、三人とも口をきかなかった。

ここで会話をして、滝川の話そうという気力を削《そ》いではならなかった。

食堂に案内されると、滝川紀美のほかに《湖畔の森》の柳生宗行《むねゆき》、柳生恵子、柳生真理恵も顔を揃《そろ》えていた。

政鷹たちが入ってゆくと、四人は押し黙ったまま緊張しきった表情で頭を下げた。

「どうぞお掛け下さい」

滝川の言葉に、政鷹たちは空いている椅子に腰掛けた。

「先ほど、お隣の柳生さんたちが見えて、伊達さんたちが厳しく質問なさったと聞きました。伊達さんたちはもう本当のことに気づいておられるのだとわたしは観念しました。隠しごとをしていても無駄だと思って、ご足労頂いた次第です」

滝川は静かに切り出した。

「あの日、なにがあったか話してくれるのですね」

伊達の言葉に五人はそれぞれに小さく首を縦に振った。

「四月二十日の日はどうかしていました。朝から妙にイライラしていて、夕食の調理をしていても集中できませんでした。神保さんは夕食をあまり召し上がらなかったので、わたしは非常に気に掛かっておりました。七時半頃でしょうか、三名のお客さまにドルチェをお出しした後でひと息ついたときのことです。外の空気を吸いに栈橋まで出てみると、神保さんは一人で月を見ておられたので『お夕食はご満足頂けましたか』とお声をお掛けしました」

滝川はごくりとつばを飲み込んだ。

「眞美さんはなんと答えましたか」

「『ぜんぜん美味《おい》しくなかった』と……わたしは『相済みません。どの料理がお気に召しませんでしたか』と伺いました。そうしましたら、『肉は黒焦げだしスープも塩水のようだった』との答えが返ってきました」

滝川の顔つきは暗く沈んだ。

「なるほど……」

政鷹は目顔で続きを促した。

「長年の料理の研鑽《けんさん》を侮辱されて、わたしは全身の血が沸騰するような怒りを覚えました。カッとしたわたしは何か言い、口論になったのですが、よく覚えていません。気づいたときにはわたしは神保さんの胸を掌で突いていました。神保さんは水音を立てて背中から湖に落ちてしまいました」

滝川は頭を抱えてうつむいた。

食堂に沈黙が流れた。

やがて頰を引きつらせて滝川は口を開いた。

「湖に突き落としたときに、隠れ岩で頭を打ったのか、神保さんは意識を失ったようでした。わたしは怖くなってそのまま厨房に逃げてきて震えていました。様子がおかしいことに気づいた紀美に、わたしは自分の犯した罪を白状しました。告白を聞いて、紀美は取るものも取りあえず隣へ走って恵子さんに相談しました。紀美は三年の間、恵子さんを本当の姉のように慕ってきたのです。恵子さんは驚き悲しみ、柳生さんに相談したのです」

柳生が吐息をついて、ゆっくりと切り出した。

「女房から話を聞いた俺は、なんとか滝川くんを救わなきゃと考えた。それは彼の罪は赦《ゆる》されるべきものではないだろう。しかし、彼は眞美さんが死ぬとは思ってもいなかったのだ。滝川くんは本当に素晴らしい料理人だし、多くの客に歓びを与えてきた宿主《やどぬし》だ。そこで、俺は眞美さんが自殺したことにしてしまえと提案したんだ。ボートで湖に出て入水自殺したことにすればいいと言ったんだ。ボートは俺が舫いを解いて湖に流した。部屋の工作は滝川くんがやったんだ。パソコンの遺書とか睡眠改善剤の箱とか。あの睡眠改善剤はうちの女房が薬局で買ったものだった。眞美さんが死んだのは七時半頃だから、アリバイを作るために女房と娘に頼んだ。それで十時頃に桟橋で見かけたと嘘の目撃証言をさせた。滝川くんには横浜市の大岡さんと永井さんに声を掛けて遅くまで酒でも飲むように指示したんだよ。これがすべてだ」

柳生はあらかじめ考えておいたのか一瀉千里《いっしゃせんり》に説明した。

「わたしはもう観念しました。逮捕して下さい」

滝川は両腕をそろえて差し出した。

「俺も同罪だ。いや、青写真を描いた俺のほうが罪が重い」

柳生も同じように両腕を出した。

「あなた」

「お父さんっ」

紀美と恵子の叫ぶ声が聞こえた。

「女房たちはどうか見逃してやってくれないか」

柳生は政鷹に手を合わせて頭を下げた。

政鷹はしばし黙った。

部屋の壁で時計が五時を告げた。

最後の音が鳴り終わるのを待って政鷹は口を開いた。

「あなたたちはまだ嘘を吐き続けるのですか」

政鷹は静かに五人を見まわした。

「ど、どういうことですか」

滝川はうわずった声で訊いた。

「もし、この宿の桟橋から突き落とされたのなら、眞美さんの遺体は湖尻水門ではなくボートと同じように深良水門に流れ着くはずです」

滝川夫妻が顔を見合わせた。

「眞美さんが水に落ちたのは桟橋ではない。おそらくは兵ゴ鼻の付近だと推察できます」

「なんでそんなことが言えるんだ」

苛立《いらだ》った声で柳生が訊いた。

「《芦ノ湖釣りセンター》の西尾さんがそう言っていました。彼は芦ノ湖のエキスパートでしょう?」

「西尾さんが……」

柳生は絶句した。

「いまの滝川さんと柳生さんの話はとても真実とは思えません。眞美さんはいったいいつ、誰に、なんのために殺されたのでしょうか」

そのとき政鷹のスマホが鳴動した。液晶窓には特四本部の番号が表示されている。

「すみません、本部からです」

政鷹は廊下に出て電話をとった。

「お疲れちゃん」

いまの緊張感とは相容れない松浦《まつうら》ののんびりとした声が響いた。

「松浦さん、お疲れさまです」

「横浜市の大岡さんと永井さんに会ってきたよ。あの二人は市民局の区連絡調整課って同じセクションの職員だった。五時頃行ったんで不機嫌だったけどな」

「それで……」

気が急《せ》いて政鷹はお礼も言わずに訊き返した。

「うん、二人が六時から食堂で一時間半くらい夕食をとっていたのは間違いない。それから九時半くらいから深夜の二時過ぎまで滝川夫妻と酒を飲んだって話も裏がとれた。二人はトィレのときしか席を外さなかったそうだ」

「十時の桟橋での目撃証言は虚偽のものでした」

「そうなのか！」

松浦は小さく叫んだ。

「七時のほうの目撃証言はどうなんでしょう」

「そうだとすると……」

「なんですか？」

期待感が高まった。

「大岡と永井の二人は、食堂で食事をしていた眞美さんの顔を見ていないって言ってるんだよ」

「なんですって」

政鷹は思わず自分の口を押さえた。

頭の中のモヤモヤが一気に晴れていった。

「二人には背中を向けていたし、なんだか声を掛けにくいような雰囲気なんで、食事の間、一度も顔を見ていないそうだ。出て行くときも出口の方向のせいで顔は見えなかったって話だ。二十一日に機捜の連中から訊かれたときには、ピンクのスウェット姿の若い女性なので眞美さんと思い込んでしまったと言っていた。こりゃちょっと臭いな」

「臭いどころじゃありませんよ。松浦さん、本当に感謝します」

「いや、馬車道まで来てるだけだからどうってことないよ……うまく進んでるようだな」

「ええ、糸口は見つけました」

政鷹はきっぱりと答えた。

「ヒメマスの土産待ってるぞ」

「わかりました。百尾くらい釣ったんで、後から燻製にします」

「ははは、じゃあな」

松浦は陽気に笑って電話を切った。

食堂に戻った政鷹は、壁際に座る真理恵の前に静かに進んだ。

「真理恵さん、あなた、眞美さんに化けましたね」

政鷹は真理恵の両の眼をしっかりと見据えて声を発した。

「えっ！」

真理恵は切れ長の両目を大きく見開いて絶句した。

「四月二十日の晩、眞美さんの残したピンクのスウェットを着て、この食堂で夕食をとったのは真理恵さん、あなただ」

政鷹は真理恵を指さし、声に力を込めた。

「そんな……」

かすれた声にならない声で真理恵はつぶやいた。

「あなたは眞美さんが七時まで生きていたと偽装したんだ」

真理恵はがくりとうなだれた。

返事を聞くまでもなかった。

「これで十時に生存していた事実も、六時から七時の間に眞美さんが、ここで食事した事実も証明できなくなりました。眞美さんの死は村上先生の言葉通り、四月二十日の午後四時から翌深更の午前〇時までの八時間の間となったわけです。つまり、ここにいる人には誰もアリバイがないことになる」

ゆっくりと息を吸い込んで政鷹は続けた。

「もし、兵ゴ鼻の付近で眞美さんが亡くなったとすれば、それはもっと早い時間に違いない。真っ暗になってあんな場所に眞美さんが行くはずはないのです。おそらくは日暮れ前、つまり滝川さんが言っていた四時半前後に外出した時間帯でしょう。滝川さんはあえて四時半前後という時刻をわたしに話した。その時間に眞美さんを目撃した観光客などがいるかもしれませんからね。だが、眞美さんは十五分後にこの建物には戻ってこなかった。なぜなら……彼女は死んでいたからです」

政鷹は食堂にいる全員を見まわしながら言葉を継いだ。

「では、眞美さんの生命を奪ったのは誰なのか」

わずかの間、沈黙が流れた。

「わたしです。わたしが殺したんです」

とつぜん、滝川が立ち上がって叫び声を上げた。

「では、滝川さん、どこでどうやって眞美さんの生命を奪ったのか話して下さい」

「兵ゴ鼻で彼女を湖に突き落としたんです」

「動機は何ですか。料理にケチをつけられたという理由はもう通用しませんよ」

「それは……」

滝川は気まずそうに口ごもった。

「いつですか」

政鷹は問いを重ねた。

「は？」

「正しい犯行時刻を教えて下さい」

「ですから、四時半前後です」

「あなたは料理を作るので忙しかったはずだ。六時にはお客さんに出さなければならなかったんですからね。料理に人一倍の誇りを持っているあなたが、そんな時刻に兵ゴ鼻まで行くはずがないでしょう」

「ですが……」

滝川は政鷹から目をそらした。

「犯人をかばうのはもうやめましょう。あなたは眞美さんを殺してない。ウソにウソを重ねてもなにひとつよいことはないのです」

政鷹はゆっくりと諭した。

「だが、わたしが殺したんだぁ」

滝川の絶叫が食堂のガラス窓を震わせた。

そのとき廊下から足音を立てて人影が飛び込んできた。

「た、大変だぁ」

髪を振り乱し息を切らした太田駐在だった。

「どうしたんですっ」

ただならぬようすに政鷹は大声で訊いた。

「輝が……輝がっ」

太田駐在は床で足を滑らせ尻餅をついた。

「いったいなにが」

「湖にいっ」

座り込んだ姿勢のまま、太田駐在は窓の外を指さした。

湖面はすっかり薄闇に蒼《あお》く沈んでいる。

「外へ出ましょう」

「はいっ」

滝川は外へと続く掃き出し窓を開けて薄闇へと飛び出した。

政鷹も靴下のまま外へ走り出た。

食堂にいたすべての人が足音を乱して桟橋へ走った。

最後に太田駐在も足を引きずってついてきた。

「あそこに！」

滝川が叫んだ。

対岸の灯《あか》りで状況が把握できた。

湖岸から百メートルほどの場所にパウダーブルーのボートが漂っている。

デッキには中背の男の立ち姿があった。

グレーっぽいブルゾンにデニムを穿《は》いている。

「輝です」

太田駐在がうめき声を出した。

「輝くーん」

「輝雄ーっ」

真理恵と恵子の声が響いた。

紀美はその場にへたり込んでしまった。

「いったいなにをするつもりだ」

柳生の言葉が終わらないうちに、輝雄は合掌して足から湖に飛び込んだ。

「ああっ」

「いかんっ」

滝川と柳生は同時に叫んだ。

いったん水に潜った輝雄の身体はすぐに浮き上がった。

ちょっと手足をバタつかせていた輝雄は、湖に仰向《あおむ》けに浮かんで漂っている。

やはりいざとなると、人間の自己保存本能が勝つのだろう。

簡単に自死することはできないのだ。

だが、この水温では数分で心臓が止まってしまうに違いない。

「ボートを出して下さいっ」

政鷹は大声で命じた。

「オ、オールをとってきます」

滝川が震え声で答えた。

「それから浮き輪か、なければ棒状のものをとってきて下さいっ」

滝川と紀美が同時にうなずいた。

二人は建物に駆け戻った。

「俺は舫いを解く」

柳生は言うより早く、屈み込んでクリートに結ばれているロープに手を掛けた。

滝川夫妻はすぐにオールと樹脂の白いリングブイを持って来た。

浮き輪型の環状ブイで硬めの樹脂でできており、まわりには手がかりのためのロープがぐるりと取り巻いている。

さらに船上などから引っ張るための細めの数メートルのロープも付けられている。

「このボートは定員何名ですか」

「三名です」

「滝川さんは漕ぐのは得意ですか」

「は、はいっ」

滝川は必死の表情でうなずいた。

「では、滝川さんとわたしで行きましょう」

政鷹と滝川はボートに飛び乗った。

「お願いします」

「わかりましたっ」

滝川は力いっぱいボートを漕ぎ始めた。

湖水に白い波が立つ。

「亜澄は心臓マッサージできるな」

政鷹はボートのデッキから叫んだ。

「まかせてっ」

亜澄の頼もしい声が返ってきた。

「太田さんは急いで診療所の先生を呼んできて下さいっ」

「了解しました」

太田駐在はすぐに走り始めた。

歯を食いしばって滝川はオールに力を入れる。

滝川の漕艇術はたしかだった。

浮遊している輝雄の身体はぐんぐん近づいて来る。

「あと少しです。頑張って」

「はいっ」

ゆらゆらと漂っている輝雄は意識があるのかどうかも定かではなかった。

あと十メートル、五メートル、三メートル。

ついに一メートルまで近づいた。

輝雄の姿勢は変わらずそのままだ。

「輝っ」

「池田くん、これに摑《つか》まれっ」

政鷹はロープを手にしたままリングブイを投げた。

しかし、輝雄は少しの反応も見せなかった。

すでに意識を失っているようだ。

政鷹自身が水に入るしかないのか。

溺水者を水中で救助するのは大変に危険だ。

水を飲んで苦しくなった溺水者は救助者にしがみつく。

溺水者は火事場の馬鹿力を出す。

救助者は溺水者の力によって水中に引き込まれて自分も溺れてしまう。

浮き輪や棒などを差し出すのが溺水者救助の鉄則である。

「池田くん、聞こえないのかっ」

「輝っ、返事をしろっ」

いきなり輝雄の全身が痙攣《けいれん》し始めた。

両の手をガクガクと震わせている。

「まずいっ」

政鷹は滝川に叫んだ。

「漕ぎ寄せてっ」

滝川は黙ってあごを引くとオールを漕ぐ手に力を入れた。

「仕方がない」

政鷹は意を決した。

このまま輝雄を見捨てるわけにはいかない。

ロープをたぐり寄せ、政鷹は浮いているリングブイを引き寄せた。

「滝川さん、合図したらロープを引いて下さい」

滝川は目を見開いてつよくあごを引いた。

上着を脱いだ政鷹は足から静かに水に入った。

シャツとスラックスにさぁーっと染みこんでくる湖水は氷水のようだった。

身を切られるとは、まさにこのことだ。

手足がしびれてくる。

すぐに片をつけないと政鷹自身の生命が危ない。

政鷹は五十センチほどの距離まで近づき、輝雄を観察した。

意識を取り戻した輝雄はバタバタと両手をもがかせている。

この状態で輝雄に近づいてはならない。

しがみつかれて二重事故となる恐れが強い。

だが、輝雄はすぐに静かになった。

ふたたび意識を失ったのだ。

輝雄の背後に政鷹はまわった。

頭からリングブイを通そうと試みる。

狭いブイの輪を通すのはひどく難しかった。

政鷹の指先の感覚が急速に失われてゆく。

左右の手指が滑ってブイは何度も湖水に落ちた。

小さなしぶきが政鷹の顔に掛かる。

二の腕とふくらはぎが攣《つ》り始めた。

このままでは溺れる。

政鷹の身体は、生命が脅かされていることを自分自身に警告し始めた。

あと一分もしたら、政鷹自身も湖に呑み込まれるに違いない。

輝雄の両目は固く閉じられ、呼吸も弱い。
すでに痙攣はやみ、ぐったりとした状態となっていた。
暗くてよくわからないが、輝雄は危険な状態に陥っているように感じられる。
五回目のチャレンジでなんとかブイの輪が輝雄の身体に通った。
政鷹はリングブイをしっかりと摑んだ。
「引っ張って！」
政鷹は声を限りに叫んだ。
滝川が両手に力を入れた。
ロープがピンと張る。
首の後ろに手をまわし、輝雄の身体を支えた。
政鷹の腰から下の感覚がほとんどなくなっている。
自分が湖底に沈み込んでしまいそうな恐怖を感ずる。
「ええいっ」
気合いを入れ、政鷹はあおり足で水を蹴った。
輝雄の身体が重くて前に進まない。
目がチカチカする。
心臓が二倍にも膨れ上がったような錯覚を覚える。

息が苦しい。

それでもボートは、少しずつ少しずつ近づいて来た。

「さぁ早くっ」

滝川が輝雄の両肩をつかんで力を入れた。

政鷹は輝雄の臀部《でんぶ》を力の限りに押した。

ズズッという音とともに輝雄の身体はデッキに引き揚げられた。

政鷹の下半身はすでに力を失っていた。

ボートのガンネルに両手を掛けて、政鷹は腕に目いっぱい力を入れた。

滝川も手伝ってくれて、政鷹はなんとかデッキに転がり込めた。

「大丈夫ですか」

全身が震えて政鷹は声が出なかった。

栈橋を指さした。

「わかりました」

滝川はオールを持って力を入れた。

ボートは波を切り始めた。

呼吸を整えた政鷹は輝雄の状態を観察した。

「池田くんっ。わかるか」

政鷹は輝雄の頰を軽く叩《たた》いた。
「うーん」と輝雄のうなり声が聞こえた。
反応があった。
心肺は機能している。
政鷹は自分の寒さも忘れて躍り上がりたい気持ちになった。
桟橋とその後ろの岸辺では皆が不安そのものの面持ちでボートを注視している。
そのとき背後から強烈な白い光が迫ってきた。
「な、なんだ」
けたたましいエンジン音が響いてくる。
白波を切って一艘のモーターボートが、まっしぐらに近づいて来た。
モーターボートは政鷹たちのボートを追い抜いていった。
あおり波を食って政鷹たちのボートは左右にローリングした。
あっという間にモーターボートは着岸した。
波が桟橋の橋脚を洗った。
柳生が手早く舫いをとった。
モーターボートからは小柄な男がひらりと飛び降りた。
政鷹たちのボートもすぐに着岸し、ふたたび柳生が舫いを結んだ。

栈橋には男が三人、立っていた。

「柳生さん、太田さん手伝って」

政鷹の声掛けで四人の男が力を合わせ、輝雄の身体は栈橋に上げられた。

栈橋にいた残りの一人は、茶色い革ジャンパーを着て黒い救急バッグを手にした診療所の村上医師だった。

モーターボートを駆って対岸から駆けつけてくれたのだ。

太田駐在が緊急事態を電話で告げたのだろう。

栈橋にはガスランタンの灯りが点《とも》されていた。

横たわっている輝雄は目をつぶったままで身体は小さく震えている。

「意識はあるのか」

村上医師は眉間にしわを刻んで訊いた。

「反応はありますが、意識は混濁しているようです」

かるくうなずいた村上医師は屈み込んで救急バッグから聴診器を取り出した。

「ご……ごめんなさい……」

輝雄がかすれた声を出した。

唇は血の気を失い、白くなりかけている。

まわりのみんながはっとして輝雄を見た。

「よし意識はあるな。太田さん、ボートに酸素ボンベがあるから運んでくれ」

太田駐在は小型の医療用酸素ボンベと透明なフェイスマスクを運んで来た。

「誰か手元を明るくしてくれ」

柳生がガスランタンを村上医師に近づけた。

村上医師はポケットから老眼鏡を取り出す。

ペンライトで輝雄の瞳孔を確認し、舌鉗子《かんし》を使って素早く口中を見た。

「うん」

村上医師はうなずいた。

あたりに輝雄の苦しげな呼吸音が響く。

続けて村上医師は、輝雄の胸をはだけて、聴診器のチェストピースをあてた。

「呼吸音が弱い……肺の一部にはっきりとした湿性ラ音がある。酸素飽和度を知りたいな」

村上医師は眉間に深いしわを寄せた。

「パルスオキシメーターはありますか」

いきなり亜澄が声を出した。

「君、測れるのか」

村上医師は驚き顔で訊いた。

「はい。大丈夫です」

亜澄ははっきりとした声で答えた。

村上医師は救急バッグをごそごそやって、樹脂製の小さな計測器を取り出した。

「これだ」

亜澄はフィンガークリップを輝雄の右の人差し指にしっかり装着して液晶窓を見つめた。

すぐにアラーム音が鳴った。

「SpO_2は九五パーセントです」

「いくぶん低いな。低流量の酸素投与だ」

「わかりました」

亜澄はボンベに酸素フェイスマスクのチューブを取りつけて接続部のリングをまわして固定すると、フェイスマスクをささっと輝雄の顔に取りつけた。

「手際がいいな。君は看護師だったのか」

「資格はありますが、刑事です」

亜澄は一瞬笑みを浮かべると、真剣な表情に戻った。

「ほう、うちの看護師は宮ノ下なんだが、もう帰ってしまったんでな。助かるよ」

村上医師は、流量計を見つめながら慎重にバルブをゆるめた。

エアがマスクに流れ込む音が響き、輝雄の息づかいが落ち着いてきた。

マスクの透明樹脂が輝雄の呼気で曇るのが嬉しかった。

「脈拍は六十二と低いが、しっかりと打っておる」

輝雄の右手首で脈をとっていた村上医師は明るい顔つきになった。

「次は血圧ですね」

「うん、腕帯《マンシェット》を巻いてくれ」

亜澄は水銀柱式の血圧計を救急バッグから取り出すと、輝雄の右腕に腕帯を巻きつけた。

村上医師は聴診器に注意を傾けて、黒いゴム球で繰り返し空気を送って輝雄の血圧を計測した。

「血圧も正常だ」

村上医師の表情がやわらいだ。

政鷹もほかの者も、誰もが息を詰めるようにして村上医師の仕草を見守っている。

「頭部などを打撲しているおそれは？」

村上医師は厳しい顔つきで訊いた。

「足から飛び込んで湖水に浮いていただけなので、まず大丈夫だと思います」

政鷹は自信を持って答えた。

「それはよかった。後で診療所でレントゲンは撮ってみよう……低体温症だけが心配だ。輝雄の全身に毛布を巻いてくれ」

聴診器のイヤーチップを外しながら村上医師は命じた。

「はいっ」

恵子と真理恵が輝雄の身体に毛布を巻き付けた。

「刑事さんにも毛布だ」

村上医師の指示が響いた。

「お疲れちゃん」

亜澄が政鷹に毛布をかぶせてくれた。

その後もしばらく輝雄のようすを観察していた村上医師は、皆を振り返って力強い声を出した。

「これは助けられるよ。溺水事故の重症度は六段階に分かれているが、輝雄の現在の状態は軽いほうから二番目のグレード2だ。救命率は九九パーセントだ。すぐに意識も戻るだろう」

「よかった……」

「輝ちゃんよかった」

「伊達さんありがとう」

人々は口々に喜びの声を上げた。

「ご苦労さま。君はなかなか見所があるぞ。警察がイヤになったら、ぜひ、うちの診療所に来てくれ」

村上医師は亜澄を冗談半分でねぎらった。

「はい、クビになったらよろしくお願いします」

亜澄はクソまじめな顔を作って答えたが、本気ではないのだろう。

「とにかく早く水から引き揚げたのがよかった。水温は五度前後だろう。落ちてから十五分以上経《た》っていたら大変に危険だった。すべては刑事さんの力だな」

村上医師の真正面からの賞賛は、政鷹には照れくさかった。

「いえ……着衣泳の訓練をしていてよかったです」

警察学校で訓練していたことが役に立った。

「集中治療室に入れる必要はない。とりあえずこのまま食堂に運んで濡《ぬ》れた衣服を着替えさせて寝かせよう。落ち着いてからクルマで診療所に運ぼう」

「担架を用意してあります」

真理恵はオレンジ色の樹脂製簡易担架を手にしていた。

「よし、では四人以上で運ぶんだ」

太田駐在、柳生、滝川と真理恵の四人で輝雄を建物に運んだ。

村上医師と亜澄が付き添っていった。

緊張が解けると、政鷹の全身に急に震えが出てきた。

「伊達さん、これ召し上がってください」

紀美が湯気の出る紅茶を持って来てくれた。

「ホットジャムティーですね」

あたたかさが身体中にしみ通ってゆく。

「ええ、家で穫れたマルメロで作ったジャムを入れてみました」

「マルメロジャムですか。大好きです」

口中にひろがる酸味と華やかな香りが、政鷹にエネルギーを与えてくれた。

「奥さん、宿にはシャワーがありますよね」

「ええ、もちろんです。着替えもご用意しますね」

寒くてかなわなかった。

カチカチと上顎と下顎の歯がぶつかる。

身体中に鵞皮形成《がひけいせい》……鳥肌が立っていた。

だが、輝雄の生命を救えた喜びは大きかった。

《デル・ソーレ》に戻ると、室内がまぶしかった。

龍神の領域から人間の世界に戻ってきた。そんな気がした。

政鷹は一階の奥にある浴室でシャワーを使った。

頭から浴びる温水の効果は絶大だ。

政鷹はようやく生き返る気持ちだった。

シャワーから出ると、紀美が用意してくれた紺色のスウェット上下に着替えた。

気の利いたことにパッケージに入ったトランクス、靴下まで置いてあった。やや大きかったが、助かった。

身体が温まってみると、輝雄を救えた喜びがあらためてわき上がってきた。

芦ノ湖の龍神に感謝したいと、政鷹はまじめに思っていた。

第五章　こころやさしき人

【1】

バスタオルで髪の毛を拭いて食堂に入ると、布団が敷かれて輝雄が寝ていた。

椅子には村上医師を除く全員が深刻な顔つきで座っていた。

「村上先生はお帰りになったのですね」

「うん、後でベッドつきのクルマで池田さんを迎えに来るって……。戸締まりもしないで飛び出したからいったん帰るって言ってた。薬品があるから心配なんだって」

亜澄が硬い声で答えた。

政鷹がシャワーを浴びている間に何ごとかを話し合ったようだ。

「池田さん、気づいたんだよ」

寝ている輝雄を見て亜澄はいくぶん明るい声を出した。

輝雄の頬には血の気が戻っていた。

素人ながら、もう大丈夫だと政鷹も感じた。

「刑事さん……ごめんなさい……」

輝雄はフェイスマスクのなかから声を掛けて来た。

両目には輝きが戻っていた。

「もう大丈夫か」

輝雄はうなずくような素振りをみせた。

「俺……あの人を殺しちゃったんだ……」

輝雄は苦しそうに言葉を吐いた。

食堂内の空気が凍った。

「やはりそうだったのか」

真理恵の替え玉が発覚し、事件の起きた時刻が五時頃まで遡《さかのぼ》るとわかった時点で、政鷹は輝雄を疑っていた。

「輝っ、黙っとれ」

柳生が声を荒らげた。

「だって……俺が本当のこと話さないと……マスターが、た、逮捕されちゃう……」

輝雄は途切れがちに言葉を継いだ。

「俺が死んじゃえば、マスターもウソを言う必要がなくなる……だ、だから死のうと思って……」

苦しげに話す言葉は稚拙だったが、輝雄の思いを知って政鷹はちょっと胸が熱くなった。

「馬鹿な、馬鹿なことを」

滝川がテーブルを拳《こぶし》で叩いた。

「殺すつもりなんてなかったんだ。偶然なんです。偶然で眞美さんは死んじゃったんだ」

輝雄は涙まじりに訴えた。

「輝、おまえ、小田原に行けって言っておいただろ」

滝川は力なく輝雄を見た。

「強羅《ごうら》まで下ったら、なんか心配になったんだよ。刑事さんたちが来たの二度目だろ。疑ってるからまた来たんだろ。それで……こっそり帰ってきて外から聞いてたら、マスターが俺をかばってとんでもないこと言ってるんだもの……」

輝雄の両の瞳から涙があふれ出した。

そのとき背後から低く苦しげなうなり声が響いた。

「どんなウソをついても、必ず真実があきらかになる。それがよくわかりましたよ」

太田駐在の声だった。

政鷹は驚いた。太田駐在も一枚噛《か》んでいたのか。この生まじめを絵に描いたような警察官が、今回の事件に絡んでいるとは思いもよらなかった。

「刑事さん、太田さんは悪くないんだよ……太田さんはなんにも悪くないんだ」

輝雄は苦しそうに同じ言葉を繰り返した。

「輝……わたしからお話しするよ。そのほうがお二人も信用してくださるだろう。これでもわたしはいちおう警察官なんだ」

太田駐在の声は静かなものだった。

「太田さん……」

輝雄は喉を詰まらせた。

「伊達さん、小笠原さん。大変にご迷惑をお掛け致しました。わたしがすべていけないのです。真実を知りながら、いままで目をつぶっていました。まずはわたしを逮捕して頂きたい。逮捕令状が下りるまで逃げも隠れも致しません」

太田駐在は深々と身体を折った。

「太田さん、事実を一から話してくれませんか」

「はい。すべてをお話しします」

「座って下さい。ＩＣレコーダーで録《と》ってもいいですか」

「もちろんです」

亜澄が政鷹の上着を持って来た。

政鷹はポケットから取り出したＩＣレコーダーのスイッチを入れた。

「お願いします」

「では、四月二十日にわたしが現実に見聞した事実を包み隠さず供述します。あの日の夕方四時二十五分頃、わたしはパトロールのために自転車で西岸歩道を走っていました。そんな時間にパトロールしていたのは、数日前の夕暮れ時にもっと北側ですけれど、ゴミの不法投棄をした者があったからです。兵ゴ鼻の分岐まで来ると、わたしは浜へ下りる道へ入りました。あのあたりは北岸付近ではとくに人目につきにくい場所だからです」

太田駐在は呼吸を整えた。

「あの道に入ると、急斜面の上のほうに輝がおり、中ぐらいのところに若い娘さんがいました。二人ともこちらに背中を向けていたので、輝はわたしに気づかず、娘さんは輝にも気づいていませんでした。そのとき輝が『ここは国立公園ですよ。山菜なんて採っちゃダメだよ』と呼びかけたのです。すると、女性は驚いて足を滑らし、『きゃあああ』と悲鳴を上げながら斜面を転げ落ちてゆきました」

太田駐在は身体をぶるっと震わせた。

そのときのことを思い出したのだろう。

「運の悪いことに、女性は転げ落ちる途中で、斜面に顔を覗《のぞ》かせていた岩で何度か頭を打ったようでした。転げ落ちた女性の身体は勢い余ってそのまま湖水にざぶんと落っこちてしまいました。手にしていた移植ゴテも水に落ちました」

太田駐在は生唾《なまつば》をごくりと呑み込んだ。

「水に落ちた女性の身体はいったんは水面下に沈み、ほんの一瞬、水上に出した両手だけをバタつかせていましたがすぐに動かなくなりました。顔を下にしてうつ伏せになって浮かび上がりました」

「大変大事なことなので確認しますが、眞美さんは水に落ちた直後は暴れていた。その後すぐにうつ伏せになって動かなくなった。間違いありませんね」

政鷹は落水から死亡までの時間は重要だと考えていた。

「はい、間違いありません」

「落ちてからうつ伏せで浮かぶまでの時間的経過はどのくらいだったのですか」

「せいぜい一分間くらいだと思います」

とすると、村上医師の話のとおり、落水直後に眞美は死亡していたのだ。

「わかりました。続けてください」

太田駐在はうなずいて口を開いた。

「輝雄は泡を食って踏み分け道を浜へと駆け下りていきました。わたしも転げるようにして浜へと下りました。ですが、女性の身体はまったく動かないまま、背中をこちらに向けてゆっくり沖へと漂っていきました。どう考えても生きているようすには見えませんでした」

そのときを思い出したのか、太田駐在はこわばった顔で続けた。

「わたしの存在に気づいた輝雄は『どうしよう、どうしよう』と何度も何度も繰り返していました。わたしは本署に連絡しようと携帯を取り出しましたが、輝雄は地面に頭を擦《こす》りつけて訴えてきました。『俺、もうヤなんだ。毎日毎日いじめられるからもうヤなんだ。今度は少年院じゃなくて刑務所だろ。俺、怖いよ。もっとひどい目に遭わされるよ』と泣きながら言われました。わたしは頭を抱えてしまいました。さらに『見なかったことにして』と懇願されたわたしは、輝雄の目を見られませんでした。わたしはそのまま駐在所に戻って朝まで酒を飲んでいました。警察官でありながら、輝雄への同情から犯罪を見逃したわたしの罪は万死に値します」

太田駐在は椅子から飛び降り、這《は》いつくばって床に額を擦りつけた。

「ごめんなさい。ごめんなさい。ごめんなさい。俺、怖かったんだ。怖かったんだよお《お》」

輝雄はフェイスマスクを外して必死で謝った。

「池田くん、落ち着いて。まだマスクとっちゃダメだ」

「もう酸素終わっちゃったみたいなんだ」

「そうか。でも、興奮すると身体に響くよ。静かにしないといけない」

輝雄はさっきと同じく、子どものようにうなずいた。

「太田さん座ってください。このままではお話を伺いにくいです」

政鷹が静かに諭すと、太田は決まり悪そうに頭を下げて席に座った。

「眞美さんの死の経緯についてはよくわかりました。その後の皆さんの行動について話してください」

「わたしがお話しします」

滝川が口を開いた。

「太田さんが兵ゴ鼻を立ち去った後に、輝はわたしに電話してきました。輝は混乱して泣きじゃくっていて、何が起きたのかを聞き出すのにしばらく時間が掛かりました。輝の声掛けのせいでうちのお客さんが亡くなったとわかって、わたしは身体中の血が凍るような錯覚に囚《とら》われました。自分でどうしていいかわからず、お隣へ駆け込んで柳生さんに相談しました。二人で話をして『輝を救おう』という結論になりました。あたりは薄暗くなってきているし、太田さん以外に目撃者はいない。太田さんさえ黙っていてくれればなんとかなる。二人で計略を練りました。いつも輝は夕方から買い出しに出ています。だから、犯行時刻を遅らせて輝のアリバイを作ろうと考えました。その日も小田原に行かせてホームセンターの富田店長のところに泊まらせ、夜は湖尻にいなかったことにしようと思ったのです」

滝川は唇を震わせた。

「その工作は俺が考えて娘に頼んだんだ」

柳生が横から言葉を添えて自らの責任を認めた。

「真理恵さんには替え玉になることをすぐに承諾してもらえました。アリバイ作りのために真理恵さんに神保さんのスウェットを着させて食事をさせ、大岡さんや永井さんに見せたわけです。その後、わたしは自分のところの貸しボートの舫いを解き、《くるみ》の部屋のデジタル署名や睡眠改善剤の工作をしました……その後、大岡さんや永井さんにお酒をお出しして自分たちのアリバイを作り、柳生さん母娘《おやこ》に嘘の目撃証言を頼みました。これがすべての真実です」

滝川は肩からほうっと力を抜いた。

「滝川さんはもちろん、柳生さん夫妻も真理恵さんも輝雄かわいさに誤った行動をとりました。輝雄はまさか神保さんがあんなことになるとは思ってもいませんでした。どうか刑事さんも裁判官の皆さんも、輝雄には寛大なご処置をお願いしたいのです」

太田駐在は深く頭を下げた。

「太田さん、あなたよく巡査部長試験に受かりましたね」

「はぁ？」

政鷹の言葉に太田駐在は素っ頓狂な声を出した。

「太田さんは大きな勘違いをしている」

「勘違いですって……」

けげんな顔で太田駐在は訊き返した。

「わたしは法律家ではないので、あくまでも警察官の考えとして聞いてほしいのですが……。まず、池田くんは警告のためにひと声掛けた行為しかしていません。この行為ですが、ただ声を掛けたわけだから、眞美さんを怪我させようとか、ましてや殺そうという意思はありません。となると傷害致死罪や殺人罪は成立しません。これは間違いありません」

政鷹は自信を持って言い切った。

「で、でも……それでも過失致死罪か重過失致死罪が成立するのではないですか」

太田駐在の声が震えた。

「たしかに刑法第二〇九条第一項の、いわゆる過失傷害罪が成立するかどうかを検討しなければなりません。しかし、判例によれば『自分自身の行為が傷害の結果を生むことが容易に予見できた場合にのみ成立する』とされています。本件では池田くんは単に山菜の違法採取をしていた眞美さんに警告を発しただけで、いくら急な斜面であったにせよ、まさか負傷や死の結果に到るとは予見できなかったでしょう。つまりこの行為については犯罪を構成しないと考えられます。従って、太田さんが池田くんの声かけ行為を見逃した事実はそもそも法的には問題となりません」

「ほ、本当ですか！」

太田駐在は小さく叫んだ。

政鷹は無言でうなずいた。

「判例までは勉強しておらんのです……」

太田駐在は泣きそうな顔になった。

食堂のほかの人々はお互いに顔を見合わせた。

「ただし……問題は眞美さんを見捨てて立ち去った行為です。池田くんが見捨てた行為は刑法第二一七条の単純遺棄罪を構成するのでしょうか。二一七条に該当するのは『老年、幼年、身体障害又は疾病のために扶助を必要とする者』とされています。これは制限的列挙なので、海や湖、川などで溺れている人は該当しません。そういう人を見捨てるだけでは遺棄罪とはならないのです。考えてみれば、溺れている人を救助することは大変に危険であり、二次災害のおそれも強いです」

「それなのに、伊達さんは俺を助けてくれた……危ない思いをして……」

輝雄は声を詰まらせた。

「伊達さんとは正反対だ……眞美さんを置き去りにして、わたしは逃げ出した」

太田駐在は恥じ入ったようにうつむいた。

「……そんなことを法が市民に命ずるはずはありません。従って池田くんには、刑法上の犯罪は何ひとつ成立していません」

「なんてことだ！」

太田駐在は頬を紅潮させて叫んだ。

「ほんとなの」

輝雄は信じられないという顔で小さく叫んだ。

「輝くん、よかったねぇ」

「うん、ありがと」

真理恵と輝雄は喜びの声を次々に上げた。

「ほんとによかった。よかった」

滝川は何度もうなずいた。

政鷹は食堂の温度が上昇したような錯覚を覚えた。

「輝ちゃん……」

紀美の瞳から涙があふれ出た。

「太田さんについては……どうなんですか」

輝雄が額にしわを寄せてこわごわ聞いた。

「太田さんについては、警察官職務執行法で負傷者等に対して職務上の保護義務が生ずる場合があります。では、この義務に違反したことによって刑法第二一八条に規定する保護責任者遺棄罪が成立するのでしょうか。しかし、溺れかけている人を見捨てた行為は、単純遺棄罪と同じでやはり該当しません。つまり、太田さんにも刑法上の犯罪は成立しないのです」

「わたしは……わたしはあまりにも不勉強だった」

太田駐在はうなだれた。

「警察官職務執行法違反に処罰規定はありませんが、眞美さんが落水した事実を見逃した太田さんは、本署への事故報告の義務を怠ったことになります。神奈川県警察職員の職務倫理及び服務に関する規程第八条違反により処分を受ける可能性はあるかもしれません」

「それは当然なことです」

顔を上げた太田駐在はきっぱりと答えた。

「さて、それでは、柳生さんがボートの舫いを解いた行為、滝川さんがデジタル遺書の作成や部屋に睡眠改善剤を置いた行為、真理恵さんの夕食時の替え玉行為、池田くんがアリバイ作りのために小田原に泊まった行為、また恵子さんと真理恵さんの嘘の目撃証言など、わたしに対して虚偽の供述をした行為はどうなのでしょうか」

食堂のすべての人が異様な集中力で政鷹を見つめている。

「今回のケースでは犯罪が発生していないのですから、犯人蔵匿《ぞうとく》罪も証拠隠滅罪もそもそも検討する必要はありません。従って皆さんに刑法上の犯罪は成立しません」

この言葉を聞いた一同は、小さく歓声を上げた。

「ほ、本当なんですか」

滝川は舌をもつれさせた。

「では、警察官であるわたしたちを騙した行為が、刑法第二三三条の偽計業務妨害罪に該当するのでしょうか。虚偽の爆発予告や、犯罪が発生していないにもかかわらずウソの通報をして警察官を無駄に出動させたケースなどでは該当するとした判例もあります。ですが、今回のケースはもともとこちらの判断で出動していますので該当しないでしょう。同じく軽犯罪法第一条一六号の虚構申告の罪も同じように考えられます。該当するおそれがあるのは、軽犯罪法一条三一号の『他人の業務に対して悪戯などでこれを妨害した者』という業務妨害の罪でしょうか。ですが、虚偽通報以外で警察の捜査にこの条項が該当するかは難しいところです……」

政鷹は片目をつむった。

軽犯罪法の罪を送検しても起訴率は二割に留まる。それにたとえば、公園などの屋外で立ち小便をする行為は、まぎれもなく法第一条第二六号号の排せつ等の罪に該当する。しかし、同条によれば、たんやつばを吐いても同罪である。警察がいちいち立件していたら、大変なことになってしまう。最終的には安東班長の判断となろうが、どう考えても今回の滝川らの行為を立件するとは思えない。

「そうかぁ。ありがたいなぁ」

叫んだのは太田駐在だった。

「俺、泣けそう」

輝雄は今にも泣き出しそうな顔になった。

ペンションの人々の表情はいっぺんに明るいものに変わった。

しばらくの間、人々は抱き合って喜びを確かめ合っていた。

「なぜそこまでして、みんなで池田くんをかばおうとしたのですか」

政鷹にとっては大きな疑問だった。

「こんなにいい子はいません」

恵子が輝雄の背中に手を添えて答えた。

「うん、働き者でまじめで弱い者にはとことんやさしい。いまどき、こんな若いヤツはほかに見たことがない。湖尻には必要な男なんだよ」

柳生は強い調子で言いきった。

「輝くん、すっごくかっこいい性格なんですよ」

真理恵は頰をほんのり染めた。

「俺みたいな人間に、ここのみんなは、ほんとにやさしくしてくれるんです」

輝雄は声を震わせた。

政鷹はまだ少年っぽさの残る輝雄の顔を見つめた。

ホームセンターの富田店長もべた褒めだったし、従業員や契約農家の人たちも輝雄が大好きだと言っていた。不思議な魅力のある若者なのだろう。

「わたしたち夫婦には、また特別な思いがあるのです。輝はわたしたちの息子だと思っております。こんな話を聞いて頂いていいでしょうか」

滝川が遠慮がちに訊いた。

「ぜひお話し下さい」

政鷹の言葉に滝川はかるくうなずいて口を開いた。

「以前、わたしたち夫婦が鵠沼海岸《くげぬまかいがん》駅の近くでイタリアンの店をやっていたことはお話ししたと思います。わたしは十年ほど鵠沼海岸にいました。輝はその頃、近所で美容院をやっていたご夫婦の一人息子でした。わたしも妻もその美容院で髪を切ってもらっていました。うちには輝よりひとつ歳上の辰也《たつや》というこれまた一人息子がいました」

「あの写真の息子さんですね」

厨房を指さすと、滝川は大きくうなずいた。

「そうです。輝と同じ中学校に通っていました。辰也は陸上部の後輩だった輝をよくいじめていたのです。輝はひたすら我慢していたので、わたしたちはまったく気づきませんでした。輝は一年遅れて藤沢市内の同じ私立高校に進学しましたが、辰也の輝いじめがふたたび始まりました。ですが、輝は辰也を兄のように慕って離れませんでした。辰也は輝を体《てい》のよい子分と思っていたようです」

滝川は言葉を切って、政鷹の顔をじっと見た。

政鷹の胸に暗い予感が浮かんだ。

「続けて下さい」

「わたしたち夫婦が一所懸命育てていたのに、辰也はだんだんと悪くなっていきました。高校二年生の頃からは、近くのほかの高校の不良仲間とつるんで恐喝などをやるようになっていたのです。ときには輝もこの悪い仲間と一緒に行動していました。ある夏の夜、この連中が一人の女子高生を襲おうとしました。お恥ずかしいことですが、息子も止めるどころか、先頭に立っていたのです。もともと正義感が強い輝は、カッとなって女子高生を守ろうとしました。輝の奮闘で女子高生は無事に逃げることができたのですが、輝は不良仲間のうちの一人を落ちていた棒状の建築資材で殴ってしまいました。その子に頭蓋骨《ずがいこつ》骨折で二ヶ月の重傷を負わせてしまったのです。怪我をした不良の両親はひどく怒りました。この父親は詳しくは言えませんが、社会的地位のある人物でした。そのためでもありませんが、逮捕された輝は少年院送りとなってしまいました」

「息子さんは女子高生に対する罪を問われなかったんですか」

「怪我した子どもの父親が有能な弁護士を雇ったおかげで、息子を含めてほかの不良連中はまったくおかまいなしでした。輝一人が割を食ったかたちになったのです。輝が少年院に入っている間に、輝の両親は交通事故で亡くなってしまいました。美容院はいまは跡形もなくカフェになっています」

滝川は顔を曇らせた。

「辰也くんはいまどうされているんですか」

一瞬、黙った後に滝川は暗い顔で口を開いた。

「死にました。三年半前、十八のときに脳腫瘍《のうしゅよう》に生命を取られました。脳幹部に近く手術の困難な部位でした。放射線治療も化学療法も効果がなく、発覚してからわずか半年で、辰也はわたしたちを置いてあの世へ旅立ってしまいました」

滝川の頰に一筋涙が流れ落ちた。

紀美も小さく嗚咽《おえつ》を漏らした。

政鷹は一瞬、瞑目《めいもく》した。

二人の顔をまともに見られなかった。

逆縁、つまり子どもに先立たれるほど、残された親にとってつらいことはない。

「入院していた病院のベッドで辰也は『輝には悪いことをした。輝の面倒をみて』と何度も言っていました。三年前に輝が少年院を退院してきたとき以来、わたしは輝を二人目の息子と思ってきたのです。湖尻でペンションを始めたのは、わたしたち夫婦にとっていろいろ嫌な思い出の残る鵠沼海岸と別れて新天地を求めたい気持ちが強かったからです。《デル・ソーレ》という名前は太陽を意味するイタリア語ですが、輝雄の名前の『輝』の一文字にちなんでつけたものなのです。輝雄は我々の輝ける太陽なのです」

なるほど、このペンションには、滝川夫妻の輝雄に対する思いがこもっていたのだ。

「湖尻に来てからの輝は、もともと持っているよい素質がぐんぐん伸びて、わたしたちの大きな力となってくれています。わたしは輝を守るためなら、自分が刑務所に行ってもいいと思いました。そのために伊達さんにもご迷惑をお掛けしました」

紀美も輝雄もすすり上げている。

「俺、辰也のことは本当の兄ちゃんだと思ってたし、マスターと紀美ママは本当の親以上だと思ってます。俺、ここにいるのが嬉しいんです」

輝雄はうわずった声を出した。

「輝ちゃん」

紀美は涙声で輝雄の名前を呼んだ。

「滝川さんご夫婦の輝雄くんに対するお気持ちはよくわかりました。しかし、真実を覆い隠しても幸せは決してやってこないのです」

「今回のことで痛いほど学びました。あんなごまかしを続けている間、わたしたちはいつもいつもオドオドしてビクビク暮らしていました」

滝川は恥じ入ったように答えた。

「わかって下さって嬉しいです」

滝川は丁寧に頭を下げた。

「お聞き頂きありがとうございました」

政鷹は気がかりだったことを訊いた。

「太田さん、診療所の村上先生はこの偽装工作をご存じなのですか」

太田駐在は大きく首を横に振った。

「いいえ、村上先生はまったくご存じありません。あの先生は硬骨漢ですから、不正を許したりはしません。溺死の診断は事実でしょうし、死亡推定時刻も正しいわけです」

たしかに、会ったときのようすでは村上医師は、溺死と信じているように思われた。斜面から転げ落ちたときには擦過傷等が生じる可能性があるが、それには気づかなかったのかもしれない。

ただ、もしかすると、自殺以外の可能性を潜在意識が排除していたのかもしれない。事件性があるとなれば、この平和な湖尻にひと騒動起きるに違いない。観光客の来訪にも影響するおそれがある。村上医師は事件性のない方向を願っていた可能性はある。しかし、だからといって、刑法第一六〇条の虚偽診断書等作成罪を構成するわけではない。

事件のすべてが明らかになった。

池田輝雄という、少年時代に触法歴のある一人の若者を、湖尻の人々は深く愛している。

その愛が、事実を隠蔽《いんぺい》する間違った選択を生んでしまった。

政鷹はここにいる人たちの愛情から発した行為を憎む気にはなれなかった。

太田駐在の服務規程違反軽犯罪法第一条三一号の件については、安東班長に指示を仰がなければならない。

「本部とちょっと連絡を取ってきます。小笠原、みんなを頼む」

「了解です」

亜澄は明るい顔つきで答えた。

「はい、安東です」

安東班長の張り詰めた声が響いた。

「四月二十日の件ですが、ようやく真実がわかりました……」

「話して」

安東班長の声にも緊張感が感じられた。

政鷹はいま聞いた話を詳細に伝えた。

「伊達くん、よくやった」

安東班長はいくぶん硬い声で言葉を継いだ。

「あなたの身体は大丈夫なのね」

心配そうな安東班長の声が耳もとで聞こえた。

「シャワー浴びたら、すっかり元気です」

「今回は本当にギリギリのケースだったみたいだけど、わたしは仲間を失いたくはない」

安東班長の声は真剣そのものだった。

政鷹の胸に熱いものがこみ上げた。

「ご心配をお掛けしました」

「これからは慎重に行動してね」

「わかりました」

「太田さんは服務規程違反にはなるわね。あなたたちが付き添って太田巡査部長をこれから小田原署へ出頭させなさい」

「了解しました」

「小田原署の地域課長にはわたしから電話を入れておきます。まぁ、厳重説諭くらいで済むかもね」

「発端は不幸な事故ですからね」

「そうね……悲しいできごとね」

しんみりとした安東班長の声が返ってきた。

「ほかの人たちは出頭させなくてよいですか」

「ええ、立件は無理ね。刑法犯じゃないんだから。小田原署から誰か事情を聴きに行くでしょう」

「了解しました」

「人々の気持ちは誤った方向に動いたけれど、取り返しのつかない過ちではなかった」

「わたしもそう思っています」

「太田さんを小田原署に連れていったら電話ちょうだい」

「了解です」

「本当は伊達くんをお出迎えしなきゃいけないんだけど、わたし、七時から人と会う約束してるの。ごめんなさい」

「とんでもないです」

「あなたは自分の生命を懸けて人の生命を救ったのね……」

安東班長のくぐもった声が聞こえた。

「まさかこんなことになるとは夢にも思っていませんでした」

「気をつけて帰ってらっしゃい」

一転して明るい声が耳もとで響いた。

「はい、お気遣いありがとうございます」

電話を切った政鷹は食堂に戻ると、太田駐在に向かって明るい声を出した。

「太田さん、これから小田原署までドライブしましょう」

「は、はいっ」

太田駐在はしゃちほこばって立ち上がった。

紀美が政鷹の濡れたシャツとスラックス、下着類をビニール袋に入れて渡してくれた。

「濡れたままでごめんなさい」

「いえ、とんでもないです。このスウェットお借りしていいですか」

濡れた服でクルマまで歩くわけにはいかなかった。

「スウェットは寝間着を忘れた方のためにご用意しているのですが、安物なので差し上げます。トランクスと靴下は主人用に買っておいたものですが、お帰りになったらお捨て下さい」

「助かります」

政鷹はビニール袋を受け取ると、スウェットの上にスーツの上着を着てダウンジャケットを羽織った。

「それこそ人に見られたら変だと思われるね」

亜澄が失笑した。

「あの……わたしたちは小田原署に行かなくてもよいのでしょうか」

滝川が代表して質問した。

「うちの班長が出頭の必要はないと言っています」

「鬼女の……」

紀美がつぶやいた。

「あれはウソです。本当は世界一いい上司なのよ」

「騙《だま》されました」

紀美の顔にかすかなほほえみが浮かんだ。

「ただ、小田原署から連絡があるまで、皆さん、宿を出ないでください」

「当面、臨時休業します」

「うちも同じだ」

滝川と柳生が次々に声を上げた。

「たぶん、今夜か明日の朝には誰か来ますよ」

政鷹は今夜じゅうに小田原署員が来るだろうと踏んでいた。

「じゃあ、輝雄くん、またいつかな」

輝雄は布団で上体を起こしていた。

「ありがとう……伊達さん」

「ひとつだけ約束してくれ。二度と自分の生命《いのち》を粗末にするな」

「約束する」

真剣な顔で輝雄はうなずいた。

「君は自分がどんなに愛されている存在かを知るべきだ」

「そうだね。よくわかった」

かすかだが、輝雄はほほえんだ。

戸口まで輝雄以外の全員がゾロゾロと出てきた。

「嘘をついて申し訳ありませんでした」

「ごめんなさい」

恵子と真理恵が深く頭を下げた。

「もしよろしければ、お二人とも今度はうちの料理を食べに来て下さい。もちろんご招待します」

滝川の言葉は気負い込んで響いた。

「うちでも最高のヒメマス料理を食わせるよ」

柳生は胸を叩いて請け合った。

「輝雄を助けて頂いて本当になんとお礼を言っていいのか」

滝川が深々と頭を下げた。

「わたしたち夫婦にとって、あの子は宝なんです」

「これからも大事に育てて下さい。きっとまだまだ成長しますよ。池田くんは」

政鷹は輝雄の澄んだ瞳に期待していた。

「それに……伊達さんのおかげで八ヶ月間のつらい日々がようやく終わります」

紀美は目頭を拭った。

「では、行きましょうか」

政鷹たちは《デル・ソーレ》を離れた。

二軒のペンションの人たちはいつまでも手を振っていた。

三人はすでにとっぷりと暮れ落ちている西岸歩道を、スマートの待つゴルフ場へ向かって歩き始めた。

太田駐在が先に立ちフラッシュライトを手にして道を照らしてくれた。

落ち葉を踏むと、むせかえるほどに香った。

しばらくすると、正面からエンジン音が聞こえてきて、四輪駆動の白いミニバンが近づいて来た。

「村上先生のクルマですよ」

道路脇によけると、運転席の窓が下がった。

「おお、刑事さんたちか、お疲れさま」

窓から顔を出した村上医師はにこやかに声を出した。

「ありがとうございました」

政鷹は深く頭を下げた。

「先生、いざとなったら雇って下さいねぇ」

亜澄は陽気にジャンプした。

ミニバンは二回クラクションを鳴らして立ち去った。

「一般車両は進入禁止ですが、あれは例外のひとつなんですわ」

「救急車ですからね」

「元箱根の箱根神社の近くに箱根町消防署箱根分遣所があってそこには本物の救急車もあります。ですが、湖尻からはいささか距離がありますんで、先生のあのクルマは地元民にはありがたがられていますよ」

「しかし、さっきは驚いたな。いきなりモーターボートで現れたんですから」

村上医師の登場が、どれほど心強かったことか。

「あの先生、若い頃ヨット三昧だったそうです。それで小田原の病院に勤めていらしたんですよ。湖尻診療所に赴任されたのも、湖で思うさま船に乗りたいからだっておっしゃっていました。対岸にお住まいなんですが、ご自宅に桟橋があるんですよ。わたしがお電話したらすぐに救急ボートを出してくれたというわけです」

「早かったですよね」

おそらく数分間で駆けつけたのではなかっただろうか。

「このあたりの湖面は、差し渡し一キロちょっとしかありませんからね。ま、道楽じいさんですわ」

太田駐在は声を立てて笑った。

あたりは静寂を取り戻し、木々を渡る風の音だけが響いている。

「ほら」

亜澄が空を指さした。

「どうした？」

「月が出ている」

宙空高く九日月がいびつなかたちで輝いていた。

「月の光って街中だと暗いんだよね。ここだとすごく明るい」

「でも、ピンクのドットは識別できないか」

「うん、まわりが暗いから明るく見えるだけで、照度が上がるわけじゃないからたぶん無理」

「なんの話ですか」

太田駐在がけげんな顔で訊いた。

「いえ、もう終わったことです」

政鷹は静かに答えた。

スマートの後部座席に太田駐在を乗せて小田原署に向かった。

道中で太田駐在は輝雄がどんなによい若者であるかを力説し、二軒のペンションの人たちが好人物であると繰り返していた。

「伊達さん、小笠原さん、本当にお世話になりました」

小田原署の駐車場で太田駐在は制帽をとって深く一礼した。

「地域課まで付き添いましょうか」

亜澄の言葉に太田駐在は首をしっかり横に振った。

「いいえ、大丈夫です。課長にきちんと報告します」

「報告がちょっと遅れてしまいましたね」

「いやぁ、八ヶ月も遅れてしまいました」

太田駐在は泣き笑いの表情で答えた。

「さっき録音した供述データは本部に帰ったら、メールで地域課長に送付します」

「お手数をお掛けします」

「では、我々はこれで……」

政鷹たちがスマートに乗り込むと、太田駐在は制帽をかぶり挙手の礼を送った。

クルマが道路へ出てもインサイドミラーには、挙手したままの太田駐在の姿が映っていた。やがて後続車に遮られて太田駐在の姿は見えなくなった。

「太田さんが軽い処分で済むといいね」

市役所けやき通りを国道二七一号線に向けて走らせながら亜澄は気遣わしげな声を出した。

「うん……」

「終わったね」

「いや、終わってないよ」

「だって……あとは小田原署に任せるしかないじゃん」

「神保さんにすべてを話さなければならない」

「そうか」

「明日の朝一番で二宮《にのみや》に会いに行くよ」

政鷹は安東班長の携帯に電話を入れて、明日は二宮へ直行したいと伝えた。

「そうね。捜査の結果を最初に知るべき人は神保さんね」

むろんすぐに許可は出た。

午後七時をまわって小田原厚木道路は快適に流れていた。

「時間を作って《星港商会》の堀尾さんにも事実を話さないとな」

「あら、ああいう美人だとわざわざ会いに行くわけ？」

亜澄はちょっと尖った声で訊いた。

「電話でもいいか……」

無難な答えを返しておいた。

「やっぱり素敵な子だったね」

「輝雄くんか。人気者だけのことはあったな」

「パパさんママさんと幸せにやってくといいな」

「そうだな」

話をしながらスマホを見ると、妹の美香《みか》からの着信が何件か記録されていたが、いまはまだ職務中である。亜澄に聞かせたい内容でもない。電話を掛けるわけにはいかなかった。

特四本部に戻ると、すでに誰も残っておらず、庁舎は施錠されていた。

政鷹と亜澄はそれぞれの家を目指して阪東橋《ばんどうばし》の駅へ向かった。

横浜市営地下鉄では二人とも下りの湘南台方向に乗った。

「さすがだね」

亜澄が静かに言葉を出した。

「なにが」

「今回の件……捜査一課のエースだけのことはあるね」

「エースじゃないって」

政鷹は捜査一課でじゅうぶんに仕事を全うできたとは思っていなかった。

「火曜日のあたしと今日の輝雄くん、三日で二人の生命を助けたなんてすごすぎる。やっぱりエースだよ」

「エースは特四に飛ばされたりしないんだろ」

飛ばされたせいで、中途半端になってしまったこともある……。

「そりゃそうだ」

亜澄は笑った。

「でも、真実がわかってよかったよ」

政鷹は今回の一件をどう神保に伝えるかに悩んでいた。

真実をありのままに伝えなければならない。しかし、湖尻の人々に恨みを残さないようにしたい。

「あのさ……今回の事件であたしも自分の父のことを考えちゃった」

亜澄は意外な言葉を口にした。

「お父さんのこと？」

もちろん亜澄の家庭環境は知るよしもない。

「実はさ、あたしって眞美さんと似てるところがあるんだ」

「へぇ……どんなこと？」

「母を病気で亡くして……父子家庭だったから」

亜澄の顔はひどく淋《さび》しげに見えた。

「そうだったのか」

政鷹は亜澄の顔をまじまじと見つめた。

「女の子ってどうしても父親をうとましく思う時期があるんだよ。高校生くらいの頃はいちばんひどい。でね、一度、こじれちゃうとなかなか関係を修正できなくなるんだ。だけど、やっぱり親子だからね。娘が父親のことを嫌いなはずがないんだよ」

「そうだな。他人にはわからないいきずながあるはずだよね」

亜澄はかるくうなずいた。

「だから……父をもっと大切しなくちゃって思ったんだ」

しんみりとした顔で亜澄はつぶやいた。

必ずしも大事にしていなかった両親のことを考えて、政鷹は淋しいような悲しいような気持ちになった。

政鷹の脳裏で「フラメンコの母」とも呼ばれる重厚な『ソレア』が聞こえてきた。孤独や淋しさを歌った曲とされているが、一方で母が子にそそぐひたむきな愛を描いているともいわれる。フラメンコの本場であるアンダルシアは、家族をとても大事にする土地柄だ。

こころのなかの『ソレア』は切々と響き続けていた。

【2】


戸塚《とつか》まで乗る亜澄と別れて上大岡《かみおおおか》で降りた。

改札を出るとすぐに妹に電話を入れたが、つながらなかった。

政鷹は嫌な予感にとらわれつつ、京急の浦賀行き普通電車に乗った。

杉田の駅でも妹の電話にはつながらなかった。

大沼公園《おおぬまこうえん》の店に電話すると、休業日の自動応答メッセージが返ってきた。

駅前商店街のクリーニング店にスーツの上下とワイシャツを出すと、なんだか妙な胸騒ぎを感じる。

政鷹は鼓動を抑えつつ、自宅へ続く坂道を上っていった。

部屋の前まで来ると、様子がおかしい。

台所の換気扇が廻って料理の匂いが漂っている。

鍵を開けると、玄関に人影がぬっと現れた。

「アロハ～」

真っ赤な生地に黄色いプルメリアを散らしたアロハシャツ姿。

目が大きく岩のようにゴツゴツした顔は父の政義《まさよし》のものだった。

ほっとした。一瞬、力がクタクタと抜けた。

「いや、横浜は寒いな」

だが、ヘラヘラ笑っているその姿を見て、安心を通り越して怒りがこみ上げてきた。

家族の心配をなんだと思っているんだろう。

「なにしてんだよ」

つっけんどんに政鷹は訊いた。

「見ての通りだ。ハワイに行ってた」

父はけろりとした顔で答えた。

「どんだけ心配してたと思ってんだよ」

「たまには少しくらい心配しろ」

この通りだ。反省など求めようのない父だ。

「オフクロなんて心配で倒れちゃったんだ」

「心配しなきゃ、俺はあいつを放り出すところだ」

「放り出されるのはオヤジのほうだろうが」

平気な顔で父は笑っている。

「昨日、救急車で七飯《ななえ》総合病院に運ばれたんだぞ」

怒りのボルテージが上がって語気が激しくなった。

「知ってるよ」

　父は表情を変えなかった。

　すでに母には連絡したようだ。

　とすると、母も心配ない状態なのだろう。

「どうやって部屋に入ったんだよ」

　謎だった。この部屋の鍵はいざというときのために母にはスペアを預けてあった。

　捜査一課に配属されたときに、万が一の場合に備えてそうしたのだ。

　だが、母が父に鍵を渡すとは思えなかった。

「あたしが先に来てたのよ」

　後ろから現れたのは母の芳枝《よしえ》だった。

　アーガイル柄の生成りのセーターを着ているいつもの姿だった。

　政鷹は母に似ている。

　母も細面《ほそおもて》で目鼻立ちがはっきりしている。

　怒りが消え、不安が生まれた。

「大丈夫なのかよ。昨日、倒れて救急搬送されたんだろ」

「ストレス性の神経調節性失神なんで心配ないんだって。十一時頃に退院したのよ。で、三時過ぎのＪＡＬで来ちゃった」

母はいたずらっぽく笑った。

「来ちゃったじゃないだろっ」

安心すると同時に今度はまた怒りが湧き起こった。

どうして父も母もこう軽佻浮薄《けいちょうふはく》な人間なのだろう。

「俺の部屋に勝手に入るなよ。だいいち何しに来たんだよ」

「これ以上ストレス溜《た》めないように、政鷹をせっついて父さんを捜してもらおうかと思ってさ」

母は少しも悪びれずに笑った。

「冗談言うなよ。俺は忙しいんだ」

「だってあんた警察官でしょうが」

「わがままオヤジを捜すほど警察は暇じゃない」

思わず語気が激しくなった。

「で、まぁ、あんたの帰りを待ってたらさ、ここへ父さんが帰ってきたのよ」

「帰ってきたって、ここは俺の家なんだぞ」

「だから父さんと二人であんたの夕ご飯作って待ってたんじゃないの」

「おう、特製ビーフストロガノフ作っといたぞ」

父も得意げに身を乗り出した。

「あたしはバターライス炊いてサラダ作っといたから……あんたろくなもん食べてないでしょ。炊飯器に蜘蛛《くも》の巣が張ってたよ」

母はからかうように笑った。

たしかにいつ自炊したか覚えていないが、まさか蜘蛛の巣が張るわけはない。

「食い物屋の息子がなんてこった」

父は天井を仰いだ。

「台所、勝手に使うなよっ」

政鷹は叫んだ。

駅前のコンビニで弁当を買い忘れてきたのでちょうどよかったのではあるが。

「それよりあんた何よ。その格好は」

母がいきなり政鷹の袖をつかんだ。

「え……」

スウェット姿でいたことをすっかり忘れていた。

「そんなラフな格好で仕事に行ってんの？」

あきれ顔で母は訊いた。

「何言ってんだ、母さん、政鷹は刑事だぞ。あれだよ。人混みにまぎれるための変装ってヤツだよ」

父はにやにやしている。本気で言っているわけではないようだ。

「それにしても、もっとセンスのいいスウェット選びなさいよ。だいたい、あんた、ろくな服持ってないじゃない」

「クローゼット開けたのかよっ」

信じられない。自分は小学生の子どもではないのだ。

「若い女の子のかわいいコートでも掛かってるかと期待して開けたら、むさ苦しいジャージとか、くたびれたGジャンとかばっかりでさ」

母は顔をしかめて笑った。

「さっさと帰れよ。俺にもプライバシーってもんがあるんだぞ」

きつい言葉を言わないようにしようと思っていたのだが……。

「もう帰りの飛行機ないから、今日は母さんとこっちに泊まることにしたよ」

「布団はないし、二人が泊まれるはずないだろ」

スペースの問題ではなく、このお気楽両親とつきあっているのはくたびれる。

「心配しないで、今夜は横浜のホテルに泊まるから」

母の口調は取りなすように聞こえた。

「新幹線でいいから早く帰れ。美香が心配してるぞ」

「もう連絡しといたよ。美香はお友だちと富良野《ふらの》に遊びに行った。青い池がライトアップされてるんだって」

それで連絡がつかないのかもしれない。しかしツィンクルかなにかでメッセージを入れておいてくれればいいだろうに。

この親にしてこの娘あり、だ。

どうして家族の誰もがいい加減な性格なのだろう。

「鍵返せよ。勝手に上がり込まれちゃかなわないよ」

政鷹は右手を差し出した。

「もしおまえが殉職したら、後始末をしなきゃなんないからな」

父はおもしろそうに答えた。

「これが親の言うことかね」

政鷹は疲れがどっと出てベッドに寝転んだ。

「俺は寝るぞ」

親たちにあきれて政鷹は目をつぶった。

いつの間にか寝入っていた。

起きてみると両親の姿はなかった。

DKのテーブルにメモが残っていた。

――ビーフストロガノフはレンジじゃなくて鍋で温めてね。

野菜をとらないと病気になるので心配です。


母の丸っこい字だった。

隣にはマウナロアのマカダミアナッツの缶が五つも並んでいた。

缶を重しにして、一枚のイラストが置いてあった。

「なんだこりゃ」

アロハシャツとムームーの男女は、父と母を表しているようだった。

父らしき男はピースサインを出して歯を剝《む》き出して笑い、母らしき女はフラダンスのマネなのか両手を水平に泳がせている。

父は意外と絵が上手なのだ。

二人の絵姿の横には「A hui hou……またね～♪」と書き殴ってあった。

政鷹は一瞬、鼻がつんとなった。

「まったく馬鹿なオヤジだ」

そんな思いを振り切るように政鷹はつぶやいた。

シンクの下のスペースからステンレス鍋を取り出して、政鷹はビーフストロガノフを火に掛けた。

久しぶりに食べる両親の料理はやはり美味かった。

ビールを取り出そうと冷蔵庫を開けると、レタスとトマト、アボカドとサラミのサラダがガラスボウルに入ってラップが掛けてあった。

事件の謎は解けた。

輝雄を救えた。

父も無事だった。

母の体調も心配ない。

政鷹はいろいろな意味でリラックスしながら一人の晩餐《ばんさん》を楽しんだ。

ふたたびベッドに横になった政鷹は、自分がフラメンコギターの神さまとも仰ぐパコ・デ・ルシアの遺作〝Cositas Buenas〟を久しぶりに掛けた。

パコのタッチが今夜はとても爽快だった。


【3】


翌朝は、ヤスリを使っての爪の手入れから始まった。

父のことで数日怠っていたので手間が掛かった。

八時に神保に電話を入れた。

「捜査の結果をお話ししたいのですが」

「そうか……わかったか」

「はい……お店が始まる前に伺いたいのですが」

「ああ待っている」

短い答えで電話は切れた。

神保は結論を聞こうとはしなかった。

電話で聞きたくはないのだろう。

根岸《ねぎし》線の新杉田《しんすぎた》駅まで歩き大船から東海道線に乗って約一時間。二宮駅には九時頃に着いた。

スマホのマップを頼りに《吾妻庵《あづまあん》》を探す。北口を下りて西側に歩くと百メートルも歩かないうちに二宮町役場の手前に建つ和風建築が《吾妻庵》だった。

二階建てで小さいが、ちょっと洒落《しゃれ》た数寄屋造りの建物だった。

役場へ続く道の向こうに雑木林に包まれた吾妻山らしき丘が見える。

右隣には眞美が来るたびに神保が逃げ込んでいたと言っていた《白百合《しらゆり》》という名の古めかしい喫茶店が建っていた。

黒玉石が敷かれた入口あたりはきれいに掃き清められて水打ちがされ、磁器の皿に清め塩が盛ってあった。

ガラスの入った格子戸にはのれん掛けがあったが、まだのれんは出ていなかった。

店の左手に小さな柳の木が植えられている。

葉のある季節には風情がありそうだ。

「おはようございます。伊達ですが」

政鷹は格子戸の前で店のなかへ声を掛けた。

すぐに戸がガラリと開いて抹茶色の作務衣《さむえ》に和帽子姿の神保が姿を現した。

ジャンパー姿よりはるかに似合っていて、一種の風格さえ漂う。

「おはよう。遠くまですまんな」

硬い表情で神保は頭を下げた。

「お仏壇にお線香を上げたいのですが」

神保の顔つきがやわらかいものに変わった。

「そうか。ありがとよ」

店内に入ると、テーブル席が五つでカウンターはなかった。店内も黒玉砂利があしらわれていて隅々まで掃き清められている。

エアコンが効いていていつでも客を迎えられる状態だった。

仏壇がある部屋は急な階段を上がった二階だった。

六畳の和室で通りに面した南側の障子から朝の陽光が入ってあたたかい。

今朝焚《た》いたものなのか線香の匂いが漂っている。

仏壇には二つの位牌《いはい》と小さな写真立てが二つ置いてあった。

一枚の写真は事件調書で見たものと同じグレンチェックの制服姿の眞美のものだった。

もう一枚は三十代後半くらいの女性のものだった。面差しが眞美とそっくりでやさしく、明るい笑顔が魅力的だった。眞美が小学二年生のときに亡くなった母親に違いない。

政鷹は線香をあげて鈴《りん》をならして合掌した。

無言で神保は金茶色の座布団を敷いた。

神保と向き合った政鷹はゆっくりと切りだした。

「眞美さんは自殺ではありませんでした」

「ほ、本当なのか」

神保の声が震えた。

「はい、すべてをお話しします……」

政鷹は神保の目を見て、ゆっくりと話し始めた。

神保は額に苦悶《くもん》のしわを寄せて苦しげに聞いていた。

「眞美さんの死は不幸な事故でした」

宣告するように政鷹は告げた。

「そんなことで眞美は死んだって言うのかっ」

神保は畳を拳で何度も叩いた。

「お気の毒です」

政鷹は深く頭を下げた。

「その小僧は罪にならないのかよっ」

「なりません」

政鷹は首を横に振った。

「だっておかしいじゃないか。そいつが余計な注意をしなけりゃ眞美は死なずに済んだんだぞっ」

神保は歯を剝き出して食って掛かってきた。

「お気持ちはわかります」

政鷹は静かに答えた。

「わかるわけがないだろう」

神保はふてくされてそっぽを向いた。

「人間の不都合なすべての行為を罰することはできません」

「おまえの言っている意味がわからん」

「たとえば、こちらのお店で食い逃げしようとした客がいたら……食べ終わってそのまま外へ逃げだそうとしたら、神保さん、どうしますか」

「そんなのは客じゃねぇ。この野郎待てって怒鳴って追いかけるよ」

神保は鼻からふんと息を吐いた。

「では、神保さんの怒鳴り声に驚いて、その食い逃げ客が戸口で転んで頭を打ったとします。運悪く、打ち所が悪くて死んでしまった。こんな不幸が起きたとしたら、神保さんは死んだ責任を負わなければなりませんか」

「冗談じゃねぇ。そんなのは自業自得だよ」

神保は言葉を終えてからハッと気づいて目を見開いた。

「……そうか。眞美の奴も自業自得ってわけか」

低いうなり声が仏間に響いた。

しばし、沈黙が続いた。

「だけど、眞美が湖に落っこちたところを見捨てたのは罪にならないのか」

「四月で湖水温も六度前後でした。誰かが助けることは不可能でした。眞美さんは落水から一分ほどで亡くなったものと思われます」

「そんなのおかしかねぇか」

神保は食い下がった。

「今朝、この二宮の海で誰かが溺れた。神保さんが通りかかったとして、海に入って助けなければならないのでしょうか」

「そんなことしたら凍え死んじまうよ……」

自分の言葉で神保は気づいた。

「仕方がないことだったんだな」

神保の声は沈んでいた。

「ええ……その通りです」

神保はしばらくの間、畳に目を落としていた。

「その小僧たちを恨んでもどうしようもないってわかったよ」

顔を上げた神保はほっと息を吐いた。

「わかって頂けてよかったです」

自分がここへ来た目的のひとつは果たせた。

「だけどよぉ、眞美の奴はなんでシドケなんて山菜をわざわざ箱根まで採りに行ったんだ」

神保はうめくような声で訊いた。

「この《吾妻庵》の新しい名物を作ろうとしたんでしょう」

政鷹はやわらかい声で答えた。

「おまえの言っている意味がまたわからん」

「山菜天ぷらそばをメニューに加えたかったんですよ。眞美さんは」

神保は目を剝いた。

「じゃ、じゃあ事件の翌日に俺んとこへ寄るって言ってたのは」

「たぶんシドケを神保さんにプレゼントしようと思っていたんですよ」

「信じられない。あいつは俺を嫌っていた」

神保は首を小さく横に振った。

「では、大事なお話をします」

「もったいぶってないで早く言え」

「彼女は夏くらいから夜間の専門学校に通って調理師の免許を取るつもりだったそうです」

「なんだって！」

神保の顔色が変わった。

「将来はこの《吾妻庵》をお父さんと一緒にやっていくつもりだったんですね。これがあの日、眞美さんが神保さんに話したかった用事だと思いますよ」

神保は目を大きく見開いてしばらくの間、黙っていた。

「……そんなはずはない。あいつは俺を嫌っていた。俺の顔を見ると具合が悪くなると言ってたんだ。だから俺は眞美の顔が見たいのに、無理して隣に逃げてたんだ……」

口を開いた神保の声は湿っていた。

父娘《おやこ》を縛ってきた呪縛は解けようとしている。

「眞美さんには仲のよかった同僚の女性がいます。この方から伺った眞美さんの言葉をお伝えします」

「教えてくれ」

神保は大きく身を乗り出した。

「眞美さんは言っていたそうです。『三十歳近くなって気づいた。自分が料理してみると、煮物でも焼き物でも天ぷらでも、どうしても父の味そっくりになってしまう』と」

「あいつがそんなことを……」

神保は絶句した。

「神保さん。眞美さんは亡くなる少し前に『自分はどれほど父に愛されていたか、こんな年になるまで少しも気づかなかった』って言ってたんですよ」

「眞美が……」

神保はうっと声を詰まらせた。

「あるとき子どもの頃のことを思い出したら泣けて泣けて、眞美さん、会社から帰ってから朝まで泣いたそうです」

「なにを思い出したって言うんだ」

神保はしゃがれ声で訊いた。

「小さい頃からお父さんが朝夕のご飯はもちろん、高校生のときのお弁当もぜんぶ作ってくれたそうですね」

「うちのがいなかったんだから、そうするしかなかったんだ」

「お父さんはいつも弁当箱にイラストを描いて添えていた。その頃、お宅で飼っていたモモちゃんっていうネコの絵だったそうですね。必ず『ゆっくり食べて！』とか『金曜日だ。あと一日！』とか、ひと言があったそうですね」

「そんなこともしたっけな……俺もまだ若かったんだ」

「でも、お父さんを嫌いになってからは、ありがとうも言わないで、流しにお弁当箱を置きっぱなしにする毎日だったと」

「ああ、あいつが美大に行きたいなんて馬鹿なこと言い出すからだ」

神保はつらそうに目を伏せた。

「もっと小さい頃のことも話していたそうです。眞美さんは小学生の頃、長い髪の毛が自慢だったんですね」

「ああ、あいつは髪の質《たち》がよかったんだ」

神保は遠いむかしを思い出すような顔つきに変わった。

「彼女の髪の毛はいつもお母さまが結んでいた。三つ編み、お団子、ポニーテール……。学校へ行く前であるとか、友だちの家に行くときとか、眞美さんはお母さまにおねだりしていろいろな髪型に結んでもらっていたんですね。かわいい髪飾りもつけてもらっていた。すごく楽しい時間だった。眞美さんはお団子頭がとくに好きだったそうですね」

「そうだったな」

神保はかるくうなずいた。

「ところが、彼女が八歳のときにお母さまが亡くなった。神保さんはお店が忙しいこともあって髪を結んであげることなどできないから、髪を切ると言ったんですよね。眞美さんは悲しくて悲しくてずっと泣いていたそうですね」

「ああ、いつまでもずっと泣いていた」

神保の声は大きく震えた。

「神保さんは眞美さんがとっていた学習雑誌の附録を読んで女の子の髪の結び方を学んだ。あなたは眞美さんの髪の毛を切らずに、お母さんの代わりに毎日結んであげていた……」

「仕方がなかったんだ……」

神保の両手が膝頭で震え始めた。

「ところが五年生になった頃に、お父さんに結んでもらっていることを友だちにからかわれて断るようになった。そのときのお父さんの淋しそうな顔が浮かんだら、涙が止まらなくなってしまったそうです」

「……死んじまってからそんなこと聞いたって」

神保の両眼から涙があふれ出た。

「お父さんの愛情は眞美さんにちゃんと伝わっていたんですよ」

政鷹は神保の目をまっすぐに見つめた。

「俺はどんなに嫌われててもよかったんだ……」

神保は畳を拳で叩いた。

何度も何度も叩き続けた。

「おまえさえ元気でいてくれりゃ、それでよかったんだ」

ポタポタと落ちる涙は畳を濡らした。

畳のシミはどんどんひろがっていった。

「眞美、なんで死んじまったんだよぉ」

やがてすすり泣きは号泣へと変わった。

しばらくの間、神保は身も世もなく泣いていた。

ここへ来たもうひとつの目的も果たすことができた。

政鷹はほっと胸をなで下ろした。

神保は戸口まで政鷹を送ってくれた。

「伊達さんには本当に感謝している。あいつが、眞美が最後に何を考えてたかがわかって本当に嬉しいよ」

神保は淋しげな笑みを浮かべた。

「いえ、役に立ててよかったです」

「さすがは独眼竜《どくがんりゅう》の子孫だ」

「いや、だから子孫じゃないんです」

神保は今度も無視した。

「そばを食っていってほしいが、またあらためてにするよ」

「ありがとうございます。いやもうお気持ちだけでけっこうです」

しかし、神保は社交辞令で言ったのではなかった。

「本当は腹が破れるほど食わせたいんだよ。だけど、気持ちがあんまり揺れちゃってるんで、そばがまともに茹《ゆ》でられない。刺身を出そうにも包丁で指を切っちまいそうだ。俺の腕をなまくらだと思われたくないからな、今日は臨時休業だ……いや、情けねぇ」

照れ笑いする神保を見て、政鷹は胸が詰まった。

「眞美さんのご冥福をお祈りします」

政鷹は深々と一礼して駅へと踵《きびす》を返した。

「いつか必ず食いに来いよぉ」

背中から神保の声が飛んできた。

振り返ると、店先で神保が手を振っていた。

「わかりましたぁ。仲間も連れて来ます」

政鷹は手を振り返して叫んだ。

角を曲がると、駅が見えた。

春を思わせるようなあたたかな陽差しが降り注いでいた。

【4】

その日の五時十六分。特四本部の扉は森が施錠した。

亜澄が先頭に立って、特四のメンバー全員が歩き始めた。

安東班長の命令で、政鷹はギターケースを担いでいた。

狩場線の高架下をくぐって本部から五百メートルほど歩いたところで、変わった通りに出た。

それほど広い通りではないのに、真ん中に中央分離帯のようにずっと街路樹が植えられている。

「ここは真金町《まがねちょう》って場所なんだけどね。明治十年代から昭和三十三年頃まで永真遊郭《えいしんゆうかく》っていう名の大きな遊郭があった場所なんだ。いわゆる赤線さ。この街路樹の列は当時の堀の跡だそうだ。吉原《よしわら》遊郭でいうお歯黒溝《はぐろどぶ》とはちょっと違って、遊郭全体を囲んでいるわけじゃないけどね」

松浦が説明してくれた。

見まわしても風俗店などがあるわけでもなく、遊郭があったといわれてもピンとこない。風俗店などはむしろ京急日ノ出町《ひのでちょう》の駅近くに多い。

この通りをちょっと奥へ進んだ一軒の店の前で亜澄は立ち止まった。

「こちらでーす」

亜澄が指さすブロンズの吊り看板には《セイウチ食堂》とある。

変わった名前だが、まさか、海獣の肉を出すわけではあるまい。

その横に「本日貸切」のプレートも出ていた。

「さぁ、入った入った」

松浦に促されて政鷹はガラス戸を押した。

「お疲れちゃーん」

松浦が叫ぶと店内から男女の声が返ってきた。

「いらっしゃい」

「いらっしゃいませ」

ひと組の男女が出迎えてくれた。

「新しい仲間を連れて来ました。よろしくお願いします」

安東班長が政鷹を紹介してくれた。

「こりゃあいい男だね」

白いコック服に黒いキャップをかぶった顔中ひげだらけの男が政鷹の顔を見つめた。

五十代半ばで、日本人離れした彫りの深い容貌を持っている。

「月曜日から特四に配属されました伊達です」

政鷹は頭を下げてあいさつした。

「この店をやっている沢本《さわもと》です」

沢本はにこやかに笑って自己紹介した。

「スタッフの友香《ゆか》です」

友香と名乗った女性は三十代半ばか。細面のスレンダー美女だった。彼女も白い服を着て黒いキャップをかぶっている。

「さぁ奥へどうぞ」

政鷹も奥へと進んだ。

席のない料理カウンターと、茶色い布張りの椅子が置かれた四人掛けのテーブルが三つのこぢんまりした店内だった。

カウンターの向こうには調理器具や皿と並んでたくさんの洋酒や日本酒が並んでいた。

ニス塗りの壁とバーガンディーの柄入りカーペットが、レトロな雰囲気を生み出している。

色ガラスのシェードがかわいいペンダントライトが、天井からいくつも吊り下げられてあたたかい光を放っていた。

ひと言でいうと、大正モダン風なのだろうか。

「シックなインテリアですね」

「ここは元は履物屋だったんですよ。そんな古民家を改装したんでね、うっかりしてると純粋な和の雰囲気になっちゃうんだよね」

沢本は照れ笑いを浮かべた。

「マスターもね、改装ものなのよ」

亜澄が奇妙なことを口にした。

「え？　どういう意味ですか」

政鷹は思わず沢本のひげ面を見た。

「マスターはもとは赤坂の一流料亭の板前さんだったの。でも故《ゆえ》あっていまはカジュアルな多国籍料理の料理人をやってるってわけ」

亜澄は得意げに説明した。

父は一流の板前ではなかったはずだが、和食出身である点は一緒だった。

いちばん奥のテーブルに五人は座った。森の座った椅子はほかのテーブルから持って来たものだった。

白いクロスが掛かったテーブルの上には、しゃぶしゃぶ鍋が用意されている。

友香が氷いっぱいのワインクーラーで冷やされたカヴァを持って来た。

「カヴァですね」

「そうなんすっか。俺、いつも飲んでて、シャンパンかと思ってましたよ」

森がボトルを取り上げるとしずくが飛んだ。

「カヴァはスペインのカタルーニャを中心とした地方で醸されるスパークリングワインなんですよ。厳しい基準に則《のっと》ってフランスのシャンパーニュとまったく同じく伝統的な製法で造られています」

　政鷹はカヴァが大好きだった。

「ええ、手頃なのに美味しいですから。しかし、お詳しいですね」

　沢本が相づちを打った。

「伊達さんはね、半プロのフラメンコギタリストでもあるのよ」

　亜澄が自慢げに紹介した。

「わぁ、かっこいい」

　友香が頰に朱を散らした。

「本日は伊達政鷹巡査部長の歓迎会に皆さまようこそお越し下さいました」

　亜澄がおどけた声を出した。

「乾杯のご発声は特四のググるくんって言うと怒るから……知恵袋の松浦さんにお願いしまーす」

「ええ、では僭越《せんえつ》ながら……」

　松浦は気取ったようすでチューリップグラスを手にした。

「我々は新しい仲間を迎えました。伊達くんはイケメンなうえに金田一耕助《きんだいちこうすけ》顔負けの名推理で最初に受け持った難事件をずばっと解決したのであります」

「やめてくださいよ。推理なんてしてませんから」

推理などではなく、ただ事実を拾っていっただけのことだ。

「ははは、さらに伊達くんは自らの生命を賭して一人の若者の生命を救ったのです。安東班長は心配していましたが、本官としては大変に誇らしかったのであります」

松浦はまじめな顔に変わって言葉を継いだ。

「伊達くんはまっすぐな上に、強く、こころやさしき男です。神奈川県警刑事部の網《あ》走《ばしり》番外地である我が特四、別名、県警お客さま相談係の強力な戦力となってくれるものと、本気で期待しています。では、伊達くんの前途を祝して乾杯！」

松浦はグラスを高く持ち上げた。

「乾杯！」の声とともにグラスを合わせる音が響いた。

前菜は自家製プロシュートに鴨肉《かもにく》のパテ、ホタテ貝のカルパッチョと野菜のジュレだった。

どの料理も美味しく、カヴァと相互に引き立て合っている。政鷹はグラスに三杯をあっというまに飲んでしまった。

友香が美しい霜降り肉が並べられた大皿を運んで来た。

「見ろよ。この肉のよさといったら」

松浦が舌なめずりした。

「赤身の間に入ってる脂をサシって呼ぶんだけど、黒毛和牛以外はこうきれいには入らない。さらにサシがこの肉みたいにまるいかたちを見せているのが最高なんだよ。それから、これは好みもあるが、俺は真っ白なサシよりこんな風に薄いピンク色のほうが好きだ。肉の旨味《うまみ》を引き立てる。妙なクセがないんだな。とにかくこりゃ最高の牛肉だ」

松浦はなめ回すように肉を見てうんちくを傾けた。

「いっただきまーす」

亜澄が先陣を切った。

次々に箸が皿へと伸びる。

「美味しい」

「うまいっ」

ごまダレとポン酢のほかにただの塩も用意されていた。

政鷹はまず塩につけて食べてみた。

口中にひろがる牛の旨味と甘み、サシの豊かさ。

素晴らしい美味しさだ。

「和洋自由自在なんですね」

政鷹が驚きの声を上げると、沢本は苦笑した。

「ふだんはイタリアンベースの肩の凝らないお料理をお出ししているんですけれど、

特四の皆さまはワガママなので、すき焼きでも酢豚でも注文されます」

しばらくみんな霜降り肉に夢中だった。

しゃぶしゃぶが終わると、チーズやサラミの盛り合わせで酒が続いた。

「これまた無理なご注文だったんですけどね」

宴なかばで沢本が盆に載せた五つの小鉢を持ってきた。

「なにこれ？」

亜澄が興味深げに小鉢を覗き込んだ。

青菜のおひたしだった。

「シドケよ。マスターありがとう」

「この季節だから冷凍しか手に入らなかったよ」

沢本はおどけて渋い顔をしてみせた。

「話を聞いたらどうしても食べたくなっちゃってね」

「わたしが秋田の知り合いに頼んで送ってもらったんだよ」

安東班長はたまらずに箸を伸ばした。

「うーん、やっぱすスドゲっこなつかしもの」

安東班長は秋田の言葉で喜んだ。

政鷹も口に入れてみた。

シャキッとした歯触りが心地よい。

独特の香りとほろ苦さがひろがる。

「そうそう。太田駐在さんね。依願退職をすることになったみたい」

安東班長がぽつりと告げた。

「そうでしたか……」

政鷹も予想してはいた。

「本人がつよく希望しているって小田原署の地域課長が言っていた」

「残念ですね」

地域に愛され地域を愛した太田駐在が最後まで職を全うできなかったことは淋しい。

「辞めた後も湖尻に残ってほしい気がするな」

亜澄もしんみりとした声を出した。

しばらく皆はシドケに舌鼓を打った。

「ねぇ、伊達くん。ギター聴かせてくれるのよね」

安東班長がやんわりと要求した。

「では、感謝の意を込めて一曲、ご披露したいと思います」

店内中央に椅子を一脚出してステージとした。

ケースからギターを取り出して、調弦をすませた政鷹はみんなに向かって一礼した。

「今夜は皆さまに『グラナイーナ』という曲をお送りします。アンダルシア南部の古都、グラナダを謳《うた》った曲です。イベリア半島で最後のイスラム王朝の牙城……そう、あのアルハンブラ宮殿のある街です。この曲は壮麗な文化を持ちながら、敢《あ》えなく滅んでいったグラナダ朝に捧げる挽歌だとわたしは思っています。今夜はわたしを快く迎えて下さった皆さまへの感謝の気持ちと、神保眞美さんへの哀悼の思いを込めてこの曲を弾きます」

店内はしんと静まりかえった。

『グラナイーナ』は「リブレ系」と呼ばれるリズムの制約のない自由な曲である。それだけに音楽性と技術を要求される。

軽い爪弾《つまび》きから始まった『グラナイーナ』は、すぐに心を癒すやさしい旋律に変わった。

哀愁を帯びたフラメンコらしい音階と、クラシックギターの曲にも似た温かな音階が交互に繰り返された。

曲の中程の繊細なトレモロは、夏の離宮ヘネラリーフェの庭園を洗う水流を思わせる。

終曲へ向かって政鷹は、人の世を生きるせつない思いと愛のやさしさを歌い上げていった。

最後の一音が響き渡った。

瞬時、反応がなかった。

次の瞬間、店内には弾《はじ》けたような拍手が湧き起こった。

「素敵っ」

「すごい……」

「ワンダホー」

「びっくり」

「素晴らしい」

次々に驚きの声が上がった。

「いやぁ、あまりのすごさに拍手するのを忘れちゃったよ」

松浦の顔はまじめそのものだった。

「あなたもったいなさ過ぎ。刑事なんて辞めなさい」

安東班長も冗談とは思えない口ぶりで賞賛した。

「涙出てきちゃった」

亜澄は目頭を拭っている。

「言葉が出ないっす」

森はあっけにとられている。

「ありがとうございます。でも俺は刑事が好きなんです」

心を込めて弾けてよかったと政鷹は思った。

時計の針が十一時近くなって、皆すっかり酔いが回っていた。

すでにワインのフルボトルが七本、日本酒の四合瓶が三本は空いている。

「伊達くん、あなたに来てもらいたかった本当のわけはねぇ」

安東班長もだいぶろれつが怪しくなっている。

「えっ。いったいなんですか？」

政鷹は気負い込んで尋ねた。

「いや、でも班長。緑川《みどりかわ》はじっさい美味いと思いませんか」

だが、政鷹の問いは松浦の声でかき消された。

「〆張鶴《しめはりつる》だって美味しいじゃない」

安東班長は松浦のほうに向き直ってしまった。

後で訊こうと思って政鷹は酒杯を口に持っていった。

「亜澄先輩、平塚でしょ。まだ帰れるんすか」

森が眉を寄せた。

「明日は休みなんだから、朝まで飲んでたっていいじゃない」

亜澄は明るく笑った。

「朝まで飲んでたってかまわないけど、わたしらは一時には帰るよ」

沢本が釘を刺した。

「いいっすよ。俺が片づけますから」

「ところでさ。伊達さんはなんで北海道からこっちに来たの」

亜澄が訊いてきた。

「俺はねぇ。子どもの頃から憧れてる人がいたんです。それでまずは大沼公園から函館に出たんですよ」

政鷹は捜査一課では一度も話したことがない秘密を口にした。

しかし、質問をした亜澄をはじめ、誰も聞いていなかった。

「〆張鶴はたしかに美味いよ。だけど、緑川のあのすっきりとして芳醇な旨さにはかなわないよ」

「松ちゃんはなんで新潟のお酒の肩ばっかり持つのよ」

安東班長はワインボトルで三本は空けているだろう。

「いやそんなことないよ。山形の樽平《たるへい》だって、福井の黒龍《こくりゅう》だって、広島の賀茂泉《かもいずみ》だって大好きさ」

「あの夏休み。小学校二年生の夏だった。駒ヶ岳がよく見えるヒマワリ畑で、初めて彼女と出会ったんです。俺が転んで膝をすりむいて泣いてたら、やさしく抱え起こしてくれた。それから二年後にも大沼のほとりで出会った。白いワンピースに麦わら帽かぶってた。その晩は胸がときめいてときめいて俺は朝まで眠れなかったんです」

だが、やはり誰も聞いていない。

「それでね、その輝雄くんがものすごくいい子で、すごくかわいいのよ」

亜澄はとろけそうな表情を浮かべている。

「当たって砕けろですよ。チャレンジすりゃあいいじゃないっすか」

「だって、輝雄くんはまだ二十歳なのよ。あたしがいくつだと思っているのよ」

「えーと、二十一くらいっすか」

森はぺろりと舌を出した。

「殴るよ」

亜澄は殴るマネをしたが、本当に森の向こうずねを蹴っていた。

「痛《い》てて。痛いっすよ」

「俺はだからね。函館西高校に進んだんですよ。彼女が西高校のセーラー服着てたんでわかったんです。あれは俺が中三の秋ですよ。彼女はコスモスの花のなかに悲しそうな顔して立っていた。あのとき胸がしめつけられるような思いがして……ああこれって初恋なんだって気づいたんです」

誰も聞いていないのをいいことに政鷹は初恋話を続けた。

「おいっ松浦っ、秋田の酒を飲めっ」

安東班長もすっかり酔いが回っている。

「飲みますよ。俺、秋田の酒大好きなんだから……太平山《たいへいざん》に高清水《たかしみず》に秀《ひで》よしに……」

松浦の言葉を遮って安東班長が叫んだ。

「マスター、喜久水《きくすい》酒造の『朱金泥能代《しゅこんでいのしろ》』をあるだけちょうだい」

「班長、無理だよ。そんな限定酒は置いてあるわけないだろ」

「じゃあ喜久水のお酒なら何でもいい」

「悪いけど、置いてないよ」

「ひどい」

「秋田の銘柄がどれだけあると思ってるんだよ。うちはワインのお客さまが中心なんだから」

沢本が苦笑いした。

「なんで、わたしのふるさとのお酒を置いてないの」

安東班長は秋田県北部の能代市の出身らしい。

「わ、わかったよ、班長。今日は妙にからむな。今度は取り寄せとくから」

沢本はひるんで答えた。

「で、俺は大人になってから、彼女に再会したんですよ……」

やはり誰も聞いていなかった。

政鷹が特四のメンバーと過ごす最初の宴はいつまでも続いていた。

小学館文庫
好評既刊

凍原
北海道警釧路方面本部
刑事第一課・松崎比呂

桜木紫乃

ISBN978-4-09-408732-1

一九九二年七月、北海道釧路市内の小学校に通う水谷貢という少年が行方不明になった。湿原の谷地眼（やちまなこ）に落ちたと思われる少年が、帰ってくることはなかった。それから十七年、貢の姉、松崎比呂は刑事として道警釧路方面本部に着任し、湿原で発見された他殺死体の現場に臨場する。被害者の会社員は自身の青い目を隠すため、常にカラーコンタクトをしていた。事件には、樺太から流れ、激動の時代を生き抜いた女の一生が、大きく関係していた。『起終点駅（ターミナル）』で大ブレイク！　いま最注目の著者唯一の長編ミステリーを完全改稿。待望の文庫化！

氷の轍
北海道警釧路方面本部
刑事第一課・大門真由

桜木紫乃

ISBN978-4-09-406723-1

北海道釧路市の千代ノ浦海岸で男性の他殺死体が発見された。被害者は札幌市の元タクシー乗務員滝川信夫、八十歳。北海道警釧路方面本部刑事第一課の大門真由は、滝川の自宅で北原白秋の詩集『白《はつ》金《きん》之《の》獨樂《こま》』を発見する。滝川は、青森市出身。生涯独身で身寄りもなかった。「二人デ居タレドマダ淋シ、一人ニナツタラナホ淋シ、シンジツ二人ハ遣瀬ナシ、シンジツ一人ハ堪ヘガタシ」。捜査の道筋で真由は『白金之獨樂』収録の詩「他ト我」と、被害者の心境を重ね合わせるようになる。滝川が人生の最後に、恋心と悔いを加速させ縋ろうとした縁——。解説は、俳優の塩見三省さん。

小学館文庫
好評既刊

線の波紋

長岡弘樹

ISBN978-4-09-408772-7

◆談合　一人娘・真由が誘拐されて一か月、役場の仕事に復帰した白石千賀は、入札業者の不審な電話に衝撃を受ける。◆追悼　誘拐事件から二か月後、同じ町内に住む二十四歳の会社員・鈴木航介が死体で発見され、不思議なことにその表情には笑みが浮かんでいた。同僚の久保和弘はその一週間前、経理部員である航介から不正を指摘されていた。◆波紋　誘拐事件を追っていた刑事・渡亜矢子は、地道な捜査を続け、ついに犯人像に近い人物にたどり着くが……。◆再現　すべてのエピソードが一つの線になり、事件の背景に「誰かが誰かを守ろうとした物語」があったことを知る。

教場

長岡弘樹

ISBN978-4-09-406240-3

希望に燃え、警察学校初任科第九十八期短期課程に入校した生徒たち。彼らを待ち受けていたのは、冷厳な白髪教官・風間公親だった。半年にわたり続く過酷な訓練と授業、厳格な規律、外出不可という環境のなかで、わずかなミスもすべて見抜いてしまう風間に睨まれれば最後、即日退校という結果が待っている。必要な人材を育てる前に、不要な人材をはじきだすための篩《ふるい》。それが、警察学校だ。週刊文春「二〇一三年ミステリーベスト10」国内部門第一位に輝き、本屋大賞にもノミネートされた〝既視感ゼロ〟の警察小説、待望の文庫化！　すべてが伏線。一行も読み逃すな。

教場2

長岡弘樹

ISBN978-4-09-406479-7

必要な人材を育てる前に、不要な人材をはじきだすための篩《ふるい》。それが、警察学校だ。白髪隻眼の鬼教官・風間公親のもとに、初任科第百期短期課程の生徒達が入校してきた。半年間、地獄の試練を次々と乗り越えていかなければ、卒業は覚束ない。ミスを犯せば、タイムリミット一週間の〝退校宣告〟が下される。総代を狙う元医師の桐沢、頑強な刑事志望の仁志川など、生徒たちも曲者揃いだ。その中でも「警察に恨みがある」という美浦は、異色の存在だった。成績優秀ながら武道が苦手な美浦の抱えている過去とは？　数々の栄冠に輝いた前代未聞の警察学校小説、待望の続編！

本書のプロフィール

本書は、小学館文庫のために書き下ろされた作品です。

小学館文庫

刑事《けいじ》特捜隊《とくそうたい》「お客《きゃく》さま」相談係《そうだんがかり》
伊達政鷹《だてまさたか》

著者　鳴神響一《なるかみきょういち》

二〇二〇年十一月十一日　初版第一刷発行

発行人　飯田昌宏
発行所　株式会社 小学館
〒一〇一-八〇〇一
東京都千代田区一ツ橋二-三-一
電話　編集〇三-三二三〇-五九五九
　　　販売〇三-五二八一-三五五五
印刷所――――中央精版印刷株式会社

ISBN978-4-09-406841-2